OPERATIE FREEBORN

ROEL THIJSSEN

OPERATIE FREEBORN

uitgeverij marmer

*Voor Marco, de fotograaf met altijd
één oog voor het grote plaatje en
één voor het fijne detail.*

Onderhuidse veldslagen

‘Tout homme ressemble à sa douleur.’
(‘Ieder mens lijkt zijn pijn’)

– André Malraux

I

PAUL MARQUAND ONTWAAKTE UIT HET ZOVEELSTE HAZENslaapje door een hevige aandrang in zijn darmen. Hij probeerde de kramp te doorstaan, hoewel hij zich direct realiseerde dat hij daarmee slechts een uitstel van enkele minuten bereikte. Hij kon roepen om een van de bewakers, maar die zouden hem negeren. Ze zouden wachten tot hij zweeg en dan grijnzend aannemen dat hij zichzelf had bevuild. Paul mocht niet vergeten dat hij een straf onderging, ook al had niemand dat met zoveel woorden gezegd. Hij had geen muskietennet omdat het zogenaamd gewassen had moeten worden en maar niet wilde drogen, en zijn benen waren officieel alleen maar geketend omdat de bewakers nu eenmaal niet het risico mochten nemen dat hij de jungle zou inlopen en zou verdwalen en creperen. Het was volkomen duidelijk dat hij gestraft werd.

Hij opende zijn rechteroog, wat hem moeite kostte omdat er een muggenbult op zat, en tuurde door de tralies van zijn nachthok. Godzijdank was de zon al op. Dat verklaarde de afwezigheid van gezoem. Paul probeerde op één elleboog half overeind te komen. Zijn lippen waren gespleten en zijn lichaam leek bezaaid met bulten, overal hadden de bloedzuigende insecten hun naald door de dunne stof van zijn zwarte pyjama weten te steken. Niet voor de eerste keer vroeg hij zich af hoeveel bloed ze konden zuigen voor er enkel nog lucht door zijn aderen zou stromen.

Een kip paradeerde voor zijn kooi heen en weer. Met mechanische bewegingen pikte het beest naar wormen in de grond, tot twee handen het dier van achteren vastgrepen. De kip protesteerde luid kakelend en zweeg van het ene moment op het andere toen de handen haar de nek omdraaiden. De soldaat lachte vriendelijk naar Paul, pakte de dode kip bij de poten vast en liep weg.

Vreten, dacht Paul, zelfs 's ochtends vroeg zijn ze al bezig met het vreten van die dag. Rijst koken, kippen plukken, varkens slachten, bananen pellen. Hij stelde met verbazing vast dat de beelden van gekookt voedsel hem niet bekoorden. Dat was voor het eerst. Gewoonlijk brachten ze hem het water in de mond. Hoe magerder hij was geworden, hoe meer zijn gedachten rond eten waren beginnen te draaien. Hij herinnerde zich verrassend gedetailleerd kerstmalen van lang geleden en stelde in zijn hoofd het ene menu na het andere samen. Maar vandaag kon het hem niet meer verrukken. Geen eten meer voor hem, alleen nog maar slaap, onder of zonder een muskietennet.

Hij liet zijn gezicht weer op de koele grond rusten. Een stem in zijn hoofd waarschuwde hem dat hij een grens had overschreden. Niet genoeg kúnnen eten was één ding, niet meer wíllen eten was het einde. Hij had het gezien bij Hagerty. Ze hadden een deel van hun eigen hongerporties voor hem afgestaan en hem gedwongen te eten. Eerst had hij het nog door zijn strot laten duwen, maar op den duur had hij het uitgespuwd. Daarna was de koorts gekomen, het ijlen en ten slotte het coma. En bij Lansky, de ene dag nog een wandelend geraamte vol wilskracht, de volgende een liggend skelet zonder levenslust. Was het nu zijn beurt?

Paul dacht aan de Vietnamese soldaten die hen bewaakt hadden, aan hun onverschilligheid tegenover het lijden en wegkwijnen van de gevangenen. Enkel als er te veel Amerikanen dreigden te overlijden grepen ze in, met extra rijst en soms met antibiotica. Maar dat was nog in de jungle van Zuid-Vietnam geweest, waar ze het bevel hadden gekregen in ieder geval een bepaald aantal krijgsgevangenen de grens over te smokkelen. Hier, in dit Noord-Vietnamese kamp, waren voldoende Amerikanen. Hier was het belangrijker dat die deden wat de propagandisten van het NVA van hen verlangden dan dat voorkomen werd dat ze nutteloos vegeteerden.

Een vogel vloog krijsend op uit een van de bomen, gelach waaide naar hem toe van verderop, en op enkele centimeters van zijn hoofd zag hij de eerste mieren van de nieuwe dag lopen. Ze leken soldaten van een heel ander leger, op weg naar een miniatuurversie van het kamp waarin Paul was opgesloten.

Als ik niet meer eet, hoe lang duurt het dan voordat de koorts komt, het ijlen en het coma? Direct daarop vroeg hij zich af: en is dat dan zo erg?

De waarschuwende stem liet zich weer horen: Je bent te jong om dood te gaan! Je raakt hier wel uit! De oorlog duurt niet eeuwig! Hij kende de woorden, maar ze hadden de kracht van een afgezaagde litanie. Ze klonken als het credo van een katholiek die zijn geloof al had afgezworen maar voor de omgeving nog verborg dat hij atheïst was geworden.

Paul besefte dat hij geen keus meer had. Hij moest Günther opnieuw onder ogen komen en alles schrijven en ondertekenen wat die van hem verlangde. En als hij na de oorlog voor een krijgsraad gedaagd werd, dan was dat maar zo. Beter oneervol ontslagen of naar de gevangenis dan dood. Doodgaan kon altijd nog.

'*Bao Dau!*' riep hij. Hij hoorde zelf hoe iel zijn stem klonk. Het was maar de vraag of de bewakers hem konden horen, en dan was het nog onzeker of ze erop zouden reageren.

Hij onderbrak zijn roepen toen een nieuwe kramp zijn buik in tweeën leek te splijten. Tegelijk vroeg hij zich af hoe hij ooit de energie had kunnen opbrengen om een ontsnappingspoging te wagen.

***

Het was kort na hun gevangenneming geweest. De verbijstering over het feit dat hij in handen van de vijand was gevallen had zijn geest dagenlang beneveld. Hij had alles amper één keer meegemaakt – een patrouille in de Mekongdelta, een nachtelijke beschieting, een valstrik in de Hooglanden – en nu was het al afgelopen. De Noord-Vietnamezen hadden hem en de andere overlevenden samengevoegd met een tweede groepje, dat nadien weer was uitgebreid met enkele individuele krijgsgevangenen. Het groepje bestond uit infanteristen van een andere compagnie uit dezelfde divisie, net zo groen en onervaren als zijzelf. Het was of hun bewakers een spiegel hadden gebracht waarin ze konden kijken naar hun eigen ongelovige en angstige gezicht, hun eigen vervuilde en gescheurde uniform. Maar de individuele militairen waren uit ander hout gesneden. Het waren de overlevende piloten en *gunners* van twee door de NVA neergehaalde gevechtshelikopters, veteranen, die maar aan één ding dachten: ontsnappen, nu het nog kon. Ze namen automatisch de leiding en smeedden de bonte verzameling om tot iets dat weer leek op een eenheid.

Dat laatste was zeer tegen de zin van hun bewakers geweest. De luitenant die het bevel voerde werd nerveus over de tegenstand die hij instinctief voelde groeien. Het was niet dat de krijgsgevangenen zich ongehoorzaam gedroegen, maar er broeide iets in de rangen. De man was zichtbaar blij toen hij hen na kon overdragen aan een andere eenheid, bestaande uit Zuid-Vietnamese Vietcong guerrillastrijders en NVA-verkenners.

Drie dagen hadden de manschappen overdag gerust en 's avonds en 's nachts gelopen. Paul was al snel alle gevoel voor richting kwijtgeraakt, maar een van de piloten had gezegd dat ze westwaarts gingen. Hoewel door de hoogte de temperatuur overdag meeviel, brandde de zon ongenadig. Neuzen begonnen te vervellen en lippen te scheuren. 's Nachts daarentegen daalde de temperatuur tot net boven het vriespunt. Iedereen was blij in beweging te zijn. Bovendien hoefden ze niet uit te kijken voor boobytraps en verraderlijke aanvallen van Vietnamese sluipschutters. Ze hielden zich niet in en riepen of schopten als het hun niet snel genoeg vooruitging en ze de indruk hadden dat een gevangene aan het lijntrekken was. *'Chay!'* ving Paul geregeld op, een woord dat iets moest betekenen als 'doorlopen!'.

Hij was uitgeput toen ze eindelijk aankwamen bij wat hun eerste junglekamp zou zijn. Hoewel ze overdag hadden kunnen rusten, hadden de Vietnamezen hun weinig te eten gegeven. Bananen, sommige duidelijk nog niet rijp of juist al overrijp, rijst uit hun eigen rantsoenen en noten. Het was nauwelijks genoeg om het toenemend hongergevoel te stillen: of je een branddeken in een gloeiende vulkaankegel smeet. Ook water kregen ze te weinig. De thee bij aankomst kon de dorst niet verdrijven. Ze werden opgesloten in houten kooien, maar omdat het kamp nog niet gereed was de volgende dag er al weer uit gehaald om mee te werken aan de voltooiing ervan. Paul werd samen met een van de piloten aan het omzagen van een boom gezet. De lange mars, het slapen in stukken en brokken en het gebrek aan voedsel hadden Paul afgemat en murw gemaakt. De vastberadenheid van de piloot en de andere vliegeniers had zijn afstomping doen afnemen. Hij had oog voor de blikken die de piloot – een bijna twee meter lange kerel die Davids heette – met een copiloot uitwisselde. Zodra hij had gemerkt dat hun bewaker geen woord Engels sprak, had hij tussen zijn tanden gezegd: 'Ik ga met jullie mee.'

De bewaker had hem iets toegeschreeuwd dat ongetwijfeld 'Kop dicht!' betekende, maar Davids had Paul even recht in de ogen gekeken en geknikt. Althans, zo leek het. De hoofdbeweging kon ook simpelweg het gevolg zijn van het mechanische heen en weer gaan van de zaag.

Paul had verwacht dat de twee een plan hadden, ingenieus of eenvoudig, maar in ieder geval een plan. Hij had gezien dat het junglekamp zich in een bosrijk gebied bevond, hoog maar ver onder de boomgrens, en op de rand van een slenk of een andere inzinking in het landschap. Hij rook de nabijheid van water en vermoedde een riviertje, maar van menselijke bewoning was geen spoor. De kans dat ze na hun ontsnapping zouden verdwalen en verhongeren leek hem even groot als de mogelijkheid dat ze ergens een dorp binnenliepen of een geasfalteerde weg zouden vinden.

Was het een plan of een ingeving? Toen de mannen verzameld werden om terug naar het kamp te worden gebracht, liet Davids zich simpelweg in het lange gras vallen. Paul zag hem wegrollen, waarbij de daling van het terrein hem automatisch snelheid verleende. Hij lette op het gezicht van de bewaker toen die zich terug omdraaide. De man had niks gezien. Maar het besef dat er iemand ontbrak drong al snel tot de Vietnamees door. '*Thoat!*'

riep hij, hij wees in de richting die de piloot schijnbaar gevlucht was en zette zich in beweging.

Paul stond aanvankelijk aan de grond genageld, en besloot toen eenvoudigweg van de verwarring gebruik te maken. In plaats van een andere kant uit te hollen liep hij de bewakers achterna. De Vietnamezen die hem zagen lopen moesten even in de veronderstelling hebben verkeerd dat hij hun kameraden ging helpen de Amerikanen te vangen. De verwarring was voldoende om hem enkele seconden voorsprong te bezorgen. Tegen de tijd dat ze beseften dat hij niets anders was dan een extra ontsnapte was hij achter de bomen verdwenen.

Al snel was hij een andere kant uit gerend. Zo ver mogelijk van het lawaai vandaan. Achter hem klonken schoten en uitroepen, maar niemand leek het op hem gemunt te hebben. De geluiden verwijderden zich. Hij lette op zwiepende takken en losliggende wortels, maar kon niet voorkomen dat er van alles in zijn gezicht sloeg en dat hij tweemaal bijna struikelde. Het ging omlaag en bleef omlaaggaan. Het zweet brak hem uit, zijn adem floot door zijn keel, zijn hart leek harder te slaan dan het ooit in zijn leven gedaan had. Paul zag vlekken voor zijn ogen maar bleef doorhollen, letterlijk en figuurlijk steeds meer blindelings.

Hij had het gevoel te zullen flauwvallen toen hij eindelijk stopte bij een grote, met klimplanten overwoekerde steen. Minutenlang was zijn geest bezig een vorm van controle te herkrijgen over zijn lichaam, dat trilde en zweette. Daarna was hij gaan zitten. De liaanachtige takken en bladeren gaven hem beschutting, wel kropen er allerlei insecten overheen. Zijn verstand zei hem dat hij in beweging moest blijven, maar zijn spieren weigerden dienst. De adrenaline die hem in staat had gesteld een afstand van honderden meters af te leggen. leek als afgewerkte motorolie uit zijn lijf te druppen.

Boven zich hoorde hij stemmen en krakende takken. De Vietnamezen deden geen moeite zich stil te houden. Ze wisten dat er zich in dit gebied geen vijanden met wapens bevonden. Paul was de korte afstand teruggekeerd naar de steen en was er zo goed en zo kwaad als het ging onder gekropen. Even, toen er boven hem voetstappen te horen waren die zich vervolgens verwijderden, leek zijn list te slagen, maar plotseling prikte de loop van een AK-47 in zijn schouder en klonk er een gesnauwd bevel.

Twee bewakers hadden hem gevonden. Al scheldend duwden ze hem voor zich uit. Terwijl hij terug naar boven liep merkte hij dat hij er verkeerd aan had gedaan naar links af te buigen. Hij was veel dichter bij het kamp gebleven dan de twee piloten. De Vietnamezen hadden hem slechts schuin hoeven af te snijden.

Aan de ingang van het kamp stond een man op hen te wachten, de handen triomfantelijk in de zij geplant. Een junglehoed en een zonnebril verborgen het grootste deel van zijn gezicht, maar niet de triomfantelijke grijns. Paul zag ook dat hij een blanke was en geen Aziaat.

'Een van je vriendjes is al dood, de andere krijgen we nog wel. En als wij hem niet pakken, maakt de jungle wel korte metten met hem.'

Het Engels klonk grammaticaal perfect maar verried een Europees accent.

'Dit is je eerste les dat meewerken meer oplevert dan tegenwerken.'

Het klonk Duits, registreerde Paul, zoals de slechteriken spraken in oorlogsfilms.

Dat was zijn kennismaking met Günther geweest.

***

'Ik ben blij dat je hebt ingezien dat het Volksfront gelijk heeft. Maar we hebben je dan ook tijd genoeg gegeven om alle standpunten nog eens goed te overdenken.'

Günthers stem klonk vriendelijk, als altijd. Hij sprak weer in de derde persoon, alsof het Volksfront van Vietnam zijn personificatie vond in hem. En hij sprak weer in verhullende termen. Niemand had Paul opgesloten, welnee, hij had zelf de tijd genomen alles nog eens goed te overdenken; zonder eten, zonder muskietennet, alsof beroerde omstandigheden het denken enkel konden aanscherpen. Paul knikte instemmend, maar hij kon het niet opbrengen erbij te glimlachen. Zijn keel was droog van de dorst en hij durfde zijn rechterbeen niet stilhouden, uit angst anders zijn sluitspieren niet meer te kunnen beheersen en de stoel waarop hij zat te bevuilen.

Günther negeerde Pauls zichtbare tekenen van ongemak en praatte tegen hem of hij op theevisite was gekomen.

'Je landgenoten bombarderen ons dagelijks. Ze maken willekeurige slachtoffers onder de burgerbevolking, vernietigen de oogst, vernielen de bruggen en voorraadschuren. Ik hoef jou niet meer uit te leggen dat het weinige voedsel dat er is allereerst naar de soldaten, de fabrieksarbeiders en de boeren gaat. Eigenlijk sparen de Vietnamese vrouwen en kinderen zich de rijst uit hun mond door jullie te laten voeden in plaats van te laten creperen. Dan is het minste wat je kunt doen je beperkte bijdrage leveren aan het beëindigen van deze zinloze slachting.'

Paul knikte. Hij had het allemaal al vaker gehoord. Er kwam hem een opmerking in gedachten over de 'broederhulp van de socialistische landen', maar hij sprak die niet uit. De wijsneus uithangen had hem de voorbije weken al genoeg in de problemen gebracht. Toch zag hij de grijze wenkbrauwen van de Oost-Duitser even omhooggaan, alsof hij Pauls gedachte gelezen had.

'Ja ja', zei hij. 'Het minste wat we kunnen doen is publiekelijk onze hoop uitspreken dat de oorlog snel beëindigd wordt.'

Günther glimlachte. 'Het Volksfront wil zijn gevangenen zo menselijk mogelijk behandelen, maar als voedsel en medicijnen schaars zijn, moeten er keuzes gemaakt worden. Pijnlijke keuzes. Wie volhardt in zijn misdaden heeft geen recht op menselijkheid.'

Paul liet zijn hoofd weer op en neer gaan, besefte toen dat dit gebaar misschien niet meer volstond en voegde er haastig aan toe: 'Ik begrijp het. Ik volhard niet meer in mijn misdaden. Ik wil leren van mijn fouten en vooruitgang boeken.'

De laatste zin ontglipte hem. Het communistisch jargon lag blijkbaar al kant-en-klaar in zijn onderbewustzijn. Dan hadden al die maanden van indoctrinatie toch hun sporen nagelaten. Günther merkte het blijkbaar ook, want zijn glimlach verbreedde zich tot een gulle lach. Hij ontblootte een vals gebit dat met metalen haakjes vastzat aan vier resterende gelige hoektanden: 'Bravo. Dan mag je gelijk de daad bij het woord voegen. Je weet wat je moet schrijven. En dit keer zonder dubbelzinnigheden en halve waarheden waarachter je je kunt verschuilen.'

Hij wees naar een stapel onbeschreven vellen en een vulpen die voor hem op tafel lagen en schoof ze naar hem toe.

Geen drinken, geen eten, geen bezoek aan de latrine voor de ander alles gelezen en goedgekeurd had, besefte Paul. Met uitstel trof hij enkel zichzelf, tot hij op den duur de kracht niet meer had om te schrijven, zelfs als hij het dan wel zou willen.

Hij schroefde de dop van de pen en formuleerde de eerste woorden van wat nu zijn paspoort naar het overleven, maar ooit wellicht zijn doodvonnis zou zijn.

***

De thee leek een godendrank, niet zozeer door de blaadjes die lang in het hete water hadden mogen liggen als wel door de honing die erin was opgelost. Paul dacht aan de mede die dode Germaanse krijgers te drinken kregen in het Walhalla, een alcoholisch brouwsel op basis van honing. Hij was nog niet eens dood en hij dronk al iets dergelijks.

Kattenkop keek toe hoe hij de thee met kleine slokjes naar binnen slurpte uit de aardewerken kom. Toen de soldaat merkte dat deze bijna leeg was maakte hij een gebaar dat op bijschenken duidde. Gretig stak Paul de kom naar voren. Nadat de soldaat die met het donkere, dampende vocht had gevuld, zette hij de ketel op de grond en haalde iets uit zijn ransel. Paul zag dat het een keramieken potje was waar een kleine lepel uit een opening in het deksel stak. De honing, besefte hij.

'Drinken. Minder zwak.'

De woorden 'boire' en 'moins faible' kwamen er duidelijk verstaanbaar uit. Kattenkop was een oudere soldaat die een rudimentair Frans sprak dat Paul met zijn schoolfrans makkelijk kon verstaan. Ze hadden hem de bijnaam gegeven vanwege zijn gelige ogen en zijn dunne snor, waarvan de haren sprietig naar beide kanten uitstaken. Hij hinkte licht met zijn rechterbeen. Wanneer een van de gevangenen het merkte glimlachte hij, tikte op het been en zei: '*Obus. Dien Bien Phu.*' Iedereen had inmiddels begrepen dat hij een veteraan van de Vietmin was, de communistische organisatie die tegen de Franse kolonisator had gevochten zoals de Vietcong tegen de Amerikanen, en dat hij vanwege zijn oorlogsverminking achter het front mocht dienen. Maar waarom hij met zo'n lange staat van dienst nog altijd slechts soldaat was bleef een raadsel.

Paul vertrok zijn lippen in wat hij hoopte dat als een glimlach kon worden uitgelegd. Kattenkop was een van de weinige bewakers die de Amerikanen niet onverschillig of wreed maar menselijk behandelde. Hij sloot even zijn ogen en probeerde zich te ontspannen. Een schreeuw in een van de kooien achter hem deed hem onmiddellijk weer opschrikken. Hij was vergeten dat er meer krijgsgevangenen in een kooi waren opgesloten wegens weerspannigheid. De eenzaamheid was het ergste aspect van de uren- en soms dagenlange isolatie. Sommigen probeerden die te doorbreken met klopsignalen of gefluister, maar als een van de bewakers het merkte volgde er gewoonlijk een verlenging van de straf.

'*Respirer. Profond.*'

Paul keek niet-begrijpend naar zijn bewaker. Respirer? Wat betekende dat woord? Kattenkop zag zijn onbegrip, plaatste de ketel op de grond naast zich en ging kruislings voor hem zitten. Hij sloot zijn ogen, ademde diep in en hield de lucht vervolgens vast in zijn longen voor hij die geleidelijk liet ontsnappen. Daarna opende hij zijn ogen en wees op zijn buik.

Diep ademhalen, besefte Paul. Hij volgde het voorbeeld van de ander, waarbij de muggenbulten op zijn benen en voeten pijn deden zodra hij ze aanraakte. De hete, tropische lucht floot langs zijn rottende tanden en kiezen, dieper zijn lichaam in. Binnenhouden, dacht hij, tellen, uitlaten. Hij herhaalde de oefening enkele malen en voelde zich geleidelijk kalmer worden. De dreiging die hij van Günthers kantoor naar zijn kooi had meegenomen leek met elke ademtocht die zijn lichaam verliet minder te worden.

Hij opende zijn ogen en knikte naar Kattenkop ten teken dat hij het begrepen had. De Vietnamees ging weer op zijn hurken zitten en schonk Paul nogmaals bij. Daarna kwam hij overeind en trok zijn gezicht in een militaire plooi. Met een autoritair gebaar ordonneerde hij Paul het van bamboe vervaardigde hok in, sloot de deur en controleerde het slot.

Alsof hij zijn rol weer gaat vervullen, dacht Paul. Maar hij keek hem met een gevoel van dankbaarheid na, niet alleen wegens de extra thee en de honing, maar ook omdat Kattenkop de beenijzers niet had omgedaan. Dat zou pas vanavond gebeuren.

De bewaker keek niet meer om terwijl hij wegliep. Paul zag dat zijn uniform hem niet goed paste en ooit om een gespierder en steviger lichaam gespannen moest hebben. Zou Kattenkop aan een leverziekte lijden? Dat zou in ieder geval de gelige ogen verklaren. Chronische hepatitis was geen zeldzaamheid in dit deel van Azië.

Als hij zijn hoofd naar links boog kon hij een deel van het gevangenenkamp zien. Houten barakken en bamboegebouwtjes. Hij hoorde nijdige Vietnamese klanken, maar zag geen mensen. Paul sperde zijn neusgaten open en ving etensgeuren op. Zijn maag knorde en hij vroeg zich af of er vandaag bij de rijst wat varkensvlees voor hem zou zijn.

Toch weer honger, besefte hij verheugd. Ik ga nog niet dood. Vandaag tenminste nog niet.

Hij draaide zijn hoofd naar rechts en zag de overhangende takken van de bomen die pal achter de palissade van het kamp stonden. Daarachter begon direct de jungle, wist hij van de weinige uitstapjes om hout, vruchten en vis te vangen. Hij had geprobeerd een glimp van de bergen te ontwaren die al in Laos lagen, maar de bomen waren te hoog en het gebladerte was te dik. Laos. Elke keer proefde hij de naam even op zijn lippen. Het neutrale Laos. Hij kon zich voorstellen dat Amerikaanse krijgsgevangenen in een van de Beierse stalags van de nazi's met hetzelfde verlangen het woord 'Zwitserland' hadden gepreveld.

De gedachte aan Laos en Zwitserland bracht associaties met skivakanties in Vermont en Colorado. Hij herinnerde zich hoe hij en zijn oudere broer Graham de hellingen waren afgegleden, soepel en snel, zonder ooit maar een enkel te verstuiken of een been te breken. Wat zou er met Graham gebeurd zijn? Lagen zijn botten te bleken in dat deel van de hooglanden waar hun kleine eenheid door de NVA was verrast? Of was hij via het olifantsgras ontsnapt, zoals die piloot in het eerste junglekamp? Hij verdrong het idee dat zijn broer al bijna twee jaar dood was. Telkens als die gedachte opkwam voelde hij zich nog eenzamer dan gewoonlijk.

Hij zag twee van de overhangende takken heen en weer gaan en probeerde te ontdekken welk dier er tussen de bladeren bewoog. Daar was het. Iets pluizigs dat eindigde in een krul. Een kleine aap, bedacht Paul. De bomen die de Vietnamezen hadden laten staan waren vruchtdragend. Af en toe overwonnen enkele makaken of vogels hun angst voor mensen en waagden zich in de takken. Paul kneep zijn ogen samen en kon er nu twee ontwaren. Ze keken een tijdje angstig om zich heen en vestigden vervolgens hun aandacht op de groene slijmappelen.

Paul smakte met zijn lippen. Als er toch eens zo'n groene vrucht vlak voor zijn kooi mocht vallen... Hij genoot desondanks van het zichtbare plezier dat de apen hadden in het feit dat ze voedsel voor zichzelf hadden gevonden en de Vietnamezen te slim af waren.

Een schot verscheurde de relatieve middagstilte. Paul zag een van de aapjes opspringen en naar beneden vallen. Het diertje viel binnen de palissade op de grond.

Een tweede schot miste doel: de andere makaak ontsprong de dans. Terwijl er een derde knal klonk, zag Paul een van de bewakers naar de houten omheining hollen. Met een stomp van de loop van zijn karabijn controleerde hij of de aap dood was, tilde hem toen aan zijn staart omhoog en liep triomfantelijk roepend terug naar zijn kameraden. Het was Stierennek, zag Paul.

De soldaat voelde dat Paul naar hem keek, bleef staan en wees naar de dode aap, die aan zijn eigen staart hing als een gehangene aan een zelfgeknoopt touw. Een waarschuwing of een misplaatste grap? Hij riep iets onverstaanbaars, lachte humorloos en liep verder.

Paul wist dat de rest van de middag geen dier zich meer in de bomen naast het kamp zou wagen, tot de herinnering aan de nabijheid van de dood de verleiding van het overhangend fruit niet meer kon overschaduwen.

II

GRAHAM STREKTE ZIJN BENEN EN VOELDE HOE DE ZOLEN VAN zijn voeten de tegen de houten bedrand weggetrapte lakens aanraakten. Hij moest heel even in slaap gevallen zijn, net als Angèle. Een miniem windvlaagje dat door het muskietennet van het open venster was gekomen had de klamme stilstaande lucht in de slaapkamer waarschijnlijk beroerd, waarna de lucht langs zijn bezwete lijf moest hebben gestreken. Hij wierp een snelle blik op het voeteneind en constateerde dat de gordijnen nog altijd gesloten waren. De koloniale villa was verlaten, op hun tweeën na, maar er kon altijd iemand vanaf de veranda door het raam staan loeren. Graham strekte ook zijn rechterarm en tastte met zijn vingers over het gladde oppervlak van het nachtkastje waar hij zijn sigaretten en aansteker dacht te hebben neergelegd. In plaats daarvan voelden ze de omtrekken van een horloge. Verbaasd draaide hij zijn hoofd en bekeek het uurwerk. Zwitsers, dat zag zelfs een leek.

'Dat is het zondagse horloge van Gilbert', hoorde hij Angèle naast zich opmerken. Vergiste hij zich of klonk er werkelijk trots in haar stem door?

'Heeft-ie een klokje voor elke dag van de week?' Graham merkte zelf de jaloerse ondertoon. Fout, dacht hij, ik had verbaasd moeten klinken, en direct moeten vragen of hij misschien elke wijzerplaat wantrouwt, omdat de tijd hem nooit vlug genoeg kan verstrijken tot het moment dat hij naar Frankrijk terug kan keren. Of hij daarom misschien zo veel mogelijk klokken aanschaft.

Hij vroeg het alsnog.

Angèle keek hem nadenkend aan, met haar hoofd steunend op haar rechterarm en haar linker op haar naakte dijbeen. 'Ben je bang dat ik dan met hem meega?'

Haar wedervraag ergerde hem. Om het niet te laten blijken richtte Graham zich op en graaide alsnog naar het pakje sigaretten en de aansteker. Gitanes zonder filter. Ter ere van zijn Franse maîtresse rookte hij tegenwoordig een oer-Frans merk, althans als zij in de buurt was. Hij stak er twee op en gaf er een aan haar.

'Nou?' drong ze aan.

'Ik zou het niet fijn vinden', gaf hij onwillig toe.

'"Niet fijn", wat is dat nou voor een reactie!' Hij kreeg een stroom nijdige rook in zijn gezicht geblazen. Inwendig kromp Graham ineen. Hun gekibbel volgde altijd hetzelfde patroon. Angèle wilde bevestigd worden in haar wens meer voor hem te zijn dan 'zomaar' een minnares – wat hij in eerste instantie halfslachtig deed, waarna zijn gebrek aan overtuigingskracht haar irriteerde. Aan de andere kant, als hij direct toegaf dat ze de liefde van zijn leven was werd ze afstandelijk en begon ze hem uit te dagen tot steeds overdrevener liefdesverklaringen. Die klonken uiteindelijk toch te halfslachtig naar haar zin, waarna ze alsnog kon mokken.

Graham besloot het ditmaal niet zover te laten komen. Hij pakte voorzichtig de sigaret uit haar hand en legde die samen met die van hemzelf in de asbak. Daarna legde hij zijn hand om een van haar volle borsten en kneedde die zachtjes. Onmiddellijk voelde hij het effect van zijn strelingen in zijn eigen kruis, maar Angèle leek onbewogen te blijven.

'Je moet niet denken dat je er zo makkelijk van afkomt', zei ze afgemeten.

'Jij ook niet', antwoordde hij fluisterend.

Ze probeerde zijn hand weg te duwen, maar inmiddels was zijn andere naar haar billen gekropen. Hij smoorde verdere opmerkingen in een kus en proefde zweet, parfum en tabak.

'De chauffeur kan eerder terugkomen', fluisterde ze nadat hij zijn tong uit haar mond had teruggetrokken.

Graham glimlachte. De chauffeur, de butler, de tuinman, de kok – al die kerels die ze vrijaf had gegeven konden eerder terugkomen. In werkelijkheid kwamen ze altijd later terug, maar het idee dat ze betrapt kon worden met een vreemde kerel in haar bed was volgens hem een van de fantasietjes van Angèle. Hij voelde dat ze haar verzet al had opgegeven, en dat ze in ieder geval deze middag niet meer zouden kibbelen.

Een vlieg die erin geslaagd was door de fijne mazen van het gaas te komen was de enige getuige van hun tweede vrijpartij van die middag.

***

Ze zaten op de veranda en dronken ijsthee uit twee glazen van baccarat-kristal. Alles in de villa ademde Franse grandeur, vond Graham, enkel de twee schommelstoelen herinnerden hem aan zijn vaderland, aan de veranda's in de zuidelijke staten, zoals Lousiana, waar hij als puber een paar keer was geweest. Of was dat toch typisch Frans? Het was tenslotte een Franse kolonie voor het een deel werd van de VS.

Angèle verstoorde zijn gemijmer: 'Vanaf maandag is Gilbert een hele week weg naar dat hydraulische project waar hij nu al maanden mee bezig is. Wij zouden ook weg kunnen gaan, misschien zelfs een paar dagen naar Bangkok.'

Graham keek haar aan zonder direct te antwoorden. Het licht van de laagstaande zon gaf haar kastanjebruine krulhaar een rode tint en deed haar lange wimpers extra goed uitkomen. Haar mond was geplooid in een glimlach die zowel verleiding als voorpret op voorhand moest uitdrukken. Hij glimlachte niet terug.

'Ik vrees dat ik volgende week ook weer op pad zal worden gestuurd. Vanavond hebben we een bespreking daarover.'

Ze zuchtte. Ook die pose kende Graham inmiddels. Kwaad worden, teleurgesteld doen, onverschilligheid veinzen – stuk voor stuk manieren om haar zin te krijgen. Alleen als ze opgewonden was ging hij ervan uit dat ze volkomen eerlijk was.

Toen ze niets zei vervolgde hij: 'Ik heb je in het begin al gezegd dat ik vaak weg ben en dat je dus niet mag verwachten dat ik een vervanger van je afwezige echtgenoot word.' Nog voor hij de zin had uitgesproken besefte hij dat hij zich op glad ijs begaf. 'Maar ik kom altijd terug', voegde hij er haastig aan toe.

Ze nam een slok van haar ijsthee en zuchtte weer. 'Dat weet ik wel. Maar ik ben hier zo vaak alleen en jij bent altijd vrolijk gezelschap, in tegenstelling tot Gilbert, die thuis even afwezig lijkt als wanneer hij weg is.'

Had een paar kinderen geadopteerd, dacht Graham, dat had je beziggehouden. Maar hij paste er wel voor op dit hardop uit te spreken. Angèle leverde dagelijks een gevecht met de verveling, wist hij inmiddels. Ze verveelde zich in de villa, waar Laotiaanse bedienden haar al het huishoudelijk werk bij voorbaat uit handen namen. Ze verveelde zich in de buitenlandse gemeenschap van Vientiane, waar Franstaligen in de minderheid waren en de Fransen die er nog woonden vooral ex-kolonialen op leeftijd mensen die liever spraken over het plezier dat ze vroeger hadden gehad dan over de lol die ze nu nog zouden kunnen maken. Alleen hijzelf leek haar niet te vervelen. Integendeel, ze sloeg haar klauwen steeds dieper in hem, zo diep dat het hem begon te benauwen.

Ze was mooi, maar ze was ook tien jaar ouder; ze was speels, maar ook oppervlakkig; en ze speculeerde steeds vaker over een gezamenlijke toekomst, wat Graham steeds duidelijker deed inzien dat er in die van hem geen plaats was voor haar.

Hij keek op zijn horloge – een ordinair Japans merk – en zag dat hij zich moest haasten om op tijd voor de bespreking te zijn. Hij nam een slok van zijn lauw geworden ijsthee en zocht naar passende afscheidswoorden, tenminste, voor vandaag. Spontane en verliefde opmerkingen leken steeds minder vaak op te borrelen.

***

Graham liet de fietstaxi halt houden bij het Anousavary-monument. De villa waar de bespreking plaatsvond lag in een van de straten die op het grote plein uitkwamen, maar uit voorzorg ging hij het laatste stuk liever te voet. De hoofdstad van Laos leek, met al zijn tropische loomheid, even ver verwijderd van de oorlog in het buurland Vietnam als Chili of Pakistan, maar Graham wist dat schijn bedroog. De enigen die de neutraliteit van het land serieus namen waren de Amerikanen, min of meer dan toch. De Russen, de Chinezen en vooral de Noord-Vietnamezen beschouwden Laos simpelweg als een uitvalsbasis voor hun activiteiten. Duizenden NVA-soldaten marcheerden via het Ho Chi Minh-pad ongehinderd naar en van Zuid-Vietnam. De Amerikanen waren de enigen die de moeite namen hun aanwezigheid in het land te verantwoorden of te camoufleren. Hij liet zijn bezwete handen over zijn portemonnee in de zak van zijn hemd glijden. Kijk mij hier nou staan, dacht hij, een CIA-agent met de identiteit van een agrarisch adviseur van USAID, en ik kan nog geen spade fatsoenlijk in de grond steken.

Hij keek onopvallend om zich heen om te controleren of de fietstaxi was vertrokken. Best mogelijk dat hij licht paranoïde was, maar Vientiane was volgens hem een broeinest van spionnen. Je kon nooit voorzichtig genoeg zijn. Hij haalde een sigaret uit het pakje in zijn borstzak en stak die omslachtig op. De wind nam de rook die hij uitblies mee in de richting van het enorme oorlogsmonument. Graham probeerde er niet naar te kijken, omdat het hem met zijn pompeusheid verwarde. Een Indochinese versie van de Arc de Triomphe in Parijs, nota bene opgericht om de soldaten te herdenken die in de onafhankelijkheidsoorlog tegen Frankrijk waren gesneuveld, en aangelegd met Amerikaans cement. Een collega had hem onlangs verteld dat het cement bedoeld was geweest voor een nieuwe landingsbaan bij het vliegveld Wattay en dat het monument daarom spottend 'de Verticale Landingsbaan' werd genoemd. Graham kon alleen maar het hoofd schudden over zoveel verspilling, ook al bevatte het Anousavary mooie boeddhistische beelden.

Hij zette zich in beweging met het air van een toerist die alle tijd heeft. Een nieuwe windvlaag bracht de geur van de nabije Mekongrivier in zijn neus. Geen enkele auto voegde er met zijn uitlaatgassen een dieselaroma aan toe. Graham verbaasde zich nog bijna dagelijks over het enorme contrast met het vele gemotoriseerde verkeer in Saigon en Bangkok, twee andere hoofdsteden die hij de voorbije jaren goed had leren kennen.

De villa in koloniale stijl maakte een verwaarloosde en verlaten indruk toen hij de straat overstak en de oprit op liep. Alle luiken waren gesloten. Toch twijfelde hij er niet aan dat hij al van honderd meter ver geobserveerd werd. Als om zijn vermoedens te bevestigen ging de voordeur open en kwam er een blanke man naar buiten. Hij droeg een licht zomerkostuum, maar aan zijn crewcut en zijn kaarsrechte houding wist Graham onmiddellijk met een militair te maken te hebben. Toen het jasje even opbolde ving hij bovendien een glimp op van een schouderholster.

Graham haalde zijn identiteitskaart uit zijn achterzak en overhandigde die aan de bewaker. De man vergeleek het gezicht op de foto met het gezicht dat voor hem stond knikte nauwelijks merkbaar en gaf hem de kaart terug.

'U wordt dringend verwacht, luitenant.'

Dringend? Graham wierp een bange blik op zijn polshorloge toen hij de hal binnenstapte en zag dat hij inderdaad vijf minuten te laat was. Vijf minuten, wat was er in godsnaam zo belangrijk dat ze over vijf minuten vertraging al ongeduldig werden?

Een tweede militair dook op, die hem vluchtig en ongeïnteresseerd fouilleerde en vervolgens voorging naar de huiskamer. Graham duwde een stoel opzij waarop hij blijkbaar de wacht had zitten houden. Er lag een tijdschrift op de zitting. Hij hield zijn hoofd schuin om de titel te kunnen lezen: *Donald Duck*.

'Gaat u maar naar binnen, luitenant.'

Hij opende de deur en liet Graham een ruime woonkamer binnenstappen. De grote vierkante tafel waar een aantal mannen omheen gebogen stond vulde onmiddellijk zijn blikveld. Vier paar ogen richtten zich bijna gelijktijdig op hem. Onwillekeurig sperde Graham zijn neusgaten even open terwijl hij automatisch in de houding sprong en salueerde. Een mengeling van tabaksrook, zweet en aftershave dreef zijn reukorgaan binnen.

'Welkom, luitenant Marquand. Ik was net met mijn uitleg begonnen, kolonel Banks nog niet met de zijne.'

Graham knikte en pikte de verborgen boodschap in de woorden van majoor Wescott op: als je nog iets later was geweest had je echt een uitbrander kunnen verwachten.

De kolonel taxeerde hem vluchtig; de beide anderen namen hem met meer nieuwsgierigheid op. Graham voegde zich bij de tafel, gaf eerst de kolonel en de majoor een hand en stelde zich toen voor aan de twee overblijvers.

'Kapitein John Donhu, LRRP.'

Graham kreeg een ijzeren handdruk en merkte dat alles aan de man tegenover hem staalhard leek, van de spieren in zijn armen tot de lijn van zijn kaken. Het resultaat van jarenlang vele uren per dag trainen.

'Kapitein William Mencken, US Air Force.'

Een minder stevige handdruk, en een minder overdreven gespierd lichaam, wel twee zeer alert kijkende blauwe ogen in een nog jongensachtig gezicht. Graham vermoedde een grote tegenwoordigheid van geest achter de open blik.

'Heren, luitenant Graham Marquand is officieel als consulent in dienst bij USAID, maar ik hoef jullie niet te vertellen wie zijn officieuze werkgever is', stelde majoor Wescott hem voor. 'Marquand heeft een legerrang, omdat hij de verbindingsman is tussen ons en de CIA in geval van verborgen acties vanuit Laos.'

Graham zag hun gezicht nauwelijks merkbaar verstrakken. Natuurlijk wisten ze dat USAID nauwe banden onderhield met de geheime dienst, zoals luchtvaartmaatschappij Air America een dochteronderneming van de CIA was. En vanzelfsprekend hadden ze er bij voorbaat de pest in dat ze moesten samenwerken met de spionageclub uit Langley. Maar hij was dit soort animositeit inmiddels gewend en had geleerd die te negeren. Gewoonlijk ontdooiden de legerofficieren zodra ze merkten dat hij in de eerste plaats een militair was. Van 'iemand van hen' werd hij dan geleidelijk aan toch 'een van ons'.

De kolonel schraapte zijn keel, waarop de majoor haastig recapituleerde wat Graham had gemist: 'Ik zei net dat de verdenking dat er zogenaamde specialisten uit andere communistische satellietstaten aan het werk zijn in de krijgsgevangenenkampen, zijn bevestigd door de debriefing van twee onlangs vrijgelaten gevangenen. We wisten al dat we manschappen verliezen door opzettelijke uithongering of door het onthouden van medische zorg, nu is daar een gevaar bij gekomen: psychische en fysieke foltering. Dat betekent dat we de voorbereidingen voor Operatie Freeborn moeten versnellen. Daarvoor zijn we hier bij elkaar.'

Graham knikte. Even bekroop hem de angst dat versnellen gelijk zou staan aan fouten maken. De majoor trok het hawaïhemd dat hem een oppervlakkige camouflage van toerist moest bieden recht, keek vluchtig rond en wees op de landkaart die op de tafel lag uitgespreid. Zijn vinger prikte ergens in het midden. Graham boog iets naar voren om te zien welk gebied hij had aangewezen: in het westen van Noord-Vietnam, niet al te ver van de grens met Laos.

'In dit junglekamp bijvoorbeeld schijnen een Oost-Duitse en een Cubaanse kameraad', het laatste woord spuugde hij met hoorbaar veel walging uit, 'leden van Amerikaanse grondtroepen en mariniers onder handen te nemen. Dat is voor ons een geluk bij een ongeluk. Een bevrijdingsactie tegen het Hanoi Hilton en de andere kampen waar neergeschoten piloten gevangen worden gehouden ligt buiten onze mogelijkheden: we zouden er misschien wel binnen raken, maar nooit meer buiten. Een kamp aan de periferie is echter met succes aan te vallen.'

Iedereen knikte. Graham zag dat de anderen een glas voor zich op tafel hadden staan. Wescott volgde zijn blik en onderbrak zijn betoog om de bewaker in de gang te roepen. Die stak een hoofd om de deur dat geestelijk duidelijk nog in Duckstad was.

'Breng een nieuwe fles whisky, een emmer met ijs en een extra glas voor luitenant Marquand.'

De stripliefhebber salueerde en sloot de deur achter zich. Graham bedankte en richtte zijn aandacht weer op de landkaart om zwijgend aan te geven dat ze verder konden gaan met de bespreking, maar de majoor wachtte tot de glazen waren bijgevuld en gaf toen onverwacht het woord aan de kolonel.

'Bedankt tot hiertoe, majoor Wescott', sprak Banks op formele toon. 'Heren, jullie vertegenwoordigen elk een van de betrokken diensten of onderdelen. Ik weet dat jullie al de nodige mondelinge instructies hebben ontvangen over het doel en de methode van de operatie; vanmiddag gaan jullie meer vernemen over het hoe en het waar. Ook hiervan komt niets op papier te staan. De reden daarvoor hoef ik niet uit te leggen.'

Ze keken elkaar kort aan, als om te kijken dat niemand zo onnozel was te denken dat dit een officiële operatie was, waarbij hun daden gedekt waren door een hele rits bevelen. Als er iets misging konden ze zich op niets of niemand beroepen. Officieel zijn vier van de vijf mannen in deze kamer niet eens in dit land, dacht Graham.

'Ik moet benadrukken dat deze actie niet uitsluitend is ingegeven door het nobele streven onze gevangen makkers te bevrijden', ging de kolonel verder. 'Al enkele malen zijn vrijgelaten gevangenen onder veel belangstelling van de pers aangekomen in Phnom-Penh. Politieke tegenstanders van de oorlogsinspanning hebben goede sier gemaakt met die vrijlatingen. Ze laten niet na te benadrukken dat zij met hun indirecte besprekingen meer bereiken bij de vijand dan wij met onze bombardementen. Ik hoef jullie niet uit te leggen dat die politici de vijand juist grandioos in de kaart spelen.'

Iedereen knikte energiek, ook Graham. Hij had geheime verslagen gelezen waaruit bleek dat de Noord-Vietnamese leiders de kracht van de antioorlogsbeweging in de VS sterk overschatten, maar wel namen ze de groei van het aantal demonstraties mee in hun besluit serieuze vredesonderhandelingen met de imperialistische vijand zo lang mogelijk uit te sluiten. De ironie van het protest tegen de oorlog was dat het de vastberadenheid van de vijand versterkte en dus de oorlog verlengde. In wezen schoten al die demonstranten in hun eigen voet, vond Graham.

'Het wordt daarom de hoogste tijd dat wij laten zien dat we zélf in staat zijn onze mensen te bevrijden uit de klauwen van de communisten', sprak Banks, en hij balde even zijn rechtervuist. 'Als Operation Freeborn een succes wordt, maken we een statement naar alle kanten: de vijand, onze eigen politici, en onze eigen militairen.'

Graham schraapte zijn keel en vroeg het woord. De kolonel trok verstoord een dikke grijze wenkbrauw op, maar gaf hem toestemming. 'Sir, moeten we niet vrezen dat een dergelijk succes eenmalig is? Als de Noord-Vietnamezen merken hoe kwetsbaar hun kampen buiten Hanoi zijn, zullen ze alle gevangenen in de hoofdstad concentreren.'

Te laat besefte hij dat hij de laatste zin als een vraag had moeten uitspreken en niet als een stelling. De majoor en de kolonel wisselden een vlugge blik, waarna het geïrriteerde antwoord van de laatste kwam: 'Wat wil u daarmee zeggen, luitenant? Dat we de operatie dus maar moeten afblazen, zodat die kampen aan de periferie kunnen blijven bestaan?'

'Nee, zeker niet, kolonel.' De woorden klauwden bijna over elkaar heen in hun haast uit zijn mond te komen. 'Het grote politieke en militaire belang van de operatie staat voor mij en mijn collega's buiten kijf.'

Banks nam een slok van zijn whisky. Het gerinkel van de ijsblokjes benadrukte de geladenheid van de stilte. Graham voelde het zweet op zijn voorhoofd parelen.

'Goed, de luchtmacht heeft met een van haar op grote hoogte vliegende spionagetoestellen foto's van ons doelwit gemaakt. Het kamp heeft een Vietnamese naam, maar wij hebben het de codenaam Malraux gegeven, naar een of andere maffe Fransoos die boeken over dit gebied heeft geschreven. Ik stel voor dat u ze nu tevoorschijn haalt, kapitein Mencken.'

Graham nipte aan zijn eigen glas. Door zich op de smaak van de drank te concentreren kon hij zijn emoties weer onder controle krijgen. Geen wijsneuzerige opmerkingen meer, hield hij zichzelf voor. Uiteindelijk was hij hier om te luisteren. Als ze in de loop van de volgende bijeenkomsten ooit waarde zouden hechten aan zijn mening, moesten ze het hem maar expliciet vragen.

Mencken opende een map en haalde er tientallen foto's uit. Graham boog zich gelijktijdig met de anderen naar voren, waardoor er een licht gedrang ontstond rond de tafel. De traag draaiende ventilator deed zijn best het hogedrukgebied aan zweetlucht dat boven het blad hing weg te werken.

'Malraux is een relatief klein kamp', begon de luchtmachtkapitein. 'We schatten dat er niet meer dan een vijfentwintigtal gevangenen zitten. In feite is het een soort doorgangskamp tussen de mobiele junglekampen die de Vietcong in het zuiden inricht, voor vijf of zes gevangenen, en de echte gevangenissen in of rond de hoofdstad, waar wel honderd mannen kunnen worden vastgehouden. Wat in Malraux vastzit is over het algemeen klein grut – althans, vanuit het oogpunt van de NVA: soldaten van de infanterie en de artillerie. De echte buit, de piloten en officieren, wordt direct ondergebracht in het Hanoi Hilton.'

Graham bekeek de luchtopnames, maar kon weinig meer onderscheiden dan de daken van houten barakken en wachttorens met tussendoor wat poppetjes. Zou een van die poppetjes Paul kunnen zijn? Even had hij de neiging zich dichter naar de tafel te buigen, realiseerde zich toen het absurde ervan en dwong zijn gedachten weer naar het werk waarvoor hij hier was. Hij vroeg zich af hoe ze er zo zeker van konden zijn dat de mannen die er vastzaten geen Vietnamese deserteurs waren, of burgers die door de alomtegenwoordige geheime politie waren opgepakt op verdenking van sabotage. Hij kon zich echter bedwingen er een opmerking over te maken.

'We hadden graag gezien dat het spionagetoestel nog enkele missies boven dit gebied had gemaakt, maar om voor de hand liggende redenen was dat niet mogelijk. We zullen het dus met deze beelden moeten doen.' Mencken trok een gezicht dat als verontschuldigend kon worden geïnterpreteerd. De majoor en de kolonel knikten begripvol. De kapitein van de rangers keek grimmig.

'Ja, dat is de achilleshiel van Operatie Freeborn', merkte Banks op. 'Als we te veel heisa maken over het bestaan van kamp Malraux, riskeren we dat deze zaak ons boven het hoofd gaat groeien, dat wil zeggen boven divisieniveau. We hebben nu de stilzwijgende instemming van onze meerderen, inclusief generaal Faulks, maar jullie weten net zo goed als ik dat het Pentagon nooit toestemming zou geven voor deze actie, hoe bescheiden die ook is. Noord-Vietnam is *off limits* voor onze troepen. Dus hebben we het van meet af aan stilgehouden, maar daardoor ook begrensd en waar het kan extern. Daar verandert in deze laatste fase niets aan.'

'Extern' – Graham wist dat het een eufemisme was voor het inschakelen van commando's uit bevriende Aziatische staten, bijgestaan door enkele Amerikaanse specialisten. De actie moest nog van start gaan, maar de heren waren zichzelf al volop aan het indekken voor als het misging. In gedachten zagen ze de helikopters al te pletter vallen en de papieren voor hun eigen degradatie getekend. Wat een instelling eigenlijk, dacht hij, met zo'n negatieve houding vroeg je bijna bij voorbaat om een mislukking.

'Luitenant!'

Te laat besefte Graham dat het al de tweede keer was dat hij werd aangesproken. Hij had staan suffen. 'Excuseer, kolonel. Ik was te verdiept in de foto's en wat ze betekenen. Kunt u de vraag herhalen?'

'Het was dan ook een lastige vraag', kwam Donhu tussenbeide. Zijn toon was ironisch. Graham kleurde en realiseerde zich dat de ranger wist dat de CIA-man enkel een ontwijkend antwoord kon geven.

'Ik vroeg wat uw agentschap aan informatie kan toevoegen?'

'Niets concreets helaas, kolonel. We hebben de voorbije maanden enkele teams van agenten in Noord-Vietnam geparachuteerd, maar buiten wat verspreide berichten over gesaboteerde bruggen en spoorwegverbindingen hebben we niets ontvangen dat betrekking heeft op krijgsgevangenen.'

Banks zuchtte, maar leek niet verrast. 'Nog een nadeel voor onze teams, heren, beperkte inlichtingen. We hebben een aantal namen van gevangenen, we hebben een ruwe schatting van de bewaking, maar we moeten rekening houden met onaangename bijkomstigheden. Voor we overgaan naar het rapport van kapitein Donhu laat ik de glazen nog eens volschenken.'

De deur van de kamer ging weer open en de militair kwam binnen. Als dat in dit tempo doorging zouden ze straks als dronken eenden achter elkaar dit pand uit waggelen. En dan heette Vientiane veiliger te zijn dan Udorn in Thailand, want daar hadden de muren zogezegd oren. Nou, hier konden eventuele spionnen de details op straat uit eerste snavel vernemen.

***

Het was al urenlang donker toen het gezelschap de villa verliet. De kolonel was als eerste weg. Hij stapte in een gereedstaande Buick en liet zich op de achterbank ploffen. Doordat de wagen een militaire chauffeur had, leek Graham de camouflage van een burgervoertuig volstrekt overbodig. Mencken en Donhu vertrokken te voet. Wescott bleef nog wat staan treuzelen, terwijl hij net als Graham een pas aangestoken sigaret oprookte. Ze keken de beide kapiteins na en zagen dat die niet helemaal in een rechte lijn liepen.

'Heeft u toch nog iets met mij te bespreken, majoor?'

De whisky had Graham alsnog spraakzamer gemaakt, maar hij kende Wescott ook al enkele maanden en wist dat het respect wederzijds was. De ander nam een diepe haal en gebaarde hem mee te lopen. Honderden meters verder liepen de piloot en de ranger in de richting van het oorlogsmonument, dat verlicht werd door schijnwerpers en fakkels.

'Je zult wel gemerkt hebben dat de anderen niet blij zijn met het feit dat The Company erbij betrokken is', begon Wescott.

Graham haalde zijn schouders op. 'Ik ben het gewend, majoor. Maar twee presidenten geleden is nu eenmaal bepaald dat al dit soort operaties in samenspraak met de CIA moeten worden uitgevoerd. Wij zorgen voor een deel van de inlichtingen, meer niet. Als die commando's straks een aanval uitvoeren op kamp Malraux, zit de dichtstbijzijnde CIA-betrokkene hier in Vientiane.'

Wescott schudde het hoofd. 'Daar vergis je je in. Jij gaat mee.'

Graham voelde zijn rechterbeen stokken in zijn beweging en stond stil. Hij was onaangenaam getroffen door wat hij zojuist had gehoord. 'Ik? Wat heb ik in hemelsnaam toe te voegen aan de capaciteiten van rangers? Ik ben een blok aan het been voor die gasten.'

In zijn haast vergat hij 'majoor' of 'sir' toe te voegen.

Wescott op zijn beurt bleef staan en draaide zich naar hem toe. Met zijn handen op zijn rug en zijn mond in een moeizame plooi zag hij eruit als een longarts die op het punt stond zijn patiënt mee te delen dat die nog slechts drie maanden te leven had.

'De legerleiding maakt zich niet alleen zorgen over het pr-succes van bepaalde senatoren en congresleden, maar ook over de betrouwbaarheid van sommige teruggekeerde krijgsgevangenen.'

De twee mannen keken elkaar zwijgend in de ogen, terwijl Graham de boodschap die in de zin verborgen lag op zich liet inwerken. 'Dat lijkt me onterecht,' antwoordde hij ten slotte, 'uit Korea zijn ook geen mollen of andere verraders teruggekeerd.'

'Zijn we daar heel zeker van?'

Graham dacht lang na over de implicaties van de opmerking. Uiteindelijk bewoog hij heel langzaam zijn hoofd van links naar rechts. 'Mollen kunnen zich desnoods twintig of dertig jaar als brave burgers voordoen', gaf hij met tegenzin toe. 'Maar u zult moeten toegeven dat je heel erg veel uit de kast dient te halen wil je een Amerikaanse militair zijn land laten verraden.'

Nu was het de beurt aan de majoor om na te denken, maar hij deed er niet langer over dan de tijd die nodig was om zijn peuk uit te trappen, een pakje Winstons uit zijn borstzak te halen en een sigaret aan Graham te presenteren. 'Dat geef ik toe.' Zijn antwoord verborg zich in een wolk van rook, als een teken dat hij niet echt meende wat hij zei. 'En de Noord-Vietnamezen zelf zijn er zeker niet toe in staat. Ze spreken onze taal nauwelijks, ze weten niets van onze cultuur, en hun ondervragingsmethoden zijn te ruw. De Cubanen staan veel dichter bij ons. Ik heb een rapport gelezen over een vent die de gevangenen Ernesto noemen en die perfect Engels spreekt. De meeste angst heb ik overigens voor een officier uit de DDR, een man over wie we niet meer weten dan dat hij Günther heet.'

'Als we niets meer over hem weten dan zijn naam, hoe kunt u dan zo bang voor hem zijn?'

Opnieuw voelde Graham dat hij beter zijn tong had kunnen afbijten. Het moest de combinatie van de alcohol met de koele buitenlucht zijn.

Wescott leek echter niet beledigd. 'Onze specialisten vermoeden dat hij is getraind door de Russen. En de Russen sturen geen klungelaars naar dit gebied. Een echte topagent kan veel bereiken. Dat bewezen de Russen vóór de Tweede Wereldoorlog al.'

Graham wist waar de majoor aan dacht. Indertijd had Moskou topspionnen in China en zelfs in Japan. Richard Sorge, de man die Stalin exact wist te vertellen wanneer Hitler de Sovjet-Unie zou binnenvallen, zat in het hol van de leeuw, op de Duitse ambassade, en had een heel netwerk van Japanse spionnen om zich heen verzameld. Japanners die bereid waren hun godheid, de keizer, te verraden – als je daartoe in staat was, moest het 'omdraaien' van een Amerikaan een stuk makkelijker zijn.

'En Günther zou in kamp Malraux werkzaam zijn?'

De majoor knikte. 'Al een tijdje. Eerlijk gezegd verbaasde het ons dat hij zich bezig zou houden met grondtroepen, terwijl in Hanoi zoveel marineofficieren en luchtmachtpiloten gevangenzitten.'

'Dat duidt er alleen maar op dat Hanoi voorlopig niet van plan is veel piloten vrij te laten. Misschien houden die fanatieker vast aan de militaire erecode en zijn infanteristen makkelijker te breken.'

Wescott grijnsde. 'Voelt niet goed, hè? Als je moet toegeven dat je eigen legeronderdeel een makkelijker prooi vormt.'

Graham haalde de schouders op. 'Het is niet gezegd dat die Günther werkelijk succes heeft. Bovendien, nu we dit vermoeden zullen vrijgelaten militairen extra worden gescreend en niet op vertrouwensposten terechtkomen.'

De grijns verdween van Wescotts gezicht. 'Vergeet dat maar. Militairen die krijgsgevangen zijn geweest, worden bevorderd en krijgen medailles. Terecht overigens, daar gaat het niet om. Maar over een aantal jaren, als de oorlog voorbij is, wordt de noodzaak van die extra screening vergeten.'

Graham volgde het omhoog kringelen van de rook van zijn sigaret, tot die oploste in de donkere lucht boven zijn hoofd. De majoor had gelijk. Voor de Russen was dit een ideale gelegenheid spionnen te plaatsen in het hart van het Amerikaanse leger. En de KGB wist hoe ze agenten van op afstand en over een periode van jaren of zelfs decennia moest sturen. Toch bleven er bezwaren bij hem bovenkomen.

'Hoe kan ik in hemelsnaam ontdekken of een bevrijde gevangene werkelijk de kant van de vijand heeft gekozen? De meesten zullen het spelletje toch simpelweg zonder overtuiging hebben meegespeeld.'

Wescott zette zich weer in beweging, zodat Graham geen andere keuze had dan naast hem te gaan lopen. De ranger en de piloot waren in de verte uit het zicht verdwenen. Het oorlogsmonument lag er compleet verlaten bij.

'Dat is nu juist wat je moet ontdekken: wie heeft gedaan wat er van hem verlangd werd, en in hoeverre? Werk volgens het principe van de eliminatie. In plan A reizen jullie per helikopter, maar in plan B zal de groep enkele dagen door de jungle moeten trekken. In dat geval zul je er voldoende tijd voor hebben. De twijfelgevallen geef je later aan ons door, en wij vervolgen het onderzoek.'

Graham vroeg zich af hoe hardhandig de militaire inlichtingendienst waar Wescott deel van uitmaakte te werk kon gaan bij het verhoor van Amerikaanse ex-gevangenen, maar dat was niet de vraag waar hij het dringendst een antwoord op wilde hebben: 'Majoor, en wat doe ik als ik helemaal geen twijfel heb over zijn gebrek aan vaderlandslievendheid ?'

'Dan zorg je ervoor dat die onder geen beding Laos bereikt.'

Het laatste stuk tot het oorlogsmonument legden ze in volledige stilte af, niet uit respect voor de doden, bedacht Graham, maar opdat ze later alle twee konden doen alsof dit bevel tot eliminatie van een landgenoot nooit gegeven en nooit ontvangen was.

III

‘Rijst, altijd maar weer rijst, nooit brood of pasta of aardappelen.’

Lewis sprak het woord met langgerekte lettergrepen uit, alsof hij er anders te weinig afkeer in kon leggen. Paul volgde ongeïnteresseerd de trage bewegingen die de sergeant met zijn houten lepel in de rijstpot maakte. Aan de andere kant van het vuur zaten Henderson en Nielsen. Hun zwarte pyjama’s zagen er even haveloos uit als die van hem, de laag vuil op hun huid leek even dik als die op de zijne. Wel zaten er bij Henderson meer zweren en schimmelplekken op zijn armen. Paul wierp een vlugge blik op het hoofd van de klagende Lewis. De schimmelinfectie waarvan ze allemaal last hadden was bij de sergeant tot op zijn schedel gekomen. Het toch al dunnende en grijzende haar van de vroegtijdig oud geworden militair werd daardoor ook nog eens ontsierd door vieze plekken.

‘Is de vis goed gaar?’ vroeg Henderson met smakkende lippen.

‘Vis? Noem jij zo’n zwemmende graat een vis? Als je hem kookt blijft er helemaal niks van over. Maar wees gerust, je mag mijn deel ervan hebben.’

Hij concentreerde zich weer op de rijst en verlaagde zijn stem tot een onverstaanbaar gemompel. ‘Oké, *sarge*’, bedankte Henderson hem bij voorbaat.

Paul keek over zijn schouder of er geen bewaker aankwam. Ze hadden geen rang meer in dit kamp en werden ook niet geacht die van een ander te respecteren. Alles wat eraan herinnerde, zoals salueren, was verboden. Als de Vietnamezen merkten dat de gevangenen het toch deden riskeerden ze straf, en Paul wilde onder geen beding opnieuw een nacht zonder muskietennet doorbrengen. Hij overwoog Henderson te berispen, bedacht toen dat de ander waarschijnlijk in een automatisme had geantwoord en dat een waarschuwing dus toch aan dovemansoren gericht zou zijn.

Lewis oordeelde dat de rijst lang genoeg had gekookt en liet ieder van hen zijn kom aangeven om te vullen. Nog altijd mompelend verdeelde hij de inhoud van de pan zo eerlijk mogelijk. Henderson viel gelijk aan en schrokte alles naar binnen. Nielsen probeerde de stukjes reuzel die tussen de rijst lagen te kauwen in plaats van ze meteen door te slikken, wat niet meeviel met zijn door scheurbuik aangetaste tanden en kiezen. Paul at met lange tanden. Hij moest nog steeds moeite doen zijn afkeer van het voedsel te overwinnen. De rijst smaakte bovendien naar niks.

'Hoe was het bij Günther?'

Ze waren uitgepraat over muggenbulten en slaapgebrek. De angst voor een nieuwe confrontatie met de Oost-Duitser begon de mannen weer in zijn greep te krijgen. Bijna iedereen had zijn beperkte arsenaal van ontwijkende antwoorden uitgeput. Günther begon tekenen van ongeduld te vertonen en te dreigen met repercussies als ze bleven weigeren 'hun reactionaire houding te onderkennen en te leren van hun fouten'. Ze wisten inmiddels dat hij zijn dreigementen ook uitvoerde.

Paul aarzelde. Hij had zich voorgenomen de anderen niet te vertellen dat hij had opgeschreven wat de Oost-Duitser wilde, maar bedacht dat Günther de papieren waarschijnlijk zou gebruiken om de anderen te overtuigen. 'Kijk, deze jongen is slim. Hij weet dat de enige weg uit deze oorlog die van het Volksfront is. Nou jij nog.' Zoiets. Toch viel het hem zwaar toe te geven wat hij had gedaan. 'Ik heb geschreven wat hij wilde,' zei hij na enige aarzeling.

Zelfs de hongerige Henderson onderbrak even zijn obsessieve schransen.

'Godverdomme, hebben die paar muggen je zover kunnen krijgen dat je je land verraadt?'

Paul schrok van de felheid waarmee Lewis zijn woorden uitsprak. Hij voelde zich nu al volledig in het nauw gedreven, maar tegelijk merkte hij dat er een boosheid in hem opborrelde: 'Het waren niet zomaar een paar muggen en ik weet ook niet hoe lang ik dit langzame creperen nog kan volhouden.' Hij prikte met een benige vinger in zijn zichtbare ribbenkast. 'Het is maar papier. Het is tekenen onder dwang. Wat kan dat in hemelsnaam voor gevolgen hebben?'

'Je weet dat ze ermee gaan zwaaien voor de buitenlandse pers. Straks gaan ze je nog voor de radio halen, zoals die piloten laatst die hun familieleden bedankten voor de pakjes die ze hun via het Rode Kruis hadden gestuurd.'

'Ik zie niet in wat de communisten daarmee kunnen doen', zei Paul, terwijl hij met zijn eetstokjes over de lege bodem van zijn kom schraapte.

'Snap je dat dan niet?' ontplofte Lewis. 'Niemand van ons krijgt pakjes. Die smeerlappen houden ze allemaal voor zichzelf. Wij sterven hier letterlijk van de honger, en ondertussen denkt de buitenwereld dat wij ons volstoppen met chocolade!'

'*Sarge*, hou je in', siste Henderson. 'Straks alarmeer je een bewaker.'

'Daar komt er al een', waarschuwde Nielsen, terwijl hij ogenschijnlijk doodgemoedereerd verder at.

Paul keek niet om, maar aan de uitdrukking op de gezichten van de anderen kon hij zien wie hun kant op kwam: de Bruut. Hij voelde zijn hart sneller kloppen en deed of hij zich op een achtergebleven rijstkorrel concentreerde. Misschien zou de Bruut hem dan negeren. Hij had zich maar wat wijsgemaakt. Een pijnlijke stomp tegen zijn schouder en een snauw maakten hem duidelijk dat hij op moest staan. Hij sprong bijna overeind en maakte direct de verplichte buiging. Uit zijn ooghoeken zag hij dat Lewis niet diep genoeg boog. De Bruut snauwde weer iets en gaf hem een klap tegen zijn hoofd. De sergeant wankelde en boog alsnog dieper.

Zoals de meeste Vietnamezen was de Bruut niet groot, maar wel breed en gespierd en bovenal was hij onvriendelijk. Wanneer hij maar kon sloeg hij. Paul waakte ervoor hem recht in de ogen te kijken. De man stond met zijn benen gespreid en zijn handen op de heupen. Hij keek hen een voor een aan, maar Paul merkte tot zijn opluchting dat de uitdrukking op zijn vlezige gezicht er eerder een van geamuseerdheid dan van kwaadheid was.

'Jullie eten, niet discussiëren!' riep hij in gebroken Engels. 'Jullie discussiëren, jullie ook werken.'

Ze moesten er alle vier onaangenaam verrast uitzien, want de Bruut begon te lachen. 'Goed', sprak hij verheugd. 'Goed, jullie meekomen en werken.'

Hij keek niet of ze hem volgden. Na twee maanden wist hij dat ze automatisch hun eetgerei naast het gedoofde vuur zouden zetten en achter hem aan zouden lopen. Paul vloekte inwendig. Als Lewis zich had weten te beheersen hadden ze een siësta kunnen houden. Nu zou de Bruut hen minstens een uur in de hete zon met blokken hout laten slepen. Hij wist dat hij onderhand te zwak was geworden voor zelfs dit lichte werk. Ook al wogen de houtblokken slechts enkele kilo's, in Pauls handen veranderden ze elke dag een beetje meer in lood. Voor het eerst in al die maanden vreesde hij serieus te zullen bezwijken; voor het eerst in al die weken verlangde hij naar een gesprek met Günther.

De Bruut werd staande gehouden door een andere Vietnamees. Paul kon niet verstaan wat ze zeiden, maar zag hen plotseling alle twee naar hem kijken. De Bruut gebaarde dat hij met de andere bewaker mee moest lopen. Günther, dacht Paul, en hij kon niet voorkomen dat hij een zucht van verlichting slaakte.

Hij groette de anderen, maar in plaats van ook een opgestoken hand kreeg hij slechts een giftige blik toegeworpen van sergeant Lewis.

***

Ze waren met zijn drieën. Paul zag een andere Amerikaanse militair op de stoel zitten die hij in gedachten al als de zijne was gaan beschouwen. Hij was onaangenaam verrast en tegelijk nieuwsgierig. De ander bekeek hem met ogen waaruit dezelfde gemengde gevoelens spraken.

Günther wees hem naar een stoel die een exacte kopie leek van het meubelstuk waar hij zelf steeds op gezeten had. Het viel Paul nu pas op dat hij waarschijnlijk uit een school afkomstig was – een koloniaal overblijfsel of anders een geschenk van een van de socialistische broederlanden. Hoe dan ook zat hij er even ongemakkelijk op.

'Paul Marquand, dit is Sinclair Thompson', stelde de Oost-Duitser hen aan elkaar voor. Zoals altijd had zijn Engels maar een licht Duits accent. 'Ik heb jullie vanmiddag samengebracht, omdat jullie dezelfde mate van vooruitgang hebben geboekt.'

Paul liet zijn blik vlug van onder tot boven gaan. De zwarte kleding was in een betere staat dan die van hem, weinig uitslag of andere tekenen van ziekte en ondervoeding. Hij vermoedde dat Thompson nog niet zo lang geleden krijgsgevangen was gemaakt. Rangen werden niet genoemd. De ander kon evengoed een jonge luitenant als een soldaat zijn.

Hij richtte zijn aandacht weer op hun instructeur. Ondanks het feit dat hij een Noord-Vietnamees legeruniform droeg was Günther onmiskenbaar een Europeaan: te groot, te blank en te grijs om voor een Aziaat te kunnen doorgaan. Hij stond met zijn armen op zijn rug achter de houten tafel die hij als zijn persoonlijke domein beschouwde, de houding van een koloniaal ambtenaar en allerminst die van een anti-imperialist, viel Paul op. Hij keerde zich van Thompson af en richtte zijn aandacht op Günther. Zijn geest was al te veel afgestompt om zich langer dan nodig bezig te houden met zaken die niet samenhingen met overleven. Als Günthers stemming goed was kreeg hij thee en misschien zelfs een sigaret, als er onweer dreigde moest hij zien te voorkomen straf te krijgen. Er waren maar twee kaarten en zo simpel lagen ze.

Günther begon heen en weer te benen door het lokaal. Vier stappen naar links, vier stappen terug en dan weer vier stappen verder naar rechts en weer terug. De hoofden van de twee Amerikanen volgden, alsof ze naar een ijsbeer in de dierentuin keken.

'Ik weet dat jullie het onderling voortdurend hebben over de Conventie van Genève, en dat het Volksfront die aan zijn laars zou lappen', begon hij zonder aankondiging te spreken. 'Laat me dat nuanceren door te vertellen over mijn eigen jaren van krijgsgevangenschap in de Sovjet-Unie.'

Paul merkte dat Thompsons hoofd in dezelfde beweging verstarde en dat Günther hen had waar hij hen hebben wilde. De ander trapte er nog verder in en stelde de vraag: 'U, krijgsgevangene in Rusland...?'

De Oost-Duitser glimlachte tevreden. 'Ik heb eerst aan de andere kant gevochten. Ik nam als jonge luitenant deel aan Hitlers veldtocht tegen Rusland en ik belandde met een paar honderdduizend anderen in een stad aan de Wolga, een stad die maar niet wilde capituleren en waar de gevechten maandenlang hebben aangesleept.'

Stalingrad, dacht Paul, maar hij bleef zwijgen.

'Stalingrad?' vroeg Thompson.

Günther knikte, als een onderwijzer die trots is op het juiste antwoord van een leerling. 'Toen we er aankwamen was het nog bijna zomers, nadat we er vast kwamen te zitten werd het kouder en natter. Alles werd schaarser: de rantsoenen, de medicijnen, maar ook de munitie. Het enige waar we geen gebrek aan hadden was doden en gewonden, ratten en natuurlijk verse vijanden. De Russen verloren evenveel manschappen als wij, maar Stalin bleef maar versterkingen sturen.'

De Oost-Duitser bleef even staan en keek door het open venster naar buiten, alsof in de jungle verderop stukjes Stalingrad waren te vinden. Daarna hervatte hij zijn ijsberen. We hadden bijna de hele stad in handen, maar de puinhopen van de fabrieken en andere gebouwen aan de westelijke oever kregen we niet in handen. Wat we ook deden, we slaagden er nooit in de Wolga over te steken en de andere oever te veroveren. Omgekeerd lukte het de Russen niet het bezette deel van de stad te bevrijden. Het enige wat ze konden doen was manschappen opofferen om de patstelling in stand te houden en ondertussen het gebied te omsingelen.'

Paul voelde intuïtief dat er iets niet klopte aan het verhaal. Günther leek impliciet kritiek te leveren op de strategie van het Rode Leger, alsof de communisten net zo onachtzaam met het leven van hun soldaten waren omgegaan als de nazi's met de hunne.

'Goering had Hitler beloofd dat zijn Luftwaffe het Zesde Leger eindeloos kon bevoorraden en dat die omsingeling dus geen probleem vormde', ging Thompson verder.

Die vent kletst te veel, dacht Paul, maar Günther keek nog steeds als een schoolmeester die een hoog cijfer wilde geven. 'Goering was zo dik omdat hij bol stond van de beloftes die hij niet kon houden,' reageerde hij schamper, 'maar ondertussen kwam er veel te weinig binnen. We konden de paarden gaan opeten. Gelukkig bleef het vlees van de doodgeschoten dieren lang goed, omdat het zo hard vroor, maar de paardenkarkassen volstonden op den duur niet meer. Sommigen van ons gingen doden onder de sneeuw vandaan halen...'

Hij maakte zijn zin niet af, maar Paul begreep wat hij had willen zeggen. Het idee trof hem onaangenaam hard, omdat hij zelf zoveel last had van honger en zich de wanhoop kon voorstellen.

'En nog weigerde Hitler de overgave,' ging de stem van Günther verder 'en nog weigerden Von Paulus en de overige bevelvoerders tegen Hitlers orders in te gaan. Zelfs toen de Russen ons een eervolle capitulatie aanboden werd er besloten door te vechten, tot de laatste man.'

Jij hebt je dan toch niet doodgevochten, dacht Paul. Jammer. Hoewel, misschien zat hier dan simpelweg een andere klootzak net zo'n verhaal op te lepelen.

Günther keek hem strak aan, alsof hij Pauls duistere gedachtegang geraden had. Marquand sloeg zijn ogen neer en hoopte dat hij dat snel genoeg had gedaan om te voorkomen dat zijn kaken rood werden.

'Maar u zat dan toch bij de negentigduizend overlevenden.'

Voor één keer was Paul blij dat de betweter weer een opmerking had geplaatst. Die was blijkbaar toch geen ruime voldoende waard, want de Duitser snoof hoorbaar. 'Overlevenden? Het is maar hoe je het bekijkt. We kregen een voetmars naar Siberië. Ondervoed, uitgeput, velen met laarzen vol gaten. En als onze kameraden onderweg in elkaar zakten, mochten we ze van onze bewakers niet oprapen maar werden ze met een nekschot afgemaakt.'

Opnieuw voelde Paul dat het verhaal niet geheel conform de communistische geschiedschrijving verteld werd. Ditmaal kon hij zich niet beheersen: 'Ik wil niet oneerbiedig klinken, maar u spreekt over het Rode Leger alsof het oorlogsmisdaden heeft begaan. Hoe valt dat te rijmen met de vredelievendheid van het communisme?'

Günther stopte met lopen en richtte zijn ogen, die naar de vloer hadden gekeken, op Paul. Was hij te ver gegaan? Kon hij vannacht weer zonder muskietennet slapen? Paul slikte moeizaam en zijn keel werd droog.

'Het Rode Leger heeft fouten gemaakt', zei Günther na een lang lijkende stilte. 'Ik zou het geen oorlogsmisdaden willen noemen, maar wel ernstige fouten die duizenden mensen het leven hebben gekost, Duitsers, maar ook Russen. En als we morgen in een derde wereldoorlog terechtkomen, zullen die fouten worden herhaald. Zie je, Stalingrad was uit militair oogpunt een onzinnige veldslag, een enorme vernietiging van mensen en materiaal. Maar dat krijg je wanneer twee machtsblokken met elkaar oorlog beginnen te voeren.'

Paul en Thompson keken elkaar snel in de ogen, om zich ervan te vergewissen dat de ander net zo onder de indruk was van de uitleg.

'En daarom moeten we kost wat kost zien te voorkomen dat deze bevrijdingsoorlog in Vietnam uitgroeit tot een wereldomspannend conflict. Daarom moet ieder van ons zich inspannen om de strijd zo snel mogelijk te beëindigen.' Hij wees op een stapel papier. 'En daarom vraag ik jullie medewerking daarbij.'

Hij liet hen verbluft achteroverleunen, waarbij de beide stoelleuningen kraakten, alsof de houtwormen die zich erin schuilhielden luidkeels protesteerden. Günther klapte in zijn handen. Direct daarop stak een Vietnamees zijn hoofd door het venster en nam een in zijn eigen taal geroepen bestelling op. Paul meende het woord voor 'thee' erin te bespeuren.

Toch een koloniaal gebaar, dat klappen, dacht hij, maar zijn sarcasme kon ditmaal zijn andere gevoelens niet verdrijven. Hij was onder de indruk van Günthers verhaal en vooral van de logica van zijn redenering. Hij had het gevoel dat de ander voor het eerst een deuk in zijn scherm had geslagen.

***

Een sinaasappel, als dank voor zijn geduldige luisteren had hij een sinaasappel gekregen. Hoewel het zure sap prikte aan zijn ontstoken tandvlees at hij de citrusvrucht op alsof het een blikje kaviaar betrof. Paul hield zich verborgen in de schaduw van de barak. Hij had geen zin de anderen onder ogen te komen – hij zou de vrucht moeten delen en vooral zou die worden beschouwd als een judasvrucht, een zilverling voor zijn verraad. Want zelfs het feit dat hij de oorlog in iets grijzere tinten was gaan zien dan zuiver zwart en wit leek hem te wijzen op een gebrek aan vaderlandsliefde.

Het was Kattenkop die de opdracht had hem terug te brengen naar zijn hok. De man begreep in een paar woorden wat Paul van hem verlangde. Dankbaar voor het extraatje en voor de rust en de schaduw leunde hij nu tegen het hout.

Hij dacht terug aan wat Günther nog meer had verteld. Door Stalingrad in een breder verband te plaatsen, met Hiroshima en de oorlog in Korea, had de man een deur op een kier gezet naar een nieuw denkperspectief. Als je de massale inzet van de Amerikanen zag om de invloed van het communisme in dit subcontinent in te dammen, was het eigenlijk logisch dat de communistische staten op hun beurt militairen stuurden om hun bondgenoten te helpen. Maar niet met duizenden tegelijk, om de Amerikanen niet nodeloos te provoceren.

‘Hebben jullie eraan gedacht wat er zou gebeuren als Peking een miljoen vrijwilligers naar Vietnam zou sturen?’ had Günther gevraagd. ‘Het zou een bloedbad vanjewelste worden, maar de vs zouden wel kunnen inpakken. Wie is er nu de ware agressor?’

Zo verklaarde Günther ook waarom hij en Ernesto niet officieel in Noord-Vietnam waren. ‘We helpen, maar niet met zoveel mensen en middelen als we zouden kunnen. We helpen vooral om de oorlog niet te laten escaleren. En dat is het punt waarop jullie kunnen bijdragen: het tegengaan van een escalatie, met de stem van het gezond verstand appelleren aan de wens een redelijke uitweg te vinden uit het conflict.' Anders dan Ernesto had Günther het zorgvuldig vermeden over de 'nederlaag van de imperialisten' te spreken. De uiteenzettingen van de Cubaan maakten dan ook nooit veel indruk op Paul, maar die van Günther waren uitdagend.

Begon de hersenspoeling nu te werken of was het simpelweg een kwestie van gezond verstand? Hij schraapte het laatste restje vruchtvlees van de binnenkant van de schil en smeet die daarna met een teleurgesteld gezicht weg. Judasvrucht of niet, het plezier dat je er aan kon beleven duurde maar even.

IV

HET STRIJKJE SPEELDE EEN KWARTET VAN DE BRITSE COMPONIST Malcolm Arnold. Als een van de violisten het niet had aangekondigd, had Graham het makkelijk voor een werk van een hedendaagse Amerikaan kunnen houden. Maar ondanks de vreemde uitschieters klonk het melodieus en aan de ingespannen gezichten van de Laotiaanse violisten te zien hadden ze er hard hun best op gedaan.

De meeste aanwezigen luisterden beleefdheidshalve enkele minuten en waaierden toen weer uit over de grote ruimte. Het majestueuze pand bood plaats aan tientallen genodigden en nog leken er overal gaten die door niet opgedaagde leden van de internationale gemeenschap hadden moeten worden opgevuld. Graham zag een hoge Franse diplomaat van groepje naar groepje dwalen. De man was mager en lang en leek zijn president in grandeur naar de kroon te willen steken. De ambassadeur zelf zag hij nergens, evenmin als Gilbert Aubrac, Angèles echtgenoot. Haarzelf had hij wel al opgemerkt. Ze stond een tiental meters van hem vandaan met enkele landgenoten te praten. Vanuit zijn ooghoeken zag hij dat ze hem steelse blikken toewierp, maar hij had haar van meet af aan duidelijk gemaakt dat ze in het openbaar niet te vaak met elkaar gezien moesten worden. In Vientiane was het geroddel even hardnekkig als het gerommel van de donder in het regenseizoen.

Hij nam een glas witte wijn van het dienblad van een ober. Ook al een Laotiaan. Graham bedankte de man, maar de nadrukkelijke manier waarop die lachte veranderde het gebaar dat bedoeld was om gelijkwaardigheid uit te drukken alsnog in een koloniaal schouderklopje. Geërgerd zocht Graham de man op die hem bij het binnenkomen had begroet, Abraham Levi, die net als hij bij The Company werkte.

'Ook even acte de présence geven?'

Levi's donkere krullen lagen slap en plat op zijn schedel, alsof zijn kapsel een dag vrijaf had genomen. Hij droeg een wit pak, met een rood overhemd en zwarte schoenen. Het was ongepast in dit stijve gezelschap en gaf de indruk dat hij een verdwaalde ijscoman was die zijn bestelling eigenlijk op een maffiabruiloft had moeten afleveren. Levi was al zes maanden langer in Laos dan Graham. Waarschijnlijk kenden veel van de andere gasten hem reeds, en dus ook zijn slechte smaak

'Ik heb gehoord dat je eindelijk in actie mag komen.'

Automatisch keek Graham om zich heen, maar iemand lette op hen. Levi had duidelijk niet zijn eerste glas wijn van de avond vast. Voorzichtigheidshalve loodste hij hem mee naar een hoek van de ruimte, waar twee eenzame zetels een zwijgend gesprek met elkaar leken te voeren. Hij liet zijn collega in een ervan plaatsnemen en ging zelf in de andere zitten. Een bejaarde potpalm schermde hen af van de overige gasten. De half vergeelde bladeren leken ook de vioolmuziek te dempen.

'Ja,' gaf Graham op zachte toon toe, 'ik ben ingedeeld bij een verkenningseenheid.'

'Verkenning? Noem je het zo?' Levi lachte en toonde een gebit met een gouden hoektand. Als hij hier ooit vermoord werd, zouden ze wel zijn lijk maar niet die tand achterlaten, dacht Graham.

'Ik kan het niet anders noemen. Dit is nou niet echt een plek om erover te uit te weiden.'

Levi nam een slok, zette zijn bijna lege glas behoedzaam naast zich op de grond, en haalde vervolgens een sigarettenkoker uit zijn binnenzak. Hij tikte er een uit, bedacht zich toen, en bood Graham er een aan.

'Ik weet er anders al alles van', ging hij verder. 'Ik weet zelfs wie de operationele leiding krijgt van de eenheid, én ik weet waarom ze jou hebben geselecteerd.'

Grahams arm bleef even stilhangen even terwijl hij een lucifer afstreek. 'Ik zou het toch maar voor me houden.'

Er klonk weer een lachje, alsof de ander de spot met hem dreef. 'Ik wil het gerust voor me houden, maar dan kom jij het voorlopig ook niet te weten.'

De wolk sigarettenrook die Graham uitblies had de vorm van kruitdamp na het afschieten van een kanon. 'Oké vertel het me dan maar. Waarom ben ik geselecteerd?'

'Je moet zelf toch ook wel hebben bedacht dat je veel te jong en te onervaren bent voor zo'n opdracht?'

'Ik geloof dat anderen wel bepalen of ik te jong en te onervaren ben', antwoordde hij, nijdiger dan hij gewild had.

Levi boog zich vertrouwelijk naar voren. 'Ze hebben gedetailleerde informatie over sommige gevangenen. Vraag me niet hoe, maar ik denk dat ze bepaalde colonnes die via het Ho Chi Minhpad in Laos van Zuid- naar Noord-Vietnam zijn gelopen, vanuit de lucht in de gaten hebben gehouden en gefotografeerd. En op enkele van die foto's is jouw broer Paul herkenbaar.'

Het horen van de naam alleen was een schok voor Graham. 'Mijn... mijn broer, zeg je?'

'Jouw broer is in april '67 krijgsgevangen gemaakt.' Levi sprak op een toon alsof hij een wiskundeleraar moest uitleggen hoeveel een plus een was. 'En hij zit al enkele maanden in kamp Malraux in het noorden.'

'Hoe komt het dat jij dat weet en ik niet?'

Graham besefte heel goed dat Levi zijn informatie deels doorspeelde om hem in te peperen dat hij ondanks alles nog maar een groentje was. Levi had de nodige ervaring in het veld, wist hij. Maar hij was ook geschrokken van een andere implicatie.

'Je zult extra gemotiveerd zijn om de missie tot een goed einde te brengen', zei Levi, alsof hij Grahams gedachten gelezen had. 'Dat hebben ze zich natuurlijk goed gerealiseerd op het bureau in Saigon.'

'Maar hoe komt het dat jij dit weet? Waarom zit je in mijn verleden te spitten?'

'Routineonderzoek, jongen', antwoordde Levi op een nonchalante toon. De glinstering in zijn ogen bewees echter dat hij het maar wat leuk had gevonden de achtergrond van zijn collega te mogen onderzoeken. 'Nu je aan Freeborn bent toegevoegd wil de een of andere middenkaderbureaucraat er zeker van zijn dat je geschikt bent voor de job en honderd procent betrouwbaar.'

'Zouden ze me verteld hebben dat Paul in Malraux zit?'

'Natuurlijk.' Het restje wijn werd uit het glas gedronken. 'Ik zou het je morgen gezegd hebben.'

Graham keek om zich heen, maar zag niemand op luisterafstand. 'Heb je al veel gedronken vanavond?'

Levi lachte schamper, 'O, denk je daarom...? Morgen zijn we op ons ontwikkelingsproject. Daar lopen zo mogelijk nog meer buitenlanders en Laotianen rond dan hier.'

Graham leunde achterover in de zetel. Het knerpende leer leek een echo van het geluid dat zijn hersencellen maakten toen ze herinneringen lieten bovenkomen. Hij zag het gezicht van zijn broer weer voor zich toen ze elkaar in Vung Tau voor het eerst als militairen tegenkwamen. Daarna schoof het beeld van de bezwete en vermoeide soldaat in de hooglanden eroverheen. Het schuldgevoel had hem nooit losgelaten. Hoewel hij wist dat hem niets te verwijten viel en dat hij als sergeant op een voorbeeldige manier de leiding van het groepje omsingelde soldaten had overgenomen nadat luitenant Cozzens gesneuveld was, kon hij er geen vrede mee hebben. Hij staarde nietsziend naar een barstje in het plafond.

'Ben je niet blij dat hij nog leeft?'

De stem van Levi leek van ver te komen. Hij knikte, met het gevoel of hij zijn hoofd in een bak stroop omhoog en omlaag bewoog. 'Natuurlijk ben ik blij, maar ik heb eigenlijk ook nooit willen denken aan de mogelijkheid dat hij in gevangenschap zou overlijden.'

'Dat is simpelweg ontkenning', merkte Levi genadeloos op. 'Je weet uit de verslagen dat er heel wat zijn gestorven in die afschuwelijke junglekampen.'

'Maar dat was in het zuiden', verdedigde Graham zich. 'In het noorden hebben de gevangenen het beter.'

Levi haalde de schouders op. 'Dat zeggen ze, ja.'

***

Het strijkje was begonnen aan iets vrolijks van Mozart. Het paste beter bij de door een gestage inname van alcohol opgevrolijkte stemming, vond Graham. Terwijl hij rondliep met een half opgerookte sigaret in de ene en een half leeggedronken glas wijn in de andere hand, klonk er gegiechel van vrouwen en gebulder van mannen. De Laotiaanse obers moesten steeds harder lopen om de drank aangesleept te krijgen. Gewoonlijk was dit het moment waarop diplomaten, buitenlandse zakenlieden, hogere ambtenaren en militairen loslippig werden. Eventuele spionnen moesten nu hun slag gaan slaan, vóór de loslippigheid overging in het tappen van schuine moppen.

'Ho is net zo oorlogszuchtig als Nasser', hoorde hij een Brit in smoking opmerken. 'En kijk eens waar die nu zit? De Israëli's hebben hem zand laten happen.'

En hij jullie in '56, dacht Graham terwijl hij verder slenterde.

'Kind, je kunt hier nu eenmaal geen deftige parfum krijgen', ving hij links van zich op. 'Ze willen van Vientiane graag klein-Parijs maken, maar het is eerder een imitatie van een kleine voorstad van Parijs.'

Hij dronk het glas leeg en zocht een plek om het neer te zetten. Ik moet niet te veel meer drinken, dacht hij, of anders er iets bij eten.

Een hand sloot zich krachtig om zijn linkerschouder. Graham keek verstoord op en stond alweer oog in oog met Abraham Levi. Hij zag direct dat zijn collega onderhand een stuk zwaarder onder invloed was dan daarstraks.

'Graham, ik ben hier in gesprek met een Fransman die hetzelfde werk doet als wij. En natuurlijk met zijn charmante echtgenote.'

Hij draaide een kwartslag en bood Graham zo zicht op de beide Fransen. Graham trachtte niets te laten merken toen hij werd voorgesteld aan Angèle Aubrac, maar vroeg zich wel geërgerd af of het haar idee was geweest Levi aan te klampen en zo alsnog in zijn buurt te komen.

'Wij hebben elkaar al eens ontmoet', zei hij stijf. Ze hadden afgesproken niet te doen of ze elkaar helemaal niet kenden, omdat niet viel uit te sluiten dat ze al eens samen waren gezien.

'Ja, ik herinner het me nog, monsieur Marquánd', antwoordde ze giechelend. Haar Engels had een zwaar accent, alsof ze een vrouwelijke versie speelde van de komische inspecteur in een Pink Panther-film.

'Wij hadden het genoegen nog niet, denk ik.'

De hand van Gilbert Aubrac voelde klam en onvast. Graham bestudeerde snel maar grondig zijn gezicht, een gelaat dat hem reeds bekend genoeg was van foto's. De blauwe ogen stonden waterig, het al dunner wordende donkerblonde haar lag in een brede scheiding en piekte aan één kant; het Cartier-overhemd vertoonde een kleine wijnvlek. De directeur belast met operationele zaken in het ontwikkelingswerk was het stadium van de nuchterheid duidelijk definitief voorbij. Een extra glas kon het niet veel erger maken, maar een kop koffie evenmin veel beter.

'Ik heb wel al over u gehoord', antwoordde Graham, vriendelijker dan hij van plan was. 'Uw bedrijf houdt zich bezig met irrigatieprojecten.'

'Dat en nog veel meer,'antwoordde Aubrac trots. 'Net als iedereen doen we vooral ons best om deze verdomde economie draaiend te houden. En de kip levensvatbaar.'

'De kip met de gouden eieren', lachte Angèle.

'Nee, liefje, de nationale munt van dit kikkerland. De Amerikanen en wij pompen er maar miljoenen in, omdat oompje Ho het koninkrijk anders omverloopt en dan kunnen onze vrienden in Saigon direct hun biezen pakken.'

Graham bespeurde de Franse arrogantie achter de ogenschijnlijk zo luchtige woorden: wij mogen dan in de pan gehakt zijn bij Dien Bien Phu, maar we zouden het de jaren nadien toch beter hebben gedaan dan jullie yanks.

'Voorlopig blijven onze biezen in de kleerkast, monsieur Aubrac', antwoordde hij neutraal. 'En mijn collega en ik blijven de bevolking helpen meer welvaart te vergaren.'

'Meer welvaart...' schamperde de Fransman. 'Ieder van ons heeft toch dezelfde dekmantel en dezelfde corebusiness...'

Graham en Levi wisselden een vlugge blik. Daarna probeerde hij die van Angèle te vangen, maar ze leek op zoek naar een ober met een vol dienblad. Hing ze de onnozele uit of wist ze werkelijk niets van het eigenlijke werk van haar echtgenoot? Verward besefte Graham dat Gilberts indiscretie hem zowel een uitstekende reden gaf om de buitenechtelijke relatie te verbreken als om die voort te zetten.

'Ook al zouden we allen dezelfde corebusiness hebben, dan nog is het de vraag of we allemaal aan dezelfde kant staan, meneer Aubrac.'

Tot zijn verrassing merkte Graham dat zijn collega ondanks – of misschien dankzij – de toenemende dronkenschap gewoon zijn werk als verzamelaar van inlichtingen kon verrichten.

Een nieuwe lading spraakwater arriveerde al in de vorm van een ernstig kijkende kelner en twintig glazen wijn uit de Bordeauxstreek.

Graham nam een glas. Angèle deed op dat moment hetzelfde. Hun vingers gleden even langs elkaar. In een flits zag hij het moment weer voor zich waarop hij haar voor het eerst had ontmoet, bijna vijf maanden daarvoor...

***

Hij had een Laotiaanse boer, via een tolk, het voordeel van het gebruik van een hybride rijstzaad proberen uit te leggen toen zijn aandacht werd afgeleid door een Citroën DS die over de weg kwam aanrijden en ter hoogte van hun veld stopte. De boer leek net zo blij met de afleiding als Graham. Het hele verhaal over schimmelresistentie was langs hem heen gegaan. Graham wist dat de man de volgende oogst op de traditionele manier zou binnenhalen, met evenveel uitval als gevolg van ziekte en insecten als elk jaar.

De vrouw die uitstapte was een aangename verandering van het uitzicht. Ook de tolk onderbrak nu zijn woordenstroom en keek ongegeneerd naar de blanke dame. De hoed en de grote zonnebril leken het enige dat echt gekleed aan haar was. De zomerjurk liet haar schouders vrij en een groot deel van haar lange benen. Graham had de indruk dat ze door een onverklaarbaar fysisch fenomeen van een mondaine badstad naar dit platteland was verplaatst, of zelfs een luchtspiegeling was. Maar toen zag hij de Laotiaanse chauffeur uitstappen.

'Diplomatenvrouw', concludeerde de tolk in zijn plaats.

Haar komst was een mooi excuus om het doodgelopen gesprek met de boer te beëindigen. Graham wees naar de vrouw en gaf de landbouwer een schouderklopje. De man lachte een brokkelig gebit bloot, schudde Graham onverwacht westers de hand en bukte zich. Hij wijdde zich weer aan de werkzaamheden die hij kende en negeerde de nieuwerwetsheid die de Amerikanen hem probeerden op te dringen.

Graham ploeterde naar de rand van het veld. Het modderige water leek zijn laarzen met elke stap de grond in te zuigen. Hij wierp een blik over zijn schouder en zag Levi met een eigen tolk in een ander veld staan. Het drietal leek aan een gezellig onderonsje bezig, maar Graham vermoedde dat het gesprek daar even stroef verliep als hier.

Hij stapte de weg op. Er stonden nog enkele plasjes in de plekken waar het asfalt kapotgereden was, maar het natte seizoen naderde zijn einde. Binnenkort zou de modder overal plaatsmaken voor stof.

De tolk wilde hem volgen, maar Graham gebaarde de jongeman dat hij hem met rust moest laten. Zich bewust van de modder op zijn laarzen, zijn stoppelbaard van drie dagen en de zweetvlekken onder zijn oksels liep hij naar de Citroën. De chauffeur nam hem met argwaan op, maar de vrouw had zich inmiddels van het landschap weggedraaid en glimlachte hem bemoedigend toe.

'Goedemiddag, madame. Mijn naam is Marquand, van USAID. Kan ik u een rondleiding geven door de velden?'

'Een rondleiding?' antwoordde ze lachend. Hij had goed geraden door haar in het Frans aan te spreken. 'Ik zie rijst, rijst en nog eens rijst, en af en toe een boer en een buffel.'

'Soms is het onderscheid tussen die twee maar heel gering.'

Ze stak hem een slanke hand toe. Graham zag dat haar nagels lichtrood gelakt waren en dat er een duur horloge om de pols hing. 'Angèle Aubrac.'

'Bent u Frans?' vroeg Graham.

'Française', antwoordde ze. De wind woei de rand van haar hoed omhoog, zodat ze zijn hand los moest laten. Graham zag een geschoren oksel. 'En u? Canadees?'

'Amerikaan.' Hij wees op de letters USAID die goed zichtbaar op het front van zijn hemd waren gestikt.

'Zou dat guerrillastrijders werkelijk afschrikken als ze u willen ontvoeren?'

Hij wees op het schouderholster. 'Die letters niet, maar de Colt .45 hierin wel.' Hij knikte in de richting van de chauffeur. 'En hebt u voldoende bescherming?'

'Die vent daar? Die is nog te lui om te kijken. Volgende week wordt hij ontslagen en dan moet mijn man maar een andere zoeken.'

'Hij zou zijn leven niet voor u geven?'

'Wie zou dat wel doen? U misschien?'

Graham maakte een lichte buiging. 'Het zou mij een eer en een genoegen zijn mijn armzalige leven voor u op te offeren, madame.'

Ze lachte luid en gul. 'Een ouderwetse edelman tussen de boeren.' Ze gaf hem een arm. 'Loopt u dan maar een stukje met mij op, monsieur Marquand.'

Ze bewogen zich in de richting van de nabijgelegen rivier. Graham voelde tal van ogen op zich gericht: die van Levi, die van de twee tolken en die van de chauffeur. Enkel de boeren en de waterbuffels leken geen interesse te hebben in het plotseling gevormde paar dat pratend en gearmd over de weg liep.

'Waarom gaat u er alleen op uit? Zelfs met chauffeur is het niet ongevaarlijk buiten Vientiane.'

'Dat kan ik toch ook van u zeggen? Wat probeert u die boeren trouwens wijs te maken?'

'Het is de taak van mijn collega en mij om de landbouwers te laten delen in de voordelen van de groene revolutie', legde hij uit, waarbij hij hoorde dat zijn stem een schoolmeesterachtige klank kreeg. 'Hoe rijker de oogst, hoe meer rijst ze kunnen verkopen op de markt, hoe minder gevoelig ze worden voor communistische propaganda.'

'Mijn man doet hetzelfde werk, maar dan via zijn eigen firma en in opdracht van de regering in Parijs.'

'Dan wordt hij vast rijk, terwijl ik het met een ambtenarensalarisje moet doen.' Hij was blij de docerende toon te kunnen laten varen.

'Hij wordt niet rijk, want hij is met mij getrouwd.'

'Och, waar kunt u het in dit dooie land aan uitgeven?' wuifde Graham haar opmerking weg.

Ze naderden de rivier. Het water van de Mekong glinsterde in de zon. Een sampan voer stroomafwaarts. De schipper haalde een net binnen waarin kleine vissen spartelden, in een zinloos verzet tegen een zekere dood. Hij wees op een kilometerpaaltje: 'We kunnen daar even gaan zitten.'

Graham voelde zichzelf lomp en vuil toen hij Angèle plaats liet nemen op het paaltje. De cijfers waren weggesleten, maar het pijltje en de letters 'Vientiane' waren nog goed zichtbaar. Hij veegde symbolisch wat zand weg op zijn eigen plek. In werkelijkheid kon het hem niet schelen of zijn kleren nog smeriger werden.

'Merkwaardig hoe rustig je hier kunt zitten en naar zo'n boot kijken. Als je dat in Vietnam doet, riskeer je overhoop geschoten te worden door een Vietcongstrijder onder het dekzeil.'

'Bent u in Vietnam geweest?'

'Enkele jaren', antwoordde hij knikkend. 'Ik heb er mijn dienstplicht vervuld.'

Hij haalde een pakje Winstons tevoorschijn en bood haar een sigaret aan. Ze weigerde, zei dat ze haar eigen merk had, en stak vervolgens een Gitanes op. 'Ook een?'

Hij nam de sigaret aan en verbeeldde zich dat hij haar speeksel kon proeven. Ze bliezen bijna gelijktijdig hun eerste rook uit. Graham zag hoe de wolkjes zich in elkaar verstrengelden.

‘Werkt u voor uw man? Of hebt u kinderen...?’

Hij liet de vraag in zijn mond uitdoven, alsof die ongepast was, misschien omdat hij werkelijk geïnteresseerd was in wat ze deed en niet informeerde uit beleefdheid.

‘Nee, sinds we in Vientiane zijn werk ik niet meer. En al te veel is hier niet te doen.’

Het antwoord leek tussen hen in te blijven hangen, alsof het bezwangerd was van allerlei betekenissen die Graham er nu niet in kon ontwaren. Hij probeerde niet te kijken naar haar benen, de blote voeten in de open schoenen, de lange vingers die de sigaret vasthielden, de oorringen die bewogen op een wind die er niet leek te zijn was hij zich pijnlijk bewust van het feit dat hij al maanden geen vrouwenlichaam had gekust of gevoeld. Dat van een Amerikaanse verpleegster op de vliegbasis van Udorn was het laatste geweest. De verhouding had nauwelijks drie weken geduurd, net lang genoeg om te ontdekken dat ze niets meer met elkaar gemeen hadden dan een aanval van hormonen en heimwee.

‘Ik weet wat u bedoelt. Dit is een leeg en vergeten land, een gat in de tijd.’

‘Ik kan me soms maar moeilijk voorstellen dat hier duizenden Fransen hebben gewoond en gewerkt’, merkte Angèle op. ‘Wat deden ze in godsnaam de hele dag?’

Ze keek over de rivier, alsof daar het antwoord op haar vraag lag.

‘Wat u zegt: wonen en werken. Net als ik.’

‘Maar wat doet u ’s avonds of op vrije dagen?’

Het leek een uitnodiging, maar Graham wist niet hoe hij erop in moest gaan. Op zijn beurt keek hij naar de rivier. De sampan was inmiddels een heel stuk verder. Blijkbaar was de stroming tamelijk sterk.

Hij haalde de schouders op: ‘Lezen, studeren, wat tennissen en drinken met collega’s.’

Het enige wat hij er niet bij vermeldde waren de schietoefeningen en de vergaderingen met CIA-agenten en -analisten.

‘Dan kunnen we eens afspreken. Ik tennis ook en ik drink ook, al heb ik geen collega’s.’

Hij wierp haar een blik toe waarvan hij wist dat het ongeloof ervan af te lezen viel. Hij voelde ook hoe zijn hart een slag oversloeg. Ze glimlachte, pakte zijn rechterhand en nam zijn sigaret eruit. Ze zoog er lang en diep op, blies de rook in een dunne maar stevige straal uit en plaatste de peuk toen weer terug tussen zijn vingers. Daarna tastte ze in haar tas en diepte er iets uit op. Een visitekaartje.

'Hier, bel me binnenkort eens. En nu mag je me even galant als daarstraks terug begeleiden naar mijn warme auto en mijn luie chauffeur.'

Levi en zijn tolk waren weer bezig met hun boer. Een waterbuffel sloeg met zijn dunne staart loom naar vliegen en kauwde intussen op een plant. De chauffeur stond achterovergeleund tegen de motorkap van de Citroën. De enige werkelijke beweging in het landschap leek die van de zon die gestaag naar het westen dook, want ook Angèle en hij stonden stil, meende Graham. Hij voelde haar arm, de zachte huid van haar hand langs zijn onderarm. Of ze zich nu van of naar de auto bewogen, van of naar de rivier, ze leken met elke stap een centimeter dichter naar elkaar toe te kruipen.

***

Gilbert Aubrac moest als een zak aardappelen op de achterbank van de Citroën worden gedeponeerd. De man was te dronken om nog op eigen kracht over straat te kunnen. Hij helde zo vervaarlijk over naar één kant dat hij uiteindelijk misschien in een schuine lijn tot aan de Mekong zou zijn gelopen om daar te verdrinken. Graham was ook verre van nuchter, maar een restant gezond verstand achter in zijn schedel leek zijn bewegingen en uitspraken nog voldoende te kunnen sturen. Hij hielp de chauffeur, een lid van het Hmong-bergvolk die perfect Frans bleek te spreken, met het sluiten van het achterportier zonder dat er een arm of been tussen kwam. De man gaf geen blijk van enige gêne over het gedrag van zijn werkgever, alsof het bepaald niet de eerste keer was.

'Ik ben blij dat je mee wilt rijden', zei Angèle, met iets te veel blijdschap in haar stem.

'Ik ben ervan overtuigd dat je hem zonder mijn hulp ook wel in bed krijgt', bromde Graham. Hij nam plaats op de passagiersstoel naast de chauffeur. Achterin probeerde Angèle haar echtgenoot in een zittende pose te houden, zodat hij niet over haar kleren zou braken. 'Nog even volhouden', klonk het mompelend.

De chauffeur leek ook daaraan geen boodschap te hebben. Hij startte de DS, ontstak de koplampen en reed langzaam het ambassadeterrein af. Bij het hek aangekomen wierp een veiligheidsfunctionaris een vluchtige blik naar binnen, herkende blijkbaar de chauffeur en liet hen doorrijden.

De auto kreeg vaart, maar de bestuurder schakelde niet hoger dan de derde versnelling. Graham ondervond al snel waarom toen hij moest remmen voor een aap die de weg overstak. De grote pupillen van het dier schenen even op in de kopkampen, waarna het in een tuin verdween. Elke honderd meter sloeg er een groot nachtelijk insect tegen de voorruit te pletter en tweemaal ontweek de chauffeur met een ruimte bocht een slang die over het wegdek kronkelde.

'In de States zouden ze dat beest gewoon platgereden hebben', merkte Graham op.

'Wij doden niet onnodig dieren, monsieur', antwoordde de bestuurder terwijl hij recht voor zich uit bleef kijken.

Omdat het verspilling van voedsel is, of oneerbiedig tegenover het leven? vroeg Graham zich af. Denk je nog als een primitieve junglebewoner of als een boeddhist? Hij bedwong de impuls een sigaret op te steken, omdat de frisse nachtlucht die door het geopende raam naar binnen woei hem ontnuchterde. Van op de achterbank klonk een licht gesnurk.

'We worden gevolgd.'

De woorden van de Hmong leken de laatste resten dronkenschap uit zijn brein te jagen. Graham keek in de rechterbuitenspiegel en zag de koplampen van een achteropkomende wagen. Hij kon het merk niet onderscheiden, maar het leek hem een ouder model Chevrolet.

'Misschien beeld je het je maar in.'

De chauffeur schudde beslist zijn hoofd. 'Die auto stond buiten het ambassadegebouw en trok op toen wij het hek uit waren gereden.'

Graham keek nog eens in de spiegel. Gevolgd, maar door wie in godsnaam? Amerikanen, Fransen, Russen of misschien zelfs Chinezen?

'Heb je gezien wat voor kerel er achter het stuur zat?'

'Laotiaan', klonk het stellig.

De man moest net zo'n goed nachtzicht hebben als de aap die ze bijna omver hadden gereden, bedacht Graham. Goed dan, een autochtoon. Maar die kon voor iedereen werken. En hij kon zowel Gilbert Aubrac schaduwen als zijn Amerikaanse gast.

Kort voordat ze de villa van de Aubracs bereikten sloeg de Chevrolet af. Dat feit verontrustte Graham nog meer. Het betekende dat de achtervolger wist waar de Fransman woonde en hem dus al langer in de gaten hield.

De Citroën stopte voor het hek, waarna de chauffeur uitstapte om het te openen.

Angèle maakte van de gelegenheid gebruik zich naar Graham toe te buigen. 'Je kunt blijven slapen.'

Uit de glinstering in haar ogen maakte hij op dat ze met haar gedachten heel ergens anders was dan bij hun achtervolger en ook niet echt aan slapen dacht. Misschien had ze de korte conversatie tussen hem en de chauffeur ook helemaal niet gevolgd. Hij besloot haar niet nodeloos te verontrusten.

De Hmong stapte weer in en manoeuvreerde de auto het pad op. Graham wimpelde het aanbod af hem te helpen de dronken Fransman naar binnen te dragen. Gilbert was half wakker en wankelde tussen de Amerikaan en zijn echtgenote in naar de voordeur. Zijn linkerarm hing zwaar om Grahams nek en even fantaseerde hij dat de bedrogen echtgenoot plotseling zou proberen hem te wurgen.

Binnen hielp hij Aubrac de slaapkamer te bereiken. De man liet zich aangekleed op het bed vallen, spreidde zijn armen uit en probeerde zich met schopbewegingen van zijn zwarte schoenen te ontdoen. Na enkele halfslachtige pogingen gaf hij het op en begon te hijgen.

'Ik ben misselijk.' Voor het eerst die avond klonk er geen arrogantie in zijn woorden door.

Graham voelde walging maar tegelijk een vleugje triomf. Jij kunt alleen maar scheten laten en kotsen in dit bed, terwijl ik je vrouw erin bevredig als je er niet bent, sprak hij hem in gedachten toe.

'Ik haal een emmer. Blijf jij bij hem.'

Angèle maakte aanstalten de slaapkamer te verlaten, maar Graham hield haar tegen. 'Ik haal die wel. En daarna bel ik een taxi. Het is geen goed idee hier vannacht te blijven.'

Hij zag dat ze hem wilde tegenspreken maar dat de uitdrukking op zijn gezicht haar de zinloosheid daarvan deed inzien. Graham draaide zich om en ging in de keuken op zoek naar een emmer. Hij vond alleen maar teiltjes en bracht er daar maar een van naar de slaapkamer. Groen en plastic, ideaal om de gal van die pedante zak in op te vangen, vond hij. Zwijgend overhandigde hij het ding aan Angèle, die bezig was Gilberts schoenen los te knopen. Daarna liep hij naar de woonkamer. Een grote staande klok en een antieke pendule sloegen gelijktijdig middernacht. In het schemerdonker zocht hij de plek waar hij de bakelieten telefoon wist staan, nam de hoorn van de haak en maakte aanstalten een nummer dat hij vanbuiten kende te draaien.

Hij aarzelde maar wist dat hij zich de klik niet verbeeld had. En evenmin de ademzucht. De lijn werd afgeluisterd, zowel van buitenaf als binnenshuis. Waar de afluisteraar met het aftapapparaat zich bevond was hem een raadsel, maar hij wist waar het tweede toestel zich bevond en had ook een donkerbruin vermoeden wie de toehoorder binnenshuis was.

Voor wie werkte de Hmong? Maar vooral: waarom hielden 'ze' hem uitgerekend nu in de gaten? Was Abraham Levi niet alleen tegenover hem te loslippig geweest?

Graham legde de hoorn weer op de haak, zachtjes, alsof een te luide klik de geesten aan de andere kant van de lijn in woede zou kunnen doen ontsteken. Hij plofte neer op de Louis Seize-stoel naast de secretaire waar het telefoontoestel op stond en streek met een hand door zijn haren. Ze voelden plakkerig aan, alsof het koude zweet hem boven op zijn schedel was uitgebroken in plaats van op zijn voorhoofd.

Hij dacht aan Paul. Hoe ver was kamp Malraux van Vientiane verwijderd? Hemelsbreed misschien maar enkele honderden kilometers, maar er lagen bergen en ondoordringbare oerwouden tussen hen in. Wat zou zijn broer doen op dit moment? Slapen waarschijnlijk, opgesloten in een hok, liggend op de harde grond onder een muskietennet. Waar zou Paul van dromen? Van hun ouderlijk huis? Van het warme bed in zijn vroegere slaapkamer? Van Paul?

Het was altijd hetzelfde: overdag was hij te druk bezig om aan zijn broer te denken, maar 's avonds of 's nachts, wanneer hij alleen was en niets te doen had, kwamen de herinneringen en de speculaties automatisch naar boven. In zijn overpeinzingen was zijn broer springlevend en zette die zijn bestaan voort. De ene keer ontving hij een Rode Kruis-pakket dat zijn ouders hadden verstuurd, de andere keer liep hij in colonne door de jungle of zat hij met medegevangenen om een kampvuur. Maar nooit was hij ziek of dood. Graham wilde die gedachte eenvoudigweg niet toelaten, ook omdat die te veel verbonden was met het idee dat hijzelf gruwelijk gefaald zou hebben op een sleutelmoment in zijn leven. Soms drong die gedachte zich toch op, vooral als hij te veel gedronken had, maar vandaag deed ze dat niet. De ontboezeming van Levi had hem extra hoop gegeven dat het allemaal goed zou komen.

Hij vroeg zich af of hij zijn ouders een brief kon sturen met dit nieuws. Onmiddellijk verwierp hij de gedachte. Als de bevrijdingsactie misliep zouden ze in één klap niet één maar twee zonen kwijt zijn.

Hij keek naar de donkere telefoon in het duistere vertrek en liet het beroepsmatige deel van zijn persoonlijkheid het familiale weer overvleugelen. Vannacht zou hij bij nader inzien hier blijven. Morgenochtend kon hij aan het ontbijt proberen Gilbert uit te horen, en de volgende keer dat hij hier met diens vrouw kwam vozen zou hij van de gelegenheid gebruikmaken het huis te doorzoeken op bewijzen van spionage. Zo kon hij het nuttige met het aangename verenigen. Hij vermoedde dat het aangename het nuttige al snel zou gaan overtroeven.

V

HET BOS ZAT VOL LEVEN, DAT LUIDRUCHTIG VAN ZICH DEED horen. Vogels floten en vlogen op toen ze het groepje gevangenen en hun bewakers zagen aankomen, kleine apen sprongen door de takken en verdwenen in het gebladerte, en op de grond schoten hagedisachtigen tussen het struikgewas weg. Paul voelde zich opgekikkerd door al die geluiden en bewegingen, hoe schichtig ook, omdat ze zo'n schril contrast vormden met de voortdurende loomheid die in het kamp hing. Zelfs de bewakers werden er vrolijk van. Hij zag hoe twee van hen een stel vluchtende makaken nawees en de loop van hun geweer richtten. Het was enkel op het gesnauwde bevel van de sergeant dat ze die weer lieten zakken.

Zouden ze het op die manier proberen? vroeg Paul zich af. Wachten tot het moment dat enkele soldaten hun jachtinstinct toch niet zouden kunnen onderdrukken en met hun wapens niet langer de Amerikanen maar de primaten bedreigden? Hij zou zelf proberen gebruik te maken van die paar essentiële seconden. Maar, dacht hij direct erna nuchter, hij zou dit enkel proberen in een goede conditie en met een degelijke voorbereiding.

Ze kwamen aan bij een halfopen plek. Paul zag de omgezaagde bomen en doorgezaagde takken. Het leek of de boeren uit de omgeving half werk hadden geleverd, omdat hun tijdig te binnen was geschoten dat de krijgsgevangenen het karwei moesten afmaken. De Cubaan had hun gezegd dat ze blij mochten zijn dat de landbouwers het zwaarste werk voor hun rekening hadden genomen en dat zij – 'stelletje luie hoerenzonen' – enkel het lichtere hoefden te verrichten. Hakken, zagen en sleuren. Het kamp had nu eenmaal elke dag brandhout nodig om te kunnen koken.

Paul was intussen gewend geraakt aan Günther, maar de Cubaan boezemde hem nog altijd angst in. De anderen hadden hem eerst de bijnaam Fidel gegeven, maar zijn echte naam was Alvaro. Er was bovendien al een andere Cubaan, in het Hanoi Hilton, met dezelfde bijnaam, had een van de medegevangenen verteld. Toen ze dat wisten was de bijnaam veranderd in Ernesto. Maar Alvaro deed nauwelijks onder voor zijn landgenoot in zijn vloeiende beheersing van het Engels, en helaas al helemaal niet in wreedheid.

Sergeant Phan liet de groep halt houden en gaf zijn bevelen. Hij wees één soldaat aan drie gevangenen toe. In hun verzwakte staat waren zelfs drie Amerikanen geen partij voor een doorvoede en getrainde Vietnamees met een AK-47. De bewakers wisten dit en maakten dan ook een ontspannen indruk. Ze zetten hun mensen aan het werk, bleven aanvankelijk nog met het wapen in de aanslag om hen heen draaien, maar namen al spoedig een ontspannen houding aan. Phan ging op een omgezaagde stam zitten en stak een sigaret op. Anderen volgden zijn voorbeeld. Na de eerste uitgeblazen rook stegen Vietnamese woorden op in de boslucht. De zonnestralen die niet door het resterende bladerdak gebroken werden, lichtten de rook op alsof het een wolk stofdeeltjes was.

Roken en kletsen, als ze niet hoeven te vechten zijn Vietnamezen eigenlijk heel levenslustige mensen, dacht Paul. Hij was blij dat zijn bewaker niet voortdurend op hem lette. Zo kon hij pretenderen hard aan het sjouwen te zijn als de sergeant opkeek en het rustig aan doen zodra zijn ogen een andere kant op dwaalden. Paul wist dat de anderen net zo getraind waren in dit doen alsof als hij. Het was een van de eerste dingen die een gevangene zich eigen maakte.

Terwijl hij samen met Henderson een dikke tak wegsleepte, loerde hij naar de twee nieuwkomers die hij ervan verdacht de komende uren een ontsnappingspoging te willen wagen. Niemand had hem iets verteld, maar de heimelijke blikken die tijdens het ontbijt werden uitgewisseld tussen Lewis en enkele anderen zeiden hem genoeg. De hardliners waren voortdurend ontsnappingsplannen aan het smeden, omdat ze het als hun heilige plicht beschouwden. Gewoonlijk bleef het bij praatjes en ideeën, maar soms kon iemand zo'n vastberaden en tegelijk triomfantelijke blik in de ogen krijgen, alsof het besluit tot vluchten nemen al het halve werk was. Meestal liep zo'n man dan enkele dagen met die blik rond en daarna doofde het vuur in zijn ogen weer. Na de fase van het overmatige enthousiasme kwam immers die van het nuchtere overdenken, wist Paul, en dan sneuvelden de voornemens een voor een op de harde realiteit van de kilometers jungle, het gebrek aan proviand en wapens, of simpelweg het gebrek aan richting. Paul had gehoord over een korporaal in de Mekongdelta die erin geslaagd was zich in het riet te verbergen en zijn achtervolgers te misleiden, maar die na twee dagen rondzwerven volkomen uitgeput was opgepakt op slechts enkele honderden meters afstand van het kamp waar de Vietcong hem gevangen had gehouden. Hij had ook gehoord over een piloot die zich had vermomd als Vietnamese boer en vanaf de plek waar zijn toestel was neergestort helemaal naar de kust was gelopen, om daar alsnog door de mand te vallen door zijn gebrekkige Vietnamees.

'Hier is ver genoeg', zei Henderson hijgend, en hij liet de tak aan zijn kant prompt vallen. Met een vuile hand veegde hij het zweet van zijn voorhoofd. Paul volgde zijn voorbeeld en rook tijdens het optillen van zijn arm de zure lucht vanonder zijn oksels, een echt bad, hoe lang had hij dat al niet meer kunnen nemen?

Ze drentelden terug naar de stapel. '*I i va!*' riep de bewaker hun toe, maar zijn aanmoediging om op te schieten miste overtuigingskracht. De twee gevangenen rustten even uit en pakten toen pas een volgende tak.

'Zijn het de nieuwkomers?'

Henderson mompelde op dezelfde toon zijn antwoord: 'Ik weet evenveel als jij.'

Terwijl hij probeerde zijn handen niet te schuren aan de ruwe bast loerde Paul nogmaals naar de twee soldaten. Het waren militairen met een makkelijk baantje achter het front, bij de bevoorradingstroepen, die met hun konvooi in een hinderlaag waren gevallen en gevangengenomen. Ze oogden nog relatief goed doorvoed en fit, waaruit Paul afleidde dat ze hooguit enkele weken geleden in handen van de Vietcong of een vooruitgeschoven eenheid van het NVA waren gevallen. Fysiek zouden ze nog in staat kunnen zijn dwars door de jungle naar Laos te vluchten, mits ze per dag flinke afstanden konden afleggen en dat in rechte lijn. Een andere vluchtroute was er eigenlijk niet. Het noorden van Zuid-Vietnam wemelde van de communistische troepen en naar het oosten en noorden ging je enkel dieper de republiek Noord-Vietnam zelf in.

Hij deed of hij een zware inspanning leverde en bestudeerde intussen de lichaamshouding van de twee. Het waren blanken, dienstplichtigen uit het Midden-Westen van dezelfde lichting. Dat was alles wat hij over hen wist. Ogenschijnlijk waren ze de stam van een lange, dunne boom doormidden aan het zagen, maar met hun gedachten waren ze er niet bij, zag Paul. Vreemd. Zouden de bewakers dat echt niet merken? Hij spiedde om zich heen en zocht de sergeant. Phan rookte zijn zoveelste sigaret. Straks steekt die kettingroker het bos nog in brand, dacht Paul geërgerd. Eigenlijk een ideale gelegenheid voor een ontsnappingspoging.

Zijn ogen schoten van Henderson naar de nieuwkomers, en van de laatsten naar sergeant Phan. Henderson had het ook gezien. Het leek er zelfs op of hij iets wist dat Paul ontgaan was. Zonder het te hebben afgesproken vertraagden ze hun pas en deponeerden de tak vervolgens in slow motion op de grond.

Het vuur laaide niet op waar de twee potentiële ontsnappers bezig waren, maar zo ver mogelijk ervandaan. Op het moment dat Paul een bewaker en een gevangene gelijktijdig 'brand!' hoorden roepen, wist hij dat hij op de nieuwkomers moest letten en niet in de richting moest kijken waar geroepen werd. Hij deed het natuurlijk toch. Even maar. Net lang genoeg om één foto in het rijtje te missen. Het ene moment dat hij keek stonden ze er nog, het andere waren ze weg.

En ze hebben de bijlen die tegen de boom stonden meegenomen, stelde Paul bewonderend vast.

Het duurde bijna een halve minuut eer de sergeant en de andere Vietnamezen doorhadden dat ze in de maling waren genomen. Tegen die tijd was het vuur al uitgetrapt. Woedend gaf Phan het bevel de gevangenen in het midden van de open plek bij elkaar te zetten. Drie soldaten moesten hen bewaken. Hijzelf en de anderen zouden onmiddellijk de achtervolging van de twee inzetten. Maar eerst haalde hij een fluitje tevoorschijn en begon er snerpend op te blazen. Paul hoorde een van de honden in het nabijgelegen kamp aanslaan. Het alarmsein was gegeven. Binnen enkele minuten zouden andere soldaten arriveren, onder leiding van een van de officieren – schreeuwend en vloekend, kwaad dat de sergeant zich had laten bedonderen maar vooral verbijsterd dat de Amerikanen het hadden gewaagd te ontsnappen.

'Stom van die lui', mompelde Paul tegen Henderson, terwijl hij net als de anderen met zijn handen in de lucht stond.

'Zwijgen!' schreeuwde een van de soldaten toen hij hem zag praten. Hij duwde de loop van de AK-47 in zijn richting. Paul slikte en voelde zijn keel droog worden. De bewakers begonnen bloednerveus heen en weer te lopen. Elke overtreding die hem gewoonlijk niet meer dan een snauw opleverde kon nu zijn dood betekenen.

***

Hoe lang ze al in de brandende zon stonden wist Paul niet, maar het moest zeker meer dan een uur zijn. Het herinnerde hem aan de scène in de film *The Bridge on the River Kwai* waarin Britse krijgsgevangenen door Japanners gedwongen worden te blijven staan tot ze flauwvallen. De een na de ander stort op de grond, enkel de kolonel die de hoofdrol speelt blijft stug overeind.

Denkend aan de filmkolonel zag hij een echte op hen afkomen. Kolonel Trong was klein en gezet, maar wat hij fysiek aan overwicht miste maakte hij mentaal goed. Zijn ogen boorden door je heen, op zoek naar iets wat hem niet beviel en dat hij altijd vond. Trong bestierde zijn kamp echter hoofdzakelijk via zijn officieren en onderofficieren. Als hij zichzelf met de gevangenen bemoeide was dat zelden positief. De ene keer kwam hij een 'glorierijke overwinning' van de NVA op de Amerikanen melden, de andere keer een collectieve straf uitdelen, omdat enkele gevangenen een van de hoofdregels hadden overtreden. Paul hoefde zich niet af te vragen wat het nu zou zijn.

Trong bleef aan de rand van het veld staan. Hij vouwde zijn handen achter zijn rug en leek twee van zijn eigen pelotons te inspecteren, maar elk van de meer dan twintig Amerikanen wist wel beter. Paul had getracht de aanwezigen te tellen zonder zijn nek te veel te rekken. Hij wist dat enkelen voor straf in de isoleercel zaten, een paar anderen in de ziekenboeg lagen en twee op vrije voeten waren. Het totaal moest rond de vijfentwintig liggen.

Secondelang, misschien wel minutenlang gebeurde er niets. Iedereen wachtte. Zelfs de vogels die in en rond het kamp vlogen, op zoek naar rijstkorrels en wormen, leken hun gekwetter gestaakt te hebben. Toen hoorde Paul geluiden: gesnauwde bevelen, gestomp en gestrompel. Hij hoefde het triomfantelijke gezicht van de kolonel niet te zien om te weten wat er gebeurde: de Amerikanen waren gepakt.

Het was niet sergeant Phan die de ontsnapten naar voren dreef, maar Ernesto. Hij droeg een Cubaans militair kostuum, inclusief de typerende kepie, en duwde de loop van een Glock-pistool afwisselend in de rug van de ene en van de andere gevangene. Paul zag striemen op hun gezicht. Hij kon zich goed voorstellen dat de Vietnamezen hun frustratie op hen hadden afgereageerd voordat ze hen in de boeien hadden geslagen. Hun hoofd hing naar voren. Als ze zich al hadden voorgenomen een manhaftige indruk te maken op hun beulen, was ook dit voornemen een snelle dood gestorven.

Ernesto beval de twee met hun gezicht naar de opgetrommelde gevangenen te gaan staan. Zelf nam hij naast de kolonel plaats. Omdat hij ruim een kop groter was dan Trong, leek het of de Cubaan de bevelvoerend officier was en de Vietnamees diens assistent. Paul kon niet nalaten te glimlachen toen hij zag hoe de gelaatstrekken van de kolonel verstrakten.

'Wij hebben jullie van de hel van het slagveld weggehaald. Wij geven jullie voedsel, onderdak en medische verzorging. Wij werken dagelijks aan jullie heropvoeding, opdat jullie de valse ideeen die de imperialistische oorlogsstokers in jullie geest hebben geplant, kunnen vervangen door een objectieve kijk op de politieke werkelijkheid. En bovenal: wij werken aan jullie vrijlating en veilige terugkeer naar jullie geliefden. En wat is de reactie van sommigen?'

Niemand was zo onverstandig antwoord te geven op de vraag. Ernesto had met luide stem gesproken in accentloos Engels. Het leek of hij wilde dat zijn woorden tot in Zuid-Vietnam en Laos te horen waren. In plaats van zijn vraag zelf te beantwoorden zette hij zich in beweging en liep de eerste rij gevangenen af. De kolonel had geen andere keuze dan hem te volgen.

De Cubaan bleef voor een jonge latinosoldaat staan. Het leek of hij een bezoekend staatshoofd was dat op het vliegveld de erewacht inspecteert, maar aan het zweet op het voorhoofd van de soldaat zag Paul dat het allerminst een feestelijke gebeurtenis was.

'Wat is de reactie van sommigen?' herhaalde hij.

Weer was iedereen zo wijs te zwijgen. Ernesto liep verder en bleef staan voor sergeant Lewis, op slechts een paar meter van Paul. Lewis keek niet weg. De grijze ogen van de Texaan weerstonden de priemende blik van de Cubaan. Diens zwarte sik en snor gingen misprijzend op en neer.

'Ze wagen het te ontsnappen, en tijdens hun klunzige poging ook nog eens twee van onze soldaten met een bijl te bedreigen. Er hadden gewonden kunnen vallen, zelfs doden. En het is enkel aan de zelfbeheersing van jullie goed getrainde bewakers te danken dat dit niet is gebeurd.'

Ernesto gunde zijn woorden de tijd te bezinken. Toch had Paul de indruk dat hij zich specifiek richtte tot Lewis en misschien tot nog enkele anderen. De Cubaan moest precies weten wie tot de hardliners behoorden en wie tot de rekkelijken, wie er beïnvloedbaar waren en wie niet. Ook Lewis leek het te voelen. Hij maakte zijn lippen nat, in de bedoeling iets te gaan zeggen.

'Soldaten Parker en Furrows deden enkel wat de *code of conduct* hun opdraagt: proberen de eigen linies weer te bereiken, zonder vijandelijke militairen te verwonden of te doden.'

'Zonder vijandelijke militairen te verwonden of te doden', herhaalde Ernesto luidop. 'Dat is al één onderdeel van hun eigen zogenaamde code waar ze zich niet aan gehouden hebben. Maar jullie weten heel goed dat je hier geen onderdeel meer vormt van je vroegere krijgsmacht. Hier bestaan geen rangen meer, enkel individuen. Wij hebben duidelijk gesteld wat jullie van ons kunnen verwachten, maar ook wat wij van jullie verwachten. Het is hier geen kleuterschool. Wie nooit horen wil, wil blijkbaar meer voelen.'

Hij wendde zich tot de twee ontsnapten, die inmiddels hun hoofd hadden geheven en trachtten een halfslachtige fierheid in hun houding te leggen. 'Parker en Furrows worden tot zestig dagen isolement veroordeeld. En als na die periode blijkt dat er zich in hun houding niets wezenlijks veranderd heeft, komen er dertig dagen bij.'

De Cubaan wachtte de reactie van de twee niet af, maar draaide zich weer naar sergeant Lewis. 'En wat deze fanatieke aanhanger van de code of conduct betreft: ook voor hem geldt dat hij zestig dagen isolement krijgt.'

'Ik protesteer!' riep Lewis uit. 'Ik beroep mij op de Conventie van...'

De rest van zijn zin werd gesmoord in een luid 'oeff', waarna hij ineenzakte en zich nog maar net op zijn knieën overeind kon houden. Ernesto had hem onverwachts een dreun in de maag gegeven.

'Wie niet horen wil, wil meer voelen', herhaalde hij. 'Kolonel, laat uw soldaten deze drie mannen wegvoeren. *Dãn di!*'

Pas bij het horen van zijn eigen taal kwam de kolonel in actie. Hij deed een stap naar achteren en riep met overslaande stem een bevel, waarop vier soldaten haastig aan kwamen lopen. Twee van hen namen Lewis tussen zich in, de anderen duwden Furrows en Parker voor zich uit. Paul bestudeerde hun gezicht toen ze werden weggeleid. Er was verbijstering op te lezen.

Ernesto liep naar de plek waar de twee daarnet nog hadden gestaan. Even dacht Paul dat hij zijn rechterbeen zou heffen om zijn domein al urinerend af te bakenen, maar de Cubaan beperkte zich tot wat gesnuif en draaide zich vervolgens opnieuw naar de verzamelde gevangenen. Hij rechtte zijn schouders en trok zijn strakke buik nog verder in.

'En jullie', sprak hij op de toon van een zelfvoldane onderwijzer. 'Denken jullie vooral niet dat je er zo makkelijk van afkomt. Ik weet dat er gepraat wordt, over ontsnappen, over het geven van valse informatie, over het niet brengen van de reguliere groet. O ja, ik weet best dat sommigen van jullie opzettelijk zo licht mogelijk buigen en elkaar ongezien het militaire saluut geven en met de oude rang aanspreken. Maak niet de fout toegeeflijkheid voor zwakte aan te zien. Vanaf vandaag gaan wij strenger toezien op de naleving van alle regels. Om te beginnen worden alle privileges ingetrokken, behalve voor de politiek gevorderden.'

Paul had afwisselend naar de gezichtsuitdrukking van de kolonel en die van de Cubaan gekeken. Hij wist dat Trong nauwelijks Engels sprak, en des te beter Frans, maar hij zag dat het de kolonel niet ontgaan was dat Ernesto zichzelf nadrukkelijk op de voorgrond had geplaatst. Hoe onverstandig van de Cubaan, de kolonel het risico van gezichtsverlies te laten lopen. Misschien kon hij deze observatie ooit uitbuiten.

De Cubaan salueerde voor de kolonel en liep weg in de richting van de houten gebouwen die als de Operation Room van het kamp dienden. Nog voor hij het middelste ervan bereikt had, ging de deur ervan open en kwamen een van de luitenants en sergeant Phan tevoorschijn. Met snelle passen, maar nog niet hollend, liepen ze naar de kolonel toe, plaatsten zich voor hem en stuurden de gevangenen naar hun eigen onderkomens. Trong keek met een misnoegd gezicht hoe de Amerikanen afdropen.

Paul merkte hoe droog zijn keel en zijn lippen geworden waren, deels van de dorst, deels van de spanning. Hij vreesde niet eens zozeer de straffen van de Vietnamezen, maar vooral de toename van het onderlinge wantrouwen en de kans dat hun groep uiteen ging vallen in hardliners en meewerkers, waarbij hij zelf tot de laatste groep behoorde. En dat terwijl ze elkaars steun juist zo hard nodig hadden.

Dat was natuurlijk precies de bedoeling van de Cubaan. Hoe geïsoleerder de meewerkers kwamen te staan, hoe meer ze geneigd zouden zijn in hun coöperatieve houding te volharden, een hellend vlak dat kon eindigen in vroegtijdige vrijlating of landverraad. Paul had geruchten gehoord over 'de witte Gook' – een marinier die was overgelopen naar de Vietcong en zijn eigen landgenoten bewaakte in een junglekamp.

Hoever hij ook dreigde af te zakken in zijn meewerkende houding, zo diep zou hij nooit zinken.

VI

HET TWEEMOTORIGE TOESTEL NADERDE DE BETONNEN BAAN alsof het een speelgoedvliegtuig was dat een jongetje op het zeil van een keukentafel aanstuurde. Een van de propellers leek af en toe te haperen, wat het toestel deed schommelen. Graham Marquand voelde zijn hart sneller kloppen, in een onbewuste poging de tekortschietende bewegingen van de propeller te compenseren, maar de C-123 kwam veilig op de grond terecht en minderde direct snelheid. Geen van de militairen die hem passeerden, Thai of Amerikanen, schonk overigens enige aandacht aan het binnenkomende vrachtvliegtuig. Een technisch mankement was op deze luchtmachtbasis zo gewoon als een slang die op haar gemak de landingsbaan over kronkelde en halverwege doormidden gereden werd of op het nippertje daaraan ontsnapte.

Hij veegde het zweet van zijn voorhoofd, stopte de vochtige zakdoek terug in zijn beige broek en liep verder naar het gebouw dat een Amerikaan hem gewezen had. Udorn Royal Thai Airport lag amper zeventig kilometer ten zuiden van Vientiane, maar het voelde of hij zevenhonderd kilometer dieper de tropen in was gereden. Het vliegveld had een andere hectiek dan Tan Son Nhat in Saigon, dat hij de laatste vier jaar zo goed had leren kennen. Alles wat hier gebeurde had een zuiver militair doel. Als er eens een soldaat of officier met verlof ging of afzwaaide, vertrok hij vanaf Bangkok en niet vanaf Udorn. Tegelijk was de sfeer meer ontspannen dan hij zich van Vietnamese vliegvelden herinnerde, omdat de oorlog hier letterlijk en figuurlijk verder weg was.

Zowel de deur als de ramen vermeldde 'Air America', alsof de vliegmaatschappij van de CIA tussen de geheime vluchten door ook toeristen liet boeken. Niemand stond voor het houten gebouw op wacht.

Graham klopte aan, maar kon door het lawaai van een overkomend toestel niet horen of iemand reageerde. Hij drukte de klink naar beneden en stapte naar binnen.

Kapitein John Donhu was de eerste die hij zag. De breedgeschouderde man zat nonchalant op de rand van de tafel, met zijn laarzen op een stoel. Als je zijn uniform wegdacht kon hij makkelijk doorgaan voor een rodeocowboy of een gelijksoortige vrije jongen. In een flits begreep Graham waarom de man bij de *Long Range Reconaissance Patrols* was gegaan: ver in het veld, vrij van de bemoeizucht van schoolse officieren en bange stadsjongens die soldaat moesten spelen. De man knikte ten teken van herkenning.

Abraham Levi was de volgende die hij zag. Zijn collega zat op een stoel aan de overzijde van dezelfde tafel en trok de rook van een sigaret binnen. De derde man in de kamer was een man die Graham niet kende, maar die aan het leren jasje en de pet te zien een piloot moest zijn. Hij besloot de onbekende als eerste te groeten.

'U moet wel erg goed tegen de warmte kunnen', merkte hij op nadat hij zijn hand had uitgestoken en zich had voorgesteld.

'In de bergen en hoog in de lucht is het koud, luitenant', antwoordde de ander, die Ed Halstrom bleek te heten. 'Ik heb het jasje aangedaan om het vanavond niet te vergeten. Maar ik zal me er nu even uit hijsen.'

Hij voegde de daad bij het woord en verspreidde zo een flinke zweetwalm door het lokaal, lijfgeur die zich blijkbaar in het leer had opgehoopt. Graham zag de neusvleugels van Levi op en neer gaan, maar Donhu reageerde niet. Zijn vingers speelden afwezig met een leeg theeglas.

'Kunnen we beginnen?'

'Zeker, kapitein', antwoordde Graham. Haastig trok hij een stoel onder tafel vandaan en nam erop plaats. Iets te drinken zou later wel komen.

'De samenstelling van de teams is bekend. We komen met drie groepen van pelotongrootte per helikopter binnen. Het terrein wordt eerst aangevallen door twee Phantoms om de bewakers in verwarring te brengen. Alle groepen vertrekken na de aanval direct per helikopter terug naar Laos en nemen daarbij een aantal van de bevrijde gevangenen mee. De eerste groep kiest bij voorkeur de zwaksten of, als het slecht uitpakt, de zwaarst gewonde. Als een van de toestellen onverhoopt wordt neergehaald of om een andere reden moet landen, gaan we verder te voet, door de jungle. In dat geval worden we opgewacht door een commando-eenheid van de Hmong, zowel om ons te versterken als om ons te gidsen. Eenmaal terug in Laos worden we op een *Lima-airstrip* opgepikt door een C-123.'

Donhu had gesproken alsof hij en Graham zich nog steeds in de villa in Vientiane bevonden. De uitleg was kort en helder, maar één vraag brandde Graham direct al op de lippen: 'Hebben we überhaupt enige kans als we niet per helikopter kunnen terugkeren?'

'Stel dat de NVA onze helikopters beschiet met luchtdoelgeschut, dat kan zowel binnen Noord-Vietnam als in Laos gebeuren', antwoordde Levi in Donhu's plaats. 'Een crash verder van het kamp zal de NVA niet direct ontdekken. Door de verwarring van het voorafgaande bombardement zal de vijand niet weten met hoeveel helikopters de aanval plaatsvindt. En het is logisch dat ze aannemen dat iedereen via de lucht is ontkomen. De kans dat ze onmiddellijk troepen achter jullie aan sturen, de jungle in, is vrij klein.'

De rangerkapitein knikte Levi bewonderend toe. 'Goed en snel gedacht, Ab.' Daarna wendde hij zich weer tot Graham: 'Als het moet, kunnen we enkele dagen door het oerwoud trekken dus wel overleven.'

Een mengeling van ergernis en schaamte overspoelde Grahams gemoed. Wat zat Levi zich ermee te bemoeien? En waarom noemde die Donhu hem zo vriendschappelijk bij de voornaam? Hij mocht nog blij zijn dat het geen 'Abbie' was.

'Is het Hmong-commando al ter plaatse, kapitein? Ik weet dat hun taak vooral uit observeren bestaat en niet uit het aangaan van directe confrontaties.'

Hij moest nu toch direct tonen dat hij ook iets van de situatie wist, verdomme.

'Ze bevinden zich op veilige afstand van kamp Malraux, maar ze kunnen wel binnen enkele uren op de plek van het rendez-vous zijn, en op een radiosein van ons komen ze direct in beweging.'

'Dan mogen we hopen dat dat sein niet hoeft te worden gegeven', merkte Halstrom op.

De kapitein zuchtte en knikte. Graham voelde zijn ergernis plaatsmaken voor opwinding, vermengd met angst. Terwijl de piloot en de ranger de details van de aanvliegroute en de landing bespraken, besefte Graham dat Halstrom een van de mannen was aan wie hij zijn leven zou moeten toevertrouwen – en dat van Paul. Een man die, zo zag hij nu, niet alleen een leren jasje droeg in de tropen, maar ook voortdurend zijn rechtervoet en de vingers van zijn rechterhand bewoog, en geregeld knipperde met zijn rechteroog. Eén kant van de piloot was al aan het vertrekken, de andere was nog in rust. Hopelijk was de zenuwachtige energie die Halstrom uitstraalde geen teken van geestelijke instabiliteit.

Abraham Levi had hem sinds zijn binnenkomen enkele donkere blikken toegeworpen. Hij legde zijn sigaret in een asbak, stond op en haalde van een andere tafel een theepot en een glas tevoorschijn. Graham dacht dat hij hem wat te drinken zou aanbieden, maar in plaats daarvan schonk hij voor zichzelf in en vervolgens schonk hij de kapitein bij. De plotselinge omslag van collegiaal naar vijandig was verbazingwekkend en verontrustend.

'Kapitein, is de samenstelling van de teams werkelijk al definitief?'

Donhu lachte. 'Waarom vraag je dat, Ab? Wil je soms zelf mee?'

'Nee, maar ik vraag me af of u weet wie u meeneemt in de persoon van Graham Marquand.'

De stilte die plotseling inviel had het gewicht van de complete jaarvoorraad van een fabriek die loden schoenen produceert.

'Luitenant Marquand is mij toegewezen van hogerhand. Ik heb geen reden aan te nemen dat men niet weet wie te selecteren voor zo'n belangrijke missie', antwoordde Donhu, ineens een en al formaliteit. 'En als je dat verhaal van zijn broer bedoelt, dat ken ik, ja.'

'Nee, ik bedoel niet dat verhaal, kapitein.'

In een flits besefte Graham waar de ander op doelde. Om de een of andere reden had Levi heel zijn doopceel gelicht en was daarbij op onaangename feiten gestuit. Hij moest ingrijpen nu het nog kon.

'Die kwestie van de sigarettenhandel is verleden tijd, Levi. Ik heb er destijds zelfs niet voor hoeven voorkomen.'

Levi trok zijn wenkbrauwen op in een gespeeld gebaar van verbazing. 'Ja, tegen jou hebben ze alle aanklachten laten vallen, maar je vriendje Sedgwick zit nog steeds in Leavenworth.'

'Leavenworth?' Donhu haalde zijn voeten van de stoel en ging rechtop staan. Hij bekeek Graham alsof die een paard was dat hij dringend moest gaan temmen door boven op zijn rug te springen. 'Wat is er hier voor mij achtergehouden?'

Graham voelde zijn kaken vuurrood worden, van woede en schaamte. 'Ik heb de CIA twee jaar terug geholpen een bende criminelen die indirect voor de Vietcong werkte op te rollen.'

'Noem je het zo?' sprak Levi met stemverheffing. 'Ze hebben je gewoon voor het blok gezet! En als je de kans had gehad, had je net als je maat geprobeerd er met het geld en al tussenuit te knijpen.'

'Welk geld?' vroeg Donhu.

Ook zijn stem was luider geworden.

'Geld verdiend met de handel in hasj', antwoordde Levi. Graham hoorde de trots in zijn woorden doorklinken. 'Drugs, bedoeld om onze manschappen te verdoven, zodat ze in het veld een makkelijke prooi zouden zijn voor de Vietcong.'

'Godverdomme, Levi! Ik ben vrijgesproken van alles. Het feit dat ik nu voor The Company werk is bewijs genoeg van mijn goede trouw.'

Hij was opgesprongen en balde zonder het te beseffen zijn vuisten. Een van zijn halsslagaders klopte zichtbaar. Hij wilde Levi op zijn muil timmeren om te voorkomen dat er nog meer van zijn vergeten verleden werd opgerakeld, maar een stem in zijn hoofd fluisterde hem toe dat hij zo al genoeg moeilijkheden had. Donhu en Halstrom zouden hem bovendien direct ongenadig te grazen nemen.

'Luitenant Marquand', hoorde hij de ranger zeggen. 'Ik ga dit tot op de bodem uitzoeken, maar als blijkt dat jij inderdaad zo'n waardeloze hippie bent die de moraal van de troepen ondermijnt, wil ik je niet in mijn team hebben.'

'Wat?' antwoordde Graham verward. 'Een waardeloze hippie? Ik?'

'Voorlopig is hij toch geschorst', merkte Levi triomfantelijk op.

Donhu schudde het hoofd, waarbij zijn haren, ondanks hun korte lengte en het plakkerige zweet ertussen, meebewogen, alsof ze daarmee uitdrukking gaven aan een diep gekoesterd verlangen naar een langer toegestane groei. 'Niks daarvan. We gaan vanavond op verkenning en het is voor de missie van belang dat hij meegaat.'

'Ook als hij zo onbetrouwbaar blijkt als u nu denkt?' drong Levi aan.

'Levi, godverdommese rotzak, hou op over mij te spreken alsof ik er niet bij ben!' En voor de ander kon reageren wendde hij zich tot Donhu: 'Kapitein, ik stel voor dat u nu, direct naar de ambassade belt, naar USAID, naar DEPCHIEF of welk van de betrokken instanties dan ook. Ik heb er recht op onmiddellijk van alle verdenkingen gezuiverd te worden.'

Tot zijn opluchting zag hij dat zijn resolute optreden indruk maakte op de ranger. Na enkele seconden stilte knikte hij, pakte zijn pet van tafel en liep naar de uitgang, zonder zijn ogen van Graham af te houden. Bij de deur gekomen ging er een wijsvinger dreigend in zijn richting. 'Je hebt gelijk, we moeten dit direct oplossen. Maar ik waarschuw je: als je zo'n verdoken communistenvriendje bent, zit jij morgen met je kont in een lijntoestel terug naar huis. Dat garandeer ik je.'

De deur viel met een dreun dicht. De loden stilte die zich even op het dak leek te hebben teruggetrokken, gleed weer naar binnen.

'Ik dacht dat wij collega's waren', merkte Graham uiteindelijk op.

'Ik dacht dat jij een patriot was', antwoordde Levi koeltjes. De flauwe glimlach die vervolgens om zijn lippen verscheen, toonde dat hij heel gerust was in de uitkomst van Donhu's telefoongesprek.

'Ik ga niet met een verrader aan boord een oorlogsgebied in', zei Halstrom. 'Als ze ons neerschieten ben jij misschien degene die ons aan de executiepaal praat om je eigen huid te redden.'

Graham voelde hoe zijn mond openviel van puur ongeloof. Hij probeerde een antwoord te formuleren, schudde toen het hoofd en mompelde: 'Laten we nou maar wachten tot de kapitein terugkomt en verder niks meer zeggen. We zouden er later alleen maar spijt van krijgen.'

***

Wanneer had hij Levi voor het eerst ontmoet? Graham wist het niet zeker, maar hij meende dat het tijdens een training op de Filippijnen was. Nadat hij in april '67 de justitiële dans ontsprongen was en de republiek van Zuid-Vietnam via de zeeweg verlaten had, was hij op diverse CIA-stations terechtgekomen, in Maleisië, in Thailand en vervolgens op een van de talloze eilanden die de Filippijnen vormden. Er was geen tijd en ook geen aanleiding geweest hem naar de Verenigde Staten te sturen voor een reguliere opleiding. Iemand op het hoofdkantoor in Langley had beslist dat hij een specialist moest worden voor Zuidoost-Azië en dat hij het vak het beste 'on the job' kon leren. Maar blijkbaar dwong de oorlogssituatie telkens tot aanpassingen van de posten, de leerdoelstellingen en de leermethodes. Graham stelde zich op een bepaald moment voor dat zijn dossier een enorm aantal nietjes bevatte, van de mutaties die eraan werden toegevoegd. "Agent dient training voort te zetten in...", "Dringend verzoek agent in opleiding Graham Marquand te verplaatsen naar...", "Gelet op de uitzonderlijke omstandigheden in..." De ene week leerde hij over coderingen van berichten, de volgende over menselijk gedrag en de derde over de geschiedenis van het communisme. De enige constante was taalonderricht. De trainers hadden al snel Grahams talenknobbel opgemerkt en probeerden hem systematisch de basis van een aantal regionale talen bij te laten brengen, van Thai en Maleis tot Vietnamees.

Graham ontmoette in de loop van een aantal maanden de ene na de andere veteraan van de strijd tegen het communisme. Sommigen maakten veel indruk op hem, zoals de Engelsman Anthony Ames, die meer dan tien jaar daarvoor in het Britse Maleisië tegen de communistische guerrilla's had gevochten. De gepensioneerde majoor vertelde over hun pogingen vrouwen en mannen die zonder veel overtuiging aan de kant van de roden waren beland, los te weken van hun voormalige kameraden. Wie zich in de gevangenenkampen onverbeterlijk opstelde maakte geen enkele kans op vervroegde invrijheidstelling of privileges, maar wie berouw toonde en actief meewerkte aan zijn re-integratie in de samenleving kon relatief snel weer op vrije voeten zijn.

'Was dat geen open invitatie om maar te doen alsof?' had Graham tijdens een van de lessen gevraagd. Het waren eigenlijk meer onderonsjes tussen de majoor en een drietal agenten in opleiding.

'Niet echt', had Ames geantwoord, lurkend aan zijn pijp en strelend over zijn grijsblonde haar. En voor de zoveelste keer had Graham zich afgevraagd hoe een man er zo lang zo op en top Brits kon blijven uitzien, zo ver van huis. 'Zie je, als een gevangene zich uitsprak tegen het communisme, raakte dat al snel in het hele kamp bekend en riskeerde hij represailles van de kant van zijn voormalige kameraden. Ze konden zich op allerlei manieren wreken, bijvoorbeeld via zijn familieleden.'

'Eigenlijk een duivels dilemma dus,' had een van de andere leerlingen gezegd, 'een keuze tussen pest en cholera.'

'Het was toen in Maleisië niet veel anders dan in Vietnam nu.'

'Maar iemand kon doen alsof,' hield Graham aan, 'en bijvoorbeeld in opdracht van de partij pretenderen over te lopen naar de koloniale autoriteiten?'

'Dan moest hij, om overtuigend te zijn, toch op zijn minst wel een aframmeling incasseren van zijn kameraden', antwoordde Ames, een tikje onwillig, leek het Graham.

'Maar beter dat dan je familie blootstellen aan afstraffingen', merkte de andere leerling weer op.

Ames had bedachtzaam naar buiten gekeken, alsof er zich in de jungle die aan de voet van de veranda begon nog altijd communistische strijders schuilhielden. Dezelfde of andere, in de Filippijnen scheen alleen hun naam anders te zijn dan in Maleisië. Toen Graham de Brit observeerde kwam het hem voor dat de succesvolle beëindiging van de communistische opstand in de voormalige Britse kolonie nauwelijks van belang was voor de majoor. De opstand dook telkens opnieuw op, op andere plaatsen en in nieuwe vermommingen, als een griepvirus dat muteerde en met geen enkel vaccin of medicijn definitief te vernietigen leek. Het was voor het eerst dat Graham iets besefte van de enormiteit van de Koude Oorlog: een botsing tussen twee systemen die als tektonische platen tegen elkaar aan schuurden. Op de meeste plaatsen merkte men niets van het onderaardse dreunen, maar op andere ontstonden aardbevingen en diepe scheuren in de bodem.

Ze hadden die middag lang gepraat. Zo lang dat Ames op een bepaald moment was onderbroken door de binnenkomst van een andere CIA-medewerker. De zwartharige jongeman had de majoor erop gewezen dat de agenten op een andere instructie werden verwacht. Hij had daarbij verontschuldigend gelachen en zijn schouders opgehaald, alsof het zijn schuld was dat de les zo was uitgelopen. Graham en de anderen waren met hem meegelopen naar de een kilometer verderop gelegen schietbaan. De jongeman had zich voorgesteld als Abraham Levi, maar hij leek niet in de stemming voor een praatje. Al snel zag Graham waarom: het zweet gutste van zijn hoofd, alsof hij geen pet droeg maar een douchekop.

'Nog maar pas in de tropen?'

'Pas wéér', antwoordde Levi. 'Ik ben een jaar lang in Wenen gestationeerd geweest. Dat was heel wat koeler.'

'En viezer misschien? Harry Limes moest door de riolen hollen.'

Levi glimlachte om de allusie op Graham Greenes beroemde spionageroman *The Third Man*. 'Ik kan je verzekeren dat ik al die tijd bovengronds ben gebleven. Schitterende stad. Veel Oostblokagenten. Eenmaal een uitwisseling helpen organiseren.'

Hij sprak met horten en stoten. De vochtige tropische lucht leek geen weldaad voor zijn longen.

'Russen voor Amerikanen, neem ik aan?'

Levi lachte. Het leek meer of hij een blaf uitstootte: 'Andersom. Twee landgenoten die voor de Sovjets hadden gespioneerd voor twee Duitsers die al jarenlang in de goelag vastzaten. Verraders voor verraders.'

De verbetenheid waarmee hij het had gezegd gaf Graham de indruk dat Levi de Koude Oorlog vooral in spiegelbeeld zag: de tegenstander bevond zich vooral in het eigen kamp. Het was een correcte eerste indruk geweest, bedacht Graham nu, maar zoals zo vaak met eerste indrukken werd die vervolgens weggerationaliseerd.

Ze liepen over een onverharde weg. Rechts van hen het bos met de schaduw brengende bomen en struiken, links rijstvelden en boven hen de brandende zon. Graham zag een houten bord met bijna weggesleten letters: '*Keep out*'. Het prikkeldraad dat er ooit wellicht omheen had gestaan was weg, waarmee de tekst al zijn bezwerende kracht was ontnomen.

'En jij?' vroeg Levi, nadat ze een tijdlang zwijgend hadden doorgemarcheerd.

'Het is de bedoeling dat ik na mijn opleiding ergens in Zuidoost-Azië word gestationeerd, als een soort vliegende keeper neem ik aan.'

'Dan zullen we elkaar nog wel tegenkomen. Het is de bedoeling dat ik hier ook blijf.'

Nadat ze bij de schietbaan arriveerden, verdween Levi in een klaarstaande jeep.

Graham zag hem niet meer en vergat hem, tot ze elkaar in Vientiane weer tegen het lijf liepen.

De douchekop op zijn hoofd was inmiddels opgehouden met lekken. Zijn lichaam had zich aangepast aan het warme klimaat, maar zijn geest was even koel en paranoïde gebleven.

***

De A-26 schudde van links naar rechts en soms ook nog van boven naar beneden. Graham hield zichzelf voortdurend met één hand vast, uit angst door een van de forse bewegingen uit zijn zetel te worden gesmeten. Tot zijn opluchting zat ook Donhu niet op zijn gemak, net zomin als de Filippijnse sergeant die hen vergezelde. Alleen de twee Thaise kickers hadden voldoende aan één hanglus om zichzelf staande te houden. Graham nam aan dat ze al zoveel nachtvluchten met dit toestel hadden meegemaakt, dat hun lichaam de voor anderen onvoorspelbare bewegingen van tevoren leek aan te voelen.

Achter de twee Thaise bemanningsleden lagen de zakken met rijst en ander proviand. Daartussen zag hij ook tassen met wapens en munitie, en één zak met een groot rood kruis erop getekend. Kinine tegen de malaria, verbandgaas, penicilline, morfine.

Hij vroeg zich af hoeveel de Hmong voor zichzelf zouden houden en hoeveel ze zouden doorverkopen.

En hoeveel ervan wij uiteindelijk zullen nodig hebben, dacht hij somber.

De Filippijnse sergeant had zichtbaar moeite zijn rooklust te bedwingen. Zijn lippen smakten en zijn handen gingen om de paar minuten in een onbewust gebaar naar zijn borstzakje, om dan halverwege te blijven hangen. Maar de kickers trokken zich geen moer aan van het rookverbod. Om de tien minuten trapten ze een peuk uit. De metalen vloer leek ermee bezaaid, als die van een Aziatische keuken met muizenstrontjes.

Graham probeerde door het glas van een van de vuile ramen een blik naar beneden te werpen. Het was er aardedonker. Geen bewoning, dus geen huizen of wegen, maar ook geen kampvuren. Niets dan de boomkruinen van dichtbegroeid tropisch oerwoud.

Een vurige flits die bijna direct daarna werd gevolgd door een knal. Het toestel schudde extra aan de rechterkant. Graham voelde direct dat het geen luchtzak was.

'Noord-Vietnamees luchtafweergeschut!' riep de kapitein en hij sprong op. Graham en de sergeant volgden bijna gelijktijdig zijn voorbeeld.

De kickers bleven in dezelfde ontspannen houding staan. Donhu keek met een ongelovige uitdrukking op zijn gezicht van hen naar de deur van de cockpit en weer terug. Ondertussen klonken er nieuwe knallen, die het vliegtuig echter niet meer deden schudden.

Graham zag de kapitein met moeizame tred de cockpit in lopen en met de copiloot overleggen. Halstrom hield al die tijd zijn blik strak op de instrumenten gericht, maar gaf wel antwoord op de vragen die de copiloot hem stelde. Graham en de sergeant knikten elkaar enkele malen bemoedigend toe: het knalt hard, maar ze halen ons er wel uit.

Na enkele minuten kwam Donhu weer terug wankelen. Graham probeerde zijn gezichtsuitdrukking te peilen, maar werd er niet veel wijzer van.

De ranger bukte zich naar hem toe en brulde in zijn oor: 'Zolang het geen Russische SAM-raketten zijn hoeven we ons geen zorgen te maken, zegt hij! Met die ouwe rotzooi schieten ze bijna altijd mis!'

'Bijna altijd?' herhaalde Graham op even luide toon.

Donhu wees naar beneden. 'We vliegen boven de Ho Chi Minh-route. Er zijn weer heel wat communistische bevoorradingstroepen onderweg naar het zuiden. Die twee anderen in de cockpit zijn door hun kijkers vrachtwagens aan het tellen.'

Graham knikte en ging net als de kapitein en de sergeant weer zitten. Iedereen was rustig. Blijkbaar was dit dagelijkse kost voor deze bemanning: vrachtwagens tellen en rijst en wapens afgooien, terwijl het luchtafweergeschut om je heen knalde en je 'bijna altijd' miste. En dat alles in een vliegtuig dat hedendaags was tijdens de laatste wereldoorlog, dacht hij er grimmig bij.

Even plotseling als het begonnen was hield het knallen op. Donhu produceerde een brede grijns en stak een duim op naar de sergeant en de luitenant, en ten slotte ook naar de twee kickers. De Thai lachten hardop terug en toonden daarbij een gebit met diverse gouden tanden. Hoe gevaarlijk dit werk ook was, Air America betaalde blijkbaar ruimschoots bibbergeld.

Graham stak op zijn beurt een duim op. Hij was opgelucht dat ze uit de gevarenzone waren, maar vooral dat Donhu met hem gesproken had. Wat hij ook te horen had gekregen aan de telefoon, kennelijk had hij er de conclusie uit getrokken dat Graham géén onbetrouwbaar sujet was, en evenmin een hasjrokende hippie. Halstrom was sceptisch blijven kijken, maar Levi had zijn teleurstelling niet kunnen verbergen en was zonder nog iets te zeggen vertrokken.

Een van de technici kwam uit de cockpit. Hij bleef wijdbeens voor hen staan. Graham vermoedde zeebenen, want het enige wat aan zijn lichaam schommelde was zijn bovenkant.

'Nog twintig minuten vliegen naar de droppingzone aan de oostkant!' brulde hij. 'Trouwens niet alleen vrachtwagens die we geteld hebben vanavond, maar ook een paar tanks.'

'Tanks?' schreeuwde Donhu terug. 'Ouwe rotzooi van de Fransen?'

'Nee,' gilde de ander, 'spiksplinternieuwe T-62 Sovjettanks!'

De kapitein vloekte luid. 'De vuile rotzakken! En moet je zien waar ze ons in laten rondvliegen!'

'Hola, kapitein', zei de technicus. 'Dit beestje mag oud zijn, maar ze vliegt geweldig. En Halstrom is een van de beste piloten met een A-26 die ik ken.'

De man draaide zich om en liep terug naar zijn plaats. Donhu keek hem na, richtte zich toen weer tot Graham en schudde zijn hoofd in een gebaar dat frustratie en moedeloosheid uitdrukte. Graham had de indruk dat hij hem door alle herrie van de motoren heen kon horen zuchten.

De kickers staken nog maar eens een sigaret op.

***

Als hij gedacht had het ergste achter de rug te hebben kwam hij bedrogen uit. Het toestel landde op een baan die amper lang genoeg leek om op te knikkeren en die bovendien nauwelijks verlicht was. Het zweet brak Graham uit toen hij de wielen de ongelijke grond voelde raken, en onwillekeurig sloot hij zijn ogen. Even waande hij zich terug in een schuttersputje terwijl de granaten om hem heen ontploften. Het gevoel van machteloosheid was even groot. Daarna leek de werking van de remmen tot in de botten van zijn lichaam te trekken. Sneller dan hij voor mogelijk had gehouden kwam de A-26 tot stilstand.

Graham voelde een immense opluchting het te hebben overleefd, een emotie die direct werd verdreven door de zorg hoe ze hier ooit weer zouden wegkomen.

'Wees gerust,' hoorde hij Donhu zeggen, 'die Halstrom heeft dit al veel vaker gedaan dan jij en ik het nog ooit zullen beleven.'

Hij opende zijn ogen en voelde het zweet erin prikken. De kickers waren al aan het uitladen, Donhu en de sergeant stonden reeds recht.

Hij hees zichzelf overeind, plotseling beschaamd over zijn eigen gebrek aan vertrouwen in de vliegenierskunsten van Halstrom. Zwijgend liep hij achter de twee anderen aan. Net als zij negeerde hij de Thai, die de ene zware zak na de andere in gretige handen legden. Hmong-strijders, besefte hij. Hier waren ze in oorlogsgebied, hier liep een van de frontlinies van de Indochinese oorlog, al was het officieel neutraal terrein.

Graham keek nieuwsgierig om zich heen en zag schimmen in de weer om de verlichting om de landingsbaan te doven. Ze bestond enerzijds uit fakkels en anderzijds uit door accu's aangedreven lampen. De gedaantes werkten snel en nauwgezet. Het leek of een reusachtige onzichtbare hand de lichtknoppen een voor een omdraaide.

Terwijl de duisternis weer bezit nam van het gebied werden ook de contouren van bomen zichtbaar. Een vage vrees voor geesten kwam bij hem bovendrijven. Hoe vaak hadden hier de voorbije duizenden jaren wachtposten gestaan die dezelfde angsten moesten hebben gevoeld, elk moment een aanval verwachtend van ingebeelde demonen of maar al te reële krijgers van een vijandelijke stam?

'Luitenant,' hoorde hij de stem van de kapitein, 'kom kennismaken met onze bondgenoten.'

Hij liep naar hem toe en schudde vervolgens de hand van twee mannen die iets kleiner waren dan hijzelf, maar ook iets breder gebouwd. Ondanks de gebrekkige verlichting kon Graham de aan Chinezen verwante trekken in hun gezicht onderscheiden. Ze droegen Amerikaanse militaire kleding. Aan hun koppelriem hingen niet alleen een holster voor een pistool, maar ook een foedraal voor een mes.

'Majoor Txawj Pov en kapitein Txawj Dang,' introduceerde Donhu, 'luitenant Graham Marquand.'

Graham vermoedde dat er een overvloed aan hogere officiersrangen in het kleine Hmong-leger was, maar hij hield wijselijk zijn mond. In plaats daarvan luisterde hij beleefd naar de verdere uitleg van de kapitein: 'De majoor zal het commando leiden dat ons in ieder geval ondersteunt bij aankomst uit Vietnam en bij de overstap op de C-123. In het geval dat een van de helikopters crasht, zal zijn eenheid de bemanning trachten te redden en veilig naar hier leiden.'

De beide Hmong knikten ernstig. Ze leken het de normaalste zaak van de wereld te vinden dat ze hun leven gingen wagen om het hachje te redden van een stel kerels die afkomstig waren van de andere kant van de wereld. Dat was dan ook een van de redenen waarom het Amerikaanse leger zo graag een beroep deed op dit soort bergvolkeren. Hun trouw leek vanzelfsprekend. Dat was met sommige andere bondgenoten wel anders. Bij de Zuid-Vietnamezen moest je maar afwachten of ze met je wilden meevechten of je op het slagveld zonder boe of bah in de steek zouden laten.

'Laten we eerst wat drinken op jullie veilige landing.' De majoor had een opvallend diepe stem en sprak accentloos Engels. De luitenant naast hem knikte alsof zijn superieur het evangelie had verkondigd. Ze liepen gevieren naar een hut, niet ver van de landingsbaan. Graham moest bukken om binnen te komen.

'Waar is Santos, sir?'

'Die voert de eigenlijke inspectie uit', antwoordde Donhu op een toon die maar net boven het fluisterniveau uit kwam. 'Ik wist dat wij daar niet zo snel aan toe zouden komen met al die rituelen, en onze tijd is beperkt.'

Ze namen plaats op kussens op de grond. Alleen de majoor kon in een stoel gaan zitten, een enigszins door het vocht aangetaste chesterfield die de man God weet waar vandaan had gesleept. Graham kon zich niet aan de indruk onttrekken dat de zetel de functie van troon vervulde. Als je het militaire uniform en het pistool wegdacht, zag je een ouderwets stamhoofd voor je. De fles whisky en de vier glazen die een vrouw op een metalen dienblad kwam binnendragen pasten echter niet in dat beeld.

'Laten we drinken op de bevrijding van jullie gevangen strijders', zei de majoor. 'Vrouw, schenk de glazen goed vol. We kijken niet op een druppel.'

Graham betwijfelde of de Hmong-vrouw het Engels had verstaan, maar ze leek in ieder geval te weten wat de majoor bedoelde. Het beeld van een in klederdracht gestoken bergbewoonster die een tumblerglas volschonk als een volleerde barmeid veroorzaakte een nieuwe minieme kortsluiting in zijn hersenen.

De brandende drank deed deugd na de spannende uren in de lucht. Graham voelde tegelijk met de whisky iets van de stress door zijn slokdarm wegglijden. Terwijl Donhu een lofzang begon op de samenwerking tussen Amerikanen en Hmong in de strijd tegen hun gezamenlijke vijand, liet Graham zijn blik door de hut dwalen. In een hoek zag hij een pijp liggen. Met een schok realiseerde hij zich dat die diende om opium te roken. Het zou toch niet zo zijn dat ze met een peloton junkies de jungle in trokken? Verontrust keek hij van de majoor naar de luitenant, maar geen van beiden had de ongezonde, gelige gelaatstrekken die je bij opiumgebruikers zo vaak waarnam. Enigszins gerustgesteld probeerde hij zich weer te ontspannen.

'We drinken opnieuw, heren', sprak de majoor. 'En ditmaal op de ondergang van het communisme. Mogen die dieven die ons onze gronden en onze vrijheid misgunnen, branden in de diepste putten van de hel!'

De vrouw die tot dan zwijgend en roerloos naast de zetel had gestaan kwam weer in actie. Tot zijn ontzetting vulde ze het glas bijna tot de rand. Hij wierp een vlugge blik op Donhu, maar de kapitein maakte hem met een subtiele beweging van zijn ogen duidelijk dat hij niet kinderachtig moest doen.

'Kapitein, uw kickers hebben ditmaal slechts een klein deel van de voorraad in de lucht hoeven afgooien. Gelukkig maar. Ik zou willen dat u uw generaals doorgeeft dat ze meer op de grond moeten afleveren, want er gaat te veel verloren van wat er aan parachutes gedropt wordt.'

'Ik bepaal helaas de bevoorradingspolitiek niet, majoor', antwoordde Donhu ontwijkend.

'Dat begrijp ik,' ging de majoor onverstoorbaar verder, 'maar als ze in Washington niet weten wat er hier gebeurt, kunnen ze er ook niets aan veranderen. Elke boodschapper is er een.'

Graham vroeg zich af wie er in Washington überhaupt op de hoogte was van wat er hier gebeurde, in deze afgelegen bergprovincie in het hart van Indochina. Het nadeel van een geheime oorlog was dat de slagvelden niet door journalisten werden bezocht, maar ook amper door generaals en politici. Er was geen eer aan te behalen. Een bezoek leverde geen beelden voor het tv-journaal of foto's in de krant op, en dus was het verstandiger je schaarse pr-uren elders te besteden, ergens waar de camera's wel draaiden en flitsten. De Hmong die dagelijks hun leven riskeerden konden slechts rekenen op de steun van anonieme bureaucraten die woonden in grauwe vergaderkamers. De laatste geweerschoten die zij hadden gehoord, waren tijdens de Tweede Wereldoorlog afgevuurd. Ze hadden geen enkele emotionele band met het volk dat ze bewapenden en bevoorraadden. Als de hoogste ambtenaar in het Pentagon en die in het CIA-hoofdkwartier in Langley morgen een streep door de overeenkomst met het bergvolk zette, waren de Hmong ten dode opgeschreven. De topambtenaar als het hoofd van de stam der bureaucraten, bedacht Graham grimmig. Met hun kantoren op hoge verdiepingen van betonnen kantoorgebouwen vormen ze in feite ook een soort bergvolk.

'De generaals op hun beurt klagen wel over de opium die uit dit deel van Laos komt en die een toenemend aantal Amerikaanse soldaten uitschakelt', hoorde hij Donhu zeggen.

De majoor knipperde zelfs niet met zijn ogen voor hij antwoordde: 'Onze opium gaat rechtstreeks naar China, zoals de voorbije eeuwen altijd al is gebeurd. Hoe meer communisten we verslaafd maken, hoe beter.'

Graham wist dat het niet waar was. De grens met China was potdicht, zeker sinds Mao daar zo ongeveer in oorlog met zijn eigen partij verwikkeld was geraakt. En welke Chinees kon het zich tegenwoordig nog veroorloven opium te schuiven? Donhu moest dat ook weten, maar hij accepteerde de leugen gelaten en dronk zijn whiskyglas in enkele slokken uit.

'Wat betreft Operatie Freeborn, wij...'

'Een ogenblik, kapitein', mengde zijn evenknie zich in het gesprek. 'Wij hebben nog enkele wensen met betrekking tot onze bewapening.'

'Maar eerst schenken we de glazen nog eens goed vol en drinken we om de zegen van onze voorouders af te roepen over de hele onderneming', kwam de majoor tussenbeide. Graham zag zijn ogen gretig oplichten en zijn lege glas in de hoogte worden gestoken, alsof een verre voorouder het vanuit de hemelen uit een denkbeeldige fles kon bijvullen.

'Kapitein, ik ga naar de communicatiehut, zoals afgesproken', zei Graham. Hij kwam moeizaam overeind, en pas toen hij eenmaal stond merkte hij dat hij het lege glas nog steeds vasthield, alsof het een talisman was. Omdat er geen tafeltjes waren gaf hij het na een moment van verwarring maar aan Donhu, die het met een geërgerd gezicht naast zich op de grond zette. Graham salueerde voor ieder van de drie officieren, knikte vriendelijk naar de zwijgende Hmong-vrouw en liep zonder verdere uitleg de hut uit.

Buiten voelde hij pas goed hoe hard de paar glazen waren aangekomen. Hij had de hele dag al weinig gegeten, en dan al die alcohol op een lege maag en een vermoeid lichaam... Hij dwong zichzelf helder te denken. Eerst iemand vragen waar de communicatiehut is, maar nog voor hij een Hmong gevonden had wist hij al waar hij moest zijn. Aan het eind van de landingsbaan zag hij een onderkomen waar licht uit de deuropening scheen – net voldoende om de antennes op het dak te onderscheiden.

Graham liep ernaartoe. De lucht die hij uitademde voelde veel warmer dan die om hem heen en kwam in een wolkje uit zijn mond, alsof hij een uitlaat in zijn gezicht had. Het herinnerde hem aan de hooglanden van Centraal-Vietnam. Hij dacht terug aan de poging die Sedgwick en hij hadden ondernomen om arrestatie te voorkomen, hun vlucht naar voren zich aan te sluiten bij een compagnie die in de hooglanden op patrouille was. Wat ze niet konden weten was dat deze eenheid juist onder vuur lag van binnendringende NVA-troepen. Het was onbedoeld Grahams definitieve vuurdoop geweest. Hij had het bevel overgenomen van een peloton dat onder leiding stond van zijn vroegere vriend Cozzens toen die laatste sneuvelde. Zijn broer had deel uitgemaakt van de groep soldaten die onder Grahams leiding ontkwam aan de omsingeling. Paul was krijgsgevangen gemaakt, hijzelf was ontsnapt. En dat was dat geweest.

En nu was hij weer in het gebergte. Hij wierp een blik op de donkere toppen, kilometers naar het oosten. Zou zijn leven hier weer een dramatische wending nemen? En zou het ditmaal een positieve zijn?

Graham besefte dat hij stil was blijven staan en nietsziend naar de bergtoppen in de verte staarde. Hij dwong zich weer in beweging te komen. Vlak voor hij de hut binnenliep liet hij een knallende boer, luid genoeg om zijn entree aan te kondigen.

'Ik dacht al dat het een dronken Hmong was', zei de man die voor een plomp uitziend radioapparaat zat. Hij wijdde zich weer aan zijn frequenties en bood zijn gast zo zicht op een kale plek in het midden van een dunne haardos. Graham zag geen uniformjasje, zodat hij aannam dat de man een burger was, in dienst van de CIA.

'Goeienavond, mijn naam is Marquand', begon hij ietwat onhandig. 'Luitenant Graham Marquand', voegde hij eraan toe, in de hoop dat de ander hem verwacht had.

'Ah, de Company-man bij Operatie Freeborn.' De marconist draaide zich weer om en nu pas merkte Graham dat de radioman zijn hoofd op een merkwaardige manier scheef hield.

'Ontstoken spier', antwoordde hij op Graham's onuitgesproken vraag, en wees beschuldigend op zijn rechterschouder. 'Hele avonden en nachten in dezelfde verkrampte houding zitten.' Daarna stak hij zijn rechterhand voorzichtig uit: 'Derek Walter. Niet te hard schudden alsjeblieft.'

Graham pakte de hand vast alsof het die van een broze bejaarde was. 'Wat gebeurt er als ik knijp?'

'Dan kun je die hand als souvenir mee naar huis nemen en doen of je hem van een Vietnamees hebt afgehakt. Pak een stoel en schenk jezelf wat te drinken in. Ik heb enkel koffie en geen sterkedrank.'

Graham nam een metalen thermoskan en schonk twee koppen koffie in aardewerken bekers. Ze zagen er niet uit alsof ze onlangs waren afgewassen en de koffie smaakte allerminst vers, maar de cafeïne zou zeker helpen de dronkenschap te onderdrukken die onder de oppervlakte van zijn bewustzijn klotste.

'Ze weten hier wel weg met whisky', merkte hij op.

'Met whisky en met wapens. Hoe vaak denk je dat een dronken ruzie hier met een geweerschot wordt beslecht? Hoeveel vrouwen denk je dat hier dagelijks worden afgerammeld of verkracht? We hebben dit volk goed verpest.'

'We?'

'Jazeker.' Walter trok een pijnlijk gezicht omdat hij in een breed gebaar zijn armen had uitgespreid. 'Kloteschouder. Natuurlijk wij. Wij hebben de mannen van hun velden gehaald, ze bewapend en gedwongen voor ons de Vietnamezen te bevechten. Na elke raid bezuipen ze zich, de ene keer omdat ze vijanden hebben gedood en er iets te vieren valt, de andere keer omdat ze kameraden hebben verloren en hun verdriet moeten verdrinken.'

'Zonder ons hadden ze ook moeten vechten – en al eerder verloren', bracht Graham ertegen in. Hij besefte echter dat hij napraatte wat hem door The Company was voorgekauwd.

'Pas op, het zijn dappere kerels en hartelijke mensen ook, als ze nuchter zijn. Mijn sympathie ligt bij de Hmong en niet bij die gehersenspoelde Noord-Vietnamezen, maar ik ben niet blind voor de ravage die de oorlog hier aanricht. Wat gaan we doen als we de oorlog gewonnen hebben? De opiumvelden vernietigen? Dat zullen ze niet bepaald lijdzaam accepteren, met al die wapens en militaire training die we ze zelf gegeven hebben.'

Graham knikte bewonderend: 'Je hersenen zijn in ieder geval nog niet ontstoken, Walter.'

Voor het eerst lachte de ander. 'Ik zit al een halfjaar in deze uithoek. Als ik nu nog niet wist hoe de vork in de steel zit...'

'Verveel je je hier niet te pletter?'

Walter legde een hand op een boek dat naast het radioapparaat lag. 'Ik lees veel in de Bijbel, ik bid, wat hier op de een of andere manier makkelijker gaat dan thuis in Oklahoma, en soms probeer ik een gesprek aan te knopen met een Hmong over het ware geloof. Zo heeft mijn eenzaamheid als christen tussen deze voorouderaanbidders toch nog nut.'

Graham wist even niet wat te zeggen en nam daarom maar een flinke slok van de lauwe en bittere koffie. Gek geworden door het isolement, dacht hij, toevlucht gezocht in de Heer. Maar hij moest toegeven dat de man tot nog toe vrij rationeel had geklonken. Hij besloot het onderwerp godsdienst direct van tafel te vegen.

'Nog nieuws van onze gedropte agenten?'

'Niets.' Walter trok mismoedig zijn lippen samen. 'Je weet toch dat OPLAN 34 alle droppings heeft stopgezet?'

Graham wilde iets zeggen, maar zweeg toen er iemand de hut kwam binnenlopen. Hij herkende William Mencken, de kapitein die de US Air Force had vertegenwoordigd bij het overleg in Vientiane. Zijn blauwe ogen namen Marquand nieuwsgierig op, maar het was duidelijk dat Grahams naam niet voor op zijn tong lag.

'Luitenant Graham Marquand, sir.' Graham stond op en salueerde. 'CIA-verbindingsman bij Operatie Freeborn.'

Het jongensachtige gezicht klaarde op. 'Inderdaad, nu weet ik het weer. Sorry, ik had Donhu verwacht.'

'Kapitein Donhu is nog in overleg met de majoor, sir', antwoordde Graham stijfjes.

'Overleg? Zich aan het volgieten, ja. Het is te hopen dat hij beter tegen de drank kan dan de majoor, want de Hmong gaan door tot een van beiden onder tafel ligt, letterlijk.'

Hij wendde zich tot Walter: 'Nog nieuws?'

'Geen enkel signaal, kapitein.'

'Godskolere', zei hij zuchtend. 'Het lijkt wel of ze allemaal in rook zijn opgegaan.'

'Geen enkele agent die nog iets van zich laat horen, sir?' vroeg Graham. Hij hield zijn junglepet onder zijn arm en wachtte op een teken dat hij zich kon ontspannen.

Mencken leunde tegen een tafel en schudde mismoedig het hoofd. 'Op een enkeling na: niets meer. En mijn eskader heeft de meeste groepjes boven Vietnam gedropt. Ik heb ze stuk voor stuk de hand geschud en succes gewenst. Niet dat ik me iedere agent nu nog zo helder voor de geest kan halen...'

'Dat moet bijna voelen als een...', Graham aarzelde, '...persoonlijke mislukking, sir.'

Mencken wierp hem een doordringende blik toe. 'Ja, zo voelt het inderdaad. Het is of je op bombardementsmissie wordt gestuurd en in plaats van de munitiefabrieken en wapendepots elke keer een woonwijk of een ziekenhuis treft.'

'Voorspelt het iets voor onze bevrijdingsmissie, sir?'

'Laten we in hemelsnaam hopen van niet, luitenant.' Hij zuchtte, klopte Walter op de schouder en maakte aanstalten de hut weer te verlaten. 'O, en stuur Donhu nog even bij me langs. Hij weet waar ik zit.'

Graham zag aan het vertrokken gezicht van Walter dat die het schouderklopje allerminst op prijs had gesteld.

'Heb je veel met Mencken te maken?'

Walter wilde de schouders ophalen, bedacht zich juist op tijd en antwoordde: 'Te veel naar mijn zin.'

'Toch een capabele man, niet? Ik heb gehoord dat hij aan een bliksemcarrière bezig is.'

'Waarin dan? In de schuinsmarcheerderij soms?'

'O, is het er zo een', mompelde Graham.

'Hij praat graag en hij luistert slecht', vervolgde de radioman zijn klaagzang. 'Hij ziet zichzelf al als generaal van de luchtmacht, snap je? Dit is slechts één van de treden op weg naar de top, en nu er zo weinig eer op deze trede te behalen valt, wil hij hier eigenlijk zo snel mogelijk weg.'

'Je hebt te veel tijd om na te denken, jij, maar je ziet het wel helder.'

'Pffff... als je urenlang zit te kijken naar frequentiemeters die niet bewegen...'

Ze zwegen. Graham zocht al naar een manier om afscheid te kunnen nemen van Derek Walter. Tenslotte was hij hier gekomen om eventuele berichten op te pikken van agenten in de omgeving van kamp Malraux, en die waren er niet. Onverwacht vroeg de ander hem iets: 'Heb je ooit gehoord van het Englandspiel?'

'Nee, dat zegt me niks,' gaf hij met tegenzin toe, 'maar wat mag dat met deze situatie te maken hebben?'

'In de laatste wereldoorlog dropten de Britten tientallen agenten in het bezette Nederland. De spionnen en saboteurs zonden een stroom berichten door naar Londen, maar er zat weinig van waarde bij en er werd wel voortdurend verzocht om versterking. Desondanks stuurden de Engelsen steeds nieuwe agenten de zee over.'

Graham voelde al waar Walter naartoe wilde: 'Ze waren zeker van de eerste tot de laatste in handen gevallen van de Duitse contraspionage.'

De radioman knikte, zichtbaar blij dat hij zo'n slimme toehoorder had. 'Het is bij mijn weten nooit bewezen, maar er zijn sterke aanwijzingen dat de Duitsers een dubbelagent hadden binnen de leiding van de operatie. Dat zou de reden zijn geweest dat het Englandspiel van de nazi's zo lang door kon gaan en zo'n rampzalige uitwerking had voor de Britten.'

Graham zei niets terwijl hij de implicaties van wat Walter had gezegd op zich liet inwerken.

'Het klopt niet', zei hij ten slotte. 'Onze droppings zijn tijdig beëindigd.'

'Na hoeveel verliezen?' pareerde de radioman.

'Het kan niet kloppen wat je beweert', hield Graham vol. 'Dan zouden wij communistische infiltranten tot op hoog niveau moeten hebben, in het leger en bij ons.'

'Zou de eerste keer niet zijn', mompelde Walter.

De radioman deed Graham ineens denken aan Abraham Levi, die ook in de ban leek van een communistenangst uit de jaren vijftig. Misschien werd je van de eenzaamheid niet alleen godsdienstig maar ook paranoïde. Je zou van minder, dacht hij, avond aan avond koekeloerend naar een bewegingloos scherm en luisterend naar speakers waaruit niets meer dan wat statisch geruis weerklonk. Op den duur zou Walter dat geruis wel voor het gefluister van God gaan houden, en dan werd het tijd hem in een dwangbuis terug naar huis te vliegen.

Een deel van zijn geest besefte echter dat de radioman allerminst gek was, en dat veel van de gedachten waarop hij blijkbaar hele avonden had zitten broeden gegrond waren.

***

Ze stonden aan de rand van de baan en keken naar het toestel dat hen zo dadelijk terug zou brengen naar Udorn. Graham vroeg zich af hoe de piloten met zo'n minimale ruimte het toestel hadden kunnen keren, en vooral hoe ze erin zouden slagen het weer heelhuids in de lucht te krijgen. Vandaag of morgen zou een Noord-Vietnamese Mig een paar raketten op de baan afschieten en dan konden de Hmong het hele parcours opnieuw aanleggen.

'Vijf minuten en we kunnen vertrekken', zei Donhu. Zijn stem klonk vast, ondanks de grootschalige aanval die de alcohol op zijn geestelijke en lichamelijke vermogens moest hebben ondernomen.

'De hulptroepen zijn in optimale conditie', sprak sergeant Santos. 'Tenminste, zolang ze nuchter ten strijde trekken.'

'Ik ben wel eens nuchterder geweest dan nu', hoorde Graham Donhu opmerken.

Hij wierp een zijdelingse blik op de kapitein en zag dat die heel licht heen en weer zwaaide, als een vlaggenmast in de wind. Of nee, corrigeerde hij zichzelf, als het Empire State Building in een storm.

'Dat hoort blijkbaar bij het werk, kapitein.'

Donhu zei niets en keek met ogen die nauwelijks leken te knipperen naar de draaiende propellers van de A-26. Toen pas realiseerde Graham zich welke vuurdoop de kapitein nog wachtte: met een maag die klotste van de alcohol door de ene na de andere luchtzak vliegen.

Hij werd zelf bijna misselijk bij het vooruitzicht.

***

Udorn was helverlicht in de tropennacht: de banen om te landen en op te stijgen, maar ook de hangars en bijgebouwen. Tankwagens en personenwagens reden met groot licht. Het leek alsof men de verre vijand wilde afschrikken met al deze lampen en halverwege tot ommekeer probeerde te dwingen.

Graham besefte dat er natuurlijk geen vijand was. Dit was veilig terrein, Thais grondgebied. Ze bevonden zich op het territorium van een koninkrijk dat zich met handen en voeten verbonden had met de Amerikaanse politiek in Zuidoost-Azië, dat vliegvelden en andere steunpunten leverde en ook speciaal getrainde troepen voor geheime acties in de buurlanden. Donhu had hem inmiddels verteld dat de eenheid waaraan hij was toegevoegd naast de Filippijnse sergeant met wie hij vanavond had kennisgemaakt onder meer uit tien Thaise paracommando's en een Hmong-gids zou bestaan.

Hij wachtte tot Halstrom de trap afdaalde. De piloot verscheen als laatste. Hij droeg weer zijn leren jasje.

'Was het je luchtdoop, Marquand?'

‘Dat niet, ik heb wel eens in een helikopter gezeten die onder vuur is genomen,’ zei Graham lachend, ‘maar ik heb het nooit zo erg meegemaakt als vannacht.’

‘Vannacht was niks bijzonders’, antwoordde Halstrom, terwijl hij een sigaret nam uit het pakje Gitanes dat de ander hem voorhield. ‘De NVA schiet meer om ons af te schrikken.’

‘Ik wist anders niet dat er zoveel manschappen en materiaal over die Ho Chi Minh-route ging’, vervolgende Graham, blij dat de ander een praatje wilde aanknopen. ‘Ze liegen ons toch wel voor over die zogenaamde neutraliteit van Laos.’

‘Onze kant is de enige die zich min of meer aan de neutraliteitsafspraken van ’62 houdt.’ De hand die het vuurtje van de benzineaansteker afschermde beefde licht, zag Graham. ‘Voor de rooien is Laos een godsgeschenk. Zonder die verdomde Ho Chi Minh-route maakten ze geen schijn van kans tegen het zuiden.’

‘Je zou toch zeggen dat ze dat in Washington ook wel weten.’

‘Met al die linkse politici die nu aan de macht zijn? Het is Kennedy die in de fout ging met Laos.’

Het kwam er boos uit. Graham wilde opmerken dat de rechtse Nixon nu de scepter zwaaide en het er niet beter van afbracht, maar besloot dat het verstandiger was de ander niet te provoceren. In plaats daarvan kon hij hem beter vleien: ‘Het ligt in ieder geval niet aan piloten als jij, mochten we de oorlog ooit verliezen door dat klote-Laos. Jij waagt bijna elke nacht je leven.’

‘Jij hebt het vandaag ook gedaan.’

‘Op een bescheiden wijze’, antwoordde Graham, op zijn beurt gevleid. ‘Ik moet mijn echte best nog doen als we eenmaal geland zijn.’

Ze rookten enkele seconden zwijgend. De koplampen van een voorbijrijdende vrachtwagen deed de uitgeblazen rook spookachtig oplichten.

‘Er komen er niet veel van terug, van Noord-Vietnam’, zei Halstrom.

‘Hoe weet je dat?’

Graham voelde zich onaangenaam verrast door de wending die het gesprek nam.

'Omdat ik een aantal agenten heb gedropt. Het waren altijd Zuid-Vietnamezen die oorspronkelijk uit het noorden kwamen en na de splitsing van 1954 onze kant hadden gekozen. Ik heb naderhand gecheckt of ze het gehaald hadden. Niemand heeft ooit meer iets van hen gehoord.'

Weer rookten ze zwijgend.

'Gefusilleerd, denk je?' vroeg Graham uiteindelijk.

'Of verdwaald en verongelukt in de jungle, of aan het wegrotten in een cel in Hanoi. Maar misschien zit er ook wel een in dat kamp waar jij naartoe gaat.'

'In dat geval nemen we hem natuurlijk mee terug.'

Halstrom reageerde niet direct. Daarna zette hij de kraag van zijn leren jasje op, tegen een denkbeeldige kilte die alleen hijzelf leek te voelen: 'Heb je er wel eens aan gedacht dat de communisten zoveel tijd hebben gehad dat ze zo'n man kunnen hebben omgedraaid?'

'Er een dubbelagent van hebben gemaakt, bedoel je? Eerlijk gezegd heb ik daar dan weer nooit over gehoord.'

'Misschien alleen maar omdat er nog geen enkele dubbelagent is bevrijd', zei Halstrom op sombere toon. Hij stak de sigaret tussen zijn lippen, sloeg Graham kameraadschappelijk op de schouder en verdween in de richting van de bar. Terwijl hij hem nakeek zag hij zijn rechterbeen enkele malen een onwillekeurig trekkende beweging maken.

Het was de derde maal vandaag dat er werd gezinspeeld op het bestaan van dubbelagenten. Het zinde hem niks, vooral niet omdat er één van die drie keer was gesuggereerd dat hijzelf wel eens een dubbelagent kon zijn. Donhu was gerustgesteld, maar Halstrom kon dat nog niet zijn. Toch had hij daarnet vertrouwelijk met hem staan praten. Wat mocht dat in godsnaam te betekenen hebben? Als de piloot vermoedens had dat hij dubbel spel speelde, betekende dat wellicht dat hij aannam dat Graham een andere dubbelagent ging 'ophalen'.

Wat zou hij zelf doen in zo'n geval? Zijn gedachten dwaalden af naar de open deur in de laadruimte, waar hij de Thaise kickers in volle vlucht zakken met wapens en voedsel aan kleine parachutes naar beneden had zien gooien. Die parachutes konden ze weglaten als ze er een vent achteraan gooiden.

Graham slikte iets weg en trapte vervolgens zijn sigaret uit. In de verte zag hij Halstrom de deur van de mess openen. Zijn rechterarm en hand gingen omhoog, alsof hij een paar bekenden in de ontspanningsruimte groette.

Het kon ook zijn dat hij in gedachten zijn middelvinger opstak naar Graham Marquand achter hem.

VII

PAUL HAD MET HENDERSON ZITTEN SCHAKEN IN DE SCHADUW van de houten palissade toen ze Het Zwijn hun kant uit zagen komen. De eerste keer dat hij hen betrapt had tijdens het spel was hij kwaad geworden, had Henderson geschopt en hen aangegeven bij de kampcommandant. Het had hun elk drie dagen opsluiting gekost. Maar dat was weken geleden. Nu ze tot de politiek gevorderden behoorden, was het hun toegestaan hun tijd te doden met schaak, ook al bestonden de stukken uit propjes papier en het veld uit in het zand getrokken vakken.

Ze sprongen overeind en bogen zo diep mogelijk. De bewaker gebaarde dat ze hem moesten volgen. Hij keek niet boos, maar ook niet blij. Of ze nu progressieve of reactionaire gevangenen waren, voor hem waren ze blijkbaar hoe dan ook uitschot.

Ze liepen achter hem aan. Paul keek naar zijn vuile voeten in de Ho Chi Minh-slippers, gemaakt van versleten autobanden. Zijn soldatenlaarzen waren hem lang geleden al afgenomen. Ze zouden inmiddels wel in bezit zijn van een Noord-Vietnamese militair of op een of ander slagveld zijn blijven liggen, even uiteengerukt als het lichaam van de soldaat die ze droeg.

Tot zijn verrassing werden ze naar de kampcommandant gebracht. Hoewel hij niets slechts verwachtte ging Pauls hart tekeer in zijn borstkas. Hij verrekte zijn ruggengraat bijna om de kolonel zo eerbiedig mogelijk te groeten. De man keek hen onbewogen aan vanachter zijn bureau. De bewaker dirigeerde hen zwijgend naar twee houten stoelen in de hoek. Op een derde zat Thompson. Daarna ging hij zelf in de houding staan achter de stoel van de kolonel.

Ze hoefden niet lang te wachten op wat er volgen zou. De deur ging opnieuw open en Ernesto stapte binnen. Achter hem kwam Lewis. De Cubaan liet de sergeant plaatsnemen op een stoel en ging zelf op een punt van het bureau zitten.

Paul dwong zichzelf de magnetische verschijning van de Cubaan te negeren en zo veel mogelijk de reacties van de kampcommandant te peilen. Het uitdrukkingsloze gezicht had heel kort een spoor van irritatie vertoond toen Ernesto het bureau als zitelement benutte.

'Vandaag bevinden we ons op een tweespoor', begon de adviseur. 'Jullie hebben misschien gedacht dat dit kamp tot in lengte van dagen zal blijven bestaan, maar aan alles komt een eind. Een van de komende dagen wordt het afgebroken en worden de gevangenen verplaatst. Sommigen gaan naar een kamp bij Hanoi, anderen gaan naar huis.'

Hoewel hij wist dat de Cubaan hun waarschijnlijk weer iets voorspiegelde, voelde Paul de hoop in hem opborrelen. De woorden 'naar huis' hadden een magische betekenis voor hem gekregen. En niet alleen voor hem. Hij hoorde Henderson naast zich heen en weer schuiven. Lewis bleef er echter roerloos bij zitten.

'Verwacht geen cadeaus van ons', ging Ernesto verder. 'Alleen degene die een bijdrage levert aan het naderbij brengen van een staakt-het-vuren heeft het recht verdiend te worden vrijgelaten. Hoe meer Amerikanen het misdadige en zinloze van deze oorlog tegen het Vietnamese volk inzien, hoe groter de kans op een spoedige vrede. En jullie drie mogen dan de meeste progressie hebben geboekt, dat betekent niet dat de enkele reis Cambodja al geboekt is.'

Paul voelde de hoop wegzakken en de ongerustheid opborrelen. Wat betekende deze poppenkast? De Cubaan had Lewis opgetrommeld om druk op hun drieën uit te oefenen. Vandaag moest er ongetwijfeld weer iets getekend worden, en de sergeant diende natuurlijk als voorbeeld van wat er met hen zou gebeuren als ze weigerden of slechts halfslachtig meewerkten.

'Sergeant Lewis heeft stelselmatig voor de oorlogspartij gekozen.' Ernesto wees met een vinger waar de walging bijna vanaf leek te druipen naar de magere en ineengezakte man, die onmiddellijk daarop zijn rug rechtte. 'Als we hem vrijlaten, zal hij leugens vertellen over de behandeling door het Volksfront. En zodra hij is aangesterkt zal hij terugkeren naar het front om nieuwe slachtoffers te maken. Hem valt niks meer te leren. Hij gaat dan ook naar Hanoi en zal daar blijven, tot het eind van de oorlog.'

Ze gaven hem alle drie een mistroostige blik. Lewis keek terug, niet kwaad, niet gebroken, maar uitdagend. In zijn ogen stond nog genoeg vuur, vond Paul. En wat bazelde de Cubaan over 'oorlogspartij'? Lewis had steeds zijn plicht gedaan, zijn mannen geleid en zijn vaderland gediend. Misschien was zijn patriottisme wat al te rechtlijnig en simplistisch, maar wat kon je anders verwachten van een beroepsmilitair?

Paul zag aan de blik van Ernesto dat hij ervan uitging dat ze net als hij afkeer zouden voelen voor de stugheid van de sergeant, die in de ogen van de Cubaan ook domheid was, maar het effect was tegenovergesteld. Paul voelde zich beschaamd over zijn eigen toegeeflijkheid en bewonderde de rotsvaste overtuiging van de sergeant.

'De keuze voor vandaag is heel simpel: voldoe aan ons laatste verzoek en je terugreis is gegarandeerd; weiger en je deelt het lot van sergeant Lewis en de andere oorlogsstokers.'

Ernesto stond op, deed de deur open en riep iets naar buiten. Een bewaker kwam binnen en nam Lewis onder de arm. In plaats van de andere drie een giftige blik toe te werpen, probeerde hij ze kort en indringend in de ogen te kijken. De boodschap was dezelfde als op het slagveld: doe je plicht en niets anders.

De Cubaan liet Lewis langs zich heen schuifelen, maar bleef bij de geopende deur staan. Blijkbaar wachtte hij op de binnenkomst van enkele anderen. Tot zijn verbazing zag Paul twee Vietnamese burgers arriveren. Ze droegen een ouderwets maar schoon overhemd en knikten iedereen vriendelijk toe. Kolonel Trong kreeg ook een buiging. Achter hen kwam een soldaat met een groot dienblad vol kommen dampende thee. Een vrolijk Vietnamees gekwetter barstte los. De stemming sloeg van het ene op het andere moment helemaal om.

Paul en de twee anderen kregen thee en vervolgens presenteerde Ernesto hun elk glimlachend een sigaret. Vooral de glimlach zorgde dat Paul extra op zijn hoede was. En toen de soldaat die de thee had gebracht terugkwam met een bandrecorder wist hij waarom.

Aan de blikken die op het apparaat geworpen werden zag Ernesto blijkbaar dat de drie doorhadden wat er van hen verwacht werd. Hij wees op de twee Vietnamese burgers en stelde hen voor als medewerkers van Radio Hanoi. 'Zij gaan elk van jullie een kort interview afnemen. En om jullie te helpen geen fouten te maken of te stotteren, hebben we de vragen en antwoorden al vastgelegd, zodat jullie ze kunnen instuderen.'

Om jullie te helpen, dacht Paul nijdig. Om ervoor te zorgen dat we precies zeggen wat jij wil, ja! Hij nam een vel papier aan en doorliep haastig de vragen en antwoorden. Hij las dat hij voldoende voedsel kreeg, uitstapjes maakte in de omliggende jungle en in staat werd gesteld om geregeld te sporten. Te sporten? Ik zou overlijden aan een hartaanval als ik een homerun moest lopen, dacht hij vol ongeloof. Toch zou hij dit soort onzin nog wel over zijn lippen hebben kunnen krijgen. Zijn adem stokte echter bij andere uitspraken: 'Mijn ogen zijn hier opengegaan voor de fundamentele fout die wij hebben gemaakt door deze oorlog te beginnen. Onze generaals voeren geen strijd tegen een echte vijand, zoals destijds de Japanner, maar tegen een vermeende. Elke dag dat we hier langer blijven wordt ook onze lijst van misdaden langer.' Hoe zou hij zich in hemelsnaam moeten verdedigen voor een krijgraad als ze dat terugspeelden? 'Dat is toch uw stem, soldaat Marquand?'

Hij probeerde een blik te wisselen met de anderen. Henderson keek hem recht in de ogen en schudde toen langzaam en bijna onmerkbaar het hoofd. Thompson zat met bezweet voorhoofd naar het vel te staren alsof hij de letters zo kon wegkijken.

Ernesto nam weer plaats op het bureau. 'Wie mag ik het eerst het woord geven? Jij, Thompson?'

Met bevende handen liet Thompson het vel zakken. Hij bevochtigde zijn lippen die, ondanks de thee, kurkdroog leken: 'Met het meeste heb ik geen probleem, maar die uitspraak over een lijst van misdaden... dat gaat te ver. Dag mag... dat kan ik niet zo zeggen.'

De glimlach bevroor op het gezicht van de Cubaan. Zijn ogen werden donker. Met trage gebaren haalde hij een sigaar uit de borstzak van zijn uniform, beet de punt eraf en stak er de brand in met een lucifer die hij eerst ook tergend langzaam afstreek.

'Ik zou je verdomme in die bunker hieronder moeten opsluiten zonder licht, zonder water en voedsel, net zo lang tot de waarheid tot je botte yankeehersenen doordringt.' Hij nam een diepe haal en blies de rook genietend uit, als om de aanwezigen duidelijk te maken dat hij er in ieder geval niet wakker van zou liggen. 'Maar we hebben geen tijd meer voor flauwekul, Thompson. Je hebt je kans gehad en die twee heren zijn niet voor niets helemaal uit Hanoi naar hier gekomen.'

In een arrogant gebaar stak hij zijn rechterarm op en gebood Het Zwijn in een blaffend uitgesproken Vietnamees de gevangene weer naar zijn hok te voeren. Terwijl de bewaker op hem toeliep probeerde Paul zijn eigen opkomende paniek te bedwingen. Hij wilde onder geen beding naar Hanoi. Of hij zichzelf nu ernstig compromitteerde of niet, hij zou aan die radio-uitzending meedoen.

Het Zwijn nam Thompson hardhandig bij de arm en trok hem mee naar de deur. Buiten gaf hij hem een pijnlijke duw in de rug. Terwijl ze in snel tempo naar de kooien liepen, hoorde Paul de bewaker roepen: 'Jij dom. Jij zeer dom!'

De Cubaan wachtte tot het geluid was weggestorven en keek toen de twee overgebleven gevangenen aan. 'Nog iemand die graag naar Hanoi wil?'

Paul stond op: 'Ik ben gereed voor de uitzending.'

Ernesto grijnsde. 'Bijt het spits maar af, Marquand. En maak je geen zorgen. Als er iets misgaat doen we de opname gewoon over, zo vaak als nodig is, en desnoods monteren we enkele geslaagde antwoorden.'

Terwijl hij plaatsnam in het bereik van de microfoon bedacht Paul dat hij dat later altijd nog als excuus kon gebruiken: ze hebben mijn antwoorden verwrongen in de montage.

Een van de journalisten vroeg hem zijn naam, rang en nummer te noemen. Paul dreunde ze op. Het voelde alsof hij woorden en cijfers opnoemde die buiten zijn identiteit stonden in plaats van de kern ervan te vormen.

'Hoe lang bent u al onder de hoede van het Volksfront, soldaat Marquand?'

'Ik ben vandaag op de kop af...' hoorde hij zichzelf zeggen.

Hij voorvoelde dat deze aanval van gespletenheid net zo lang als de opname zou duren. Halverwege de zin haperde hij. Hulpeloos keek hij van het vel papier in zijn bevende handen naar Ernesto.

'Bedwing je zenuwen', zei deze, vriendelijker en geduldiger dan Paul hem ooit gehoord had. 'Deze heren blijven vannacht in het kamp. Ze kunnen net zo lang doorgaan tot het er perfect op staat, of tot geen van jullie de stem van de ander nog kan aanhoren.'

Paul knikte, schraapte zijn keel en probeerde het nogmaals, aangemoedigd door de enthousiaste hoofdbewegingen van de twee reporters.

'Ik ben vandaag op de kop af...' hoorde hij zichzelf herhalen.

VIII

De grote hoeveelheid *café au lait* was niet in staat zijn nervositeit verder te verhogen. Graham Marquand voelde zich al gespannen vanaf het moment dat hij zijn ogen had geopend na een onrustige nacht. Al zijn militaire training en gevechtservaring leken plotseling nutteloos te zijn geworden. Het idee dat hij vannacht met een internationaal samengestelde commando-eenheid naar Noord-Vietnam zou vliegen vervulde hem met evenveel vrees en onzekerheid als de eerste keer dat hij op patrouille werd gestuurd in het zuiden van Vietnam.

Hij voelde hoe zijn rug-, nek- en beenspieren zich spanden en wist dat dit niet enkel aan de wiebelende stoel en het wankele tafeltje lag waaraan hij zat. De ochtendzon scheen warm op zijn gezicht en zijn bruine bovenarmen. Het witte overhemd dat een uur geleden nog zo fris had geleken plakte al aan zijn rug. Zijn voeten leken te soppen in zijn mocassins. Zijn zenuwachtigheid maakte het moeilijker dan anders de tropische hitte te verdragen, en het was nog maar negen uur.

Fietstaxi's reden door de straat, voortgedreven door magere mannen met verrassend veel kracht in hun dunne benen. Graham zag eerst een ambtenaar die zijn schooltas op schoot hield, daarna een monnik met een Boeddhabeeld en ten slotte een vrouw met een vogelkooi. Voor elk van hen leek het voorwerp de kern van hun identiteit te symboliseren. Graham vroeg zich af wat de zijne was. Hij keek naar de lege koffiekom en de half opgerookte sigaret in de asbak en voelde zich weer wie hij zo lang was geweest: een jonge man tussen twee werelden en twee oorlogen.

Een oudere Laotiaan vroeg hem in aarzelend Frans of hij aan zijn tafeltje plaats mocht nemen. Graham keek snel om zich heen, merkte dat de overige tafels bezet waren met autochtonen en een enkele westerling als hijzelf, en knikte de ander toe. De man schoof een stoel naar achteren en ging zitten. Zijn bewegingen hadden iets omzichtigs, dat paste bij het broze karakter van zijn lichaam. Zwarte haren, doorschoten met grijs, lagen in een brede scheiding over zijn schedel gedrapeerd, als omgewaaide halmen op een veld.

De ober schoot op hem af met de gretigheid van een spin die een trilling in het web heeft gevoeld. De man wees naar de koffiekom van Graham. Pas toen de kelner terugkwam met tweemaal koffie verkeerd, besefte Graham dat de ander ook voor hem had besteld.

'Dat was werkelijk niet nodig.'

'Het stelt mij in staat een praatje met u aan te knopen', zei de man lachend. Een van zijn snijtanden was van goud, maar het glazuur van de andere leek even gecraqueleerd als het porselein van een wc-pot die een kwarteeuw in weer en wind buiten heeft gestaan. 'Ik kom hier elke morgen en ik spreek graag met buitenlanders.'

'Heimwee naar de Franse tijd?' gokte Graham. Het Frans van de Laotiaan had weinig accent. Erin gedrild door Franse paters, nam hij aan.

'Je mag het natuurlijk niet hardop zeggen, maar het is wel zo', gaf de man toe. Hij stak zijn hand uit en stelde zich voor: 'Marcel Oudomphonephaivan.'

Graham schudde de hand en probeerde niet te hard te knijpen. 'Graham Marquand, van USAID.'

'Ontwikkelingswerker, dus. Dat dacht ik wel, aan uw kleding te zien.'

De opmerking deed Graham onmiddellijk argwanend worden. De Laotiaan merkte het en spreidde in een bezwerend gebaar zijn handen: 'Wees gerust, ik ben niet in dienst van de politie. Ik ben simpelweg een gepensioneerd ambtenaar met een nog werkende beroepsmisvorming.'

Graham leunde naar achteren, niet helemaal overtuigd. 'Het enige wat ik dit land misdoe is landbouwers leren hoe ze hun velden beter kunnen irrigeren.'

'En ik weet heel goed dat er in dit stoffige land nog heel wat beter geïrrigeerd kan worden. Waarschijnlijk zeggen de boeren vaak "ja ja" tegen u en doen ze gewoon voort zoals ze al duizenden jaren doen.'

'Of ze volgen mijn raad op, krijgen een rijkere oogst, en zien die dan vertrappeld worden door soldaten of omgeploegd door granaten', antwoordde Graham droog. Hij haalde de half opgerookte sigaret uit de asbak en probeerde hem weer aan te krijgen. Toen hij de begerige oogjes van de Laotiaan zag, haalde hij het pakje Gitanes uit zijn borstzak en bood hem er een aan.

'U moet me uw achternaam nog eens zeggen. Ik onthoud Laotiaanse namen nooit in één keer.'

'Noemt u me maar Marcel.' De rook die zijn beide neusgaten verliet leek op een fluitsignaal van een stoomlocomotief. 'Mijn vader was zó francofiel dat hij me een Europese voornaam gaf.'

'Tegenwoordig zou u meer hebben gehad aan een anglofiele vader, of een die dweepte met de Russen', voegde Graham er na een korte aarzeling aan toe.

'Nee, de Russen zijn onderhand wel weg', zei Marcel. 'Het is jaren geleden dat de Ilyushin-transportvliegtuigen af en aan vlogen op het vliegveld van Wattay. Soms zag je er drie tegelijk: een die kwam aanvliegen, een die zich gereedmaakte om op te stijgen, en een die werd uitgeladen. Als ze werkelijk hadden gewild, zouden ze het land toen onder communistische controle hebben kunnen brengen, maar de Pathet Lao kon niet doorzetten. Uiteindelijk bleven alle gewapende facties maar om elkaar heen draaien.'

Graham liet de koffie loom in zijn kom ronddraaien en deed zich opzettelijk onwetender voor dan hij was: 'U bedoelt de pro-Vietnamezen en de royalisten?'

'Nee, nee, zo eenvoudig lag het niet.' De ander zwaaide met zijn wijsvinger alsof zijn gesprekspartner het volkomen verkeerd begrepen had. 'Je had de prowesterse koningsgezinden, de communisten en de neutralisten. De laatsten waren de echte nationalisten. Zij waren tegen élke buitenlandse inmenging, ongeacht de ideologische reden voor de steun.'

Als jij hele dagen vliegtuigen stond te spotten bij de luchthaven, zul je toch wel iemands spion zijn geweest, vermoedde Graham, misschien wel van die neutralisten die je zo authentiek vindt.

'En om het allemaal nog gecompliceerder te maken was het ook nog een broederstrijd tussen enkele prinsen', vervolgde Marcel.

'O, echt? Dat klinkt toch wel erg naar een Indisch sprookje', protesteerde Graham gespeeld. Maar nog terwijl hij het zei herinnerde hij zich dat Souphanouvong, de oprichter van de Pathet Lao, een lid van de koninklijke familie was, en dat een van diens halfbroers premier werd in een door de Amerikanen gesteunde regering. Geduldig liet hij de ander het uitleggen.

'Ziet u', besloot Marcel glimlachend. 'Wij vechten een familiegeschil uit. Ideologie speelt maar een bescheiden rol in deze burgeroorlog. Daarom hadden de neutralisten van generaal Kong Le het gelijk aan hun kant.'

Bij het horen van die naam werd Graham herinnerd aan het verhaal van kolonel Bailey, die in augustus 1961 als enige bemanningslid de crash van een spionagetoestel overleefde en die door de soldaten van was Kong gearresteerd en uitgeleverd aan de communisten. Bailey ging de geschiedenis in als de eerste Amerikaanse krijgsgevangene in Zuidoost-Azië. Zeventien maanden eenzame opsluiting in een varkenshok. Hij had de voorbije week nog een kopie van het dossier in handen gehad, ter voorbereiding van Operatie Freeborn. Zijn geest maakte automatisch een sprongetje naar zijn broer Paul, die niet eens zo ver gevangenzat van de plek waar Bailey acht jaar geleden verborgen werd gehouden. Hij voelde ineens irritatie opkomen.

'En u, monsieur Marcel, waar staat u in deze familietwist?'

'Nergens, monsieur Marquand', reageerde de Laotiaan schichtig. 'Ik ben met pensioen. Ik hoef niet meer te knippen en te buigen voor ministers van allerlei pluimage. Ik heb onder conservatieve bewindslieden gediend maar ook onder communistische, en soms onder alle twee tegelijk, in een bizarre coalitieregering. Dan vochten de troepen van de minister van Defensie tegen die van de Pathet Lao in het noorden, en dan zat de bewindsman zelf in de ministerraad naast een collega van diezelfde Pathet Lao. Heel schizofreen, kan ik u verzekeren.'

Graham lachte zonder vrolijkheid en liet zijn ogen van het gerimpelde gezicht van Marcel afdwalen naar de gasten op het terras aan de overkant van de straat. Of het zijn nervositeit, de vele koffie, de sigaretten of de combinatie van de drie was wist hij niet, maar in een flits zag hij een man wegduiken achter een krant, een man van wie hij voelde dat die hem tot dat moment had zitten aanstaren. Hij bedwong een impuls om op te springen en richtte zich in plaats daarvan weer op zijn gesprekspartner. Zat die ook in het complot? Moest die hem aan de praat houden? Of was hij nu werkelijk aan het doordraaien?

'En hoe schat u de politiek-militaire situatie nu in, monsieur?' Het kostte hem moeite de juiste Franse woorden en vervoegingen te vinden. 'Is de Sovjetdreiging definitief verleden tijd? Blijft het koninkrijk voor eeuwig neutraal en onafhankelijk?'

'Ik vrees van niet.' De blik van de Laotiaan bleef verlangend op het pakje Franse sigaretten gericht. 'Tenzij uw landgenoten onze regering grootschaliger steunen, lopen de communisten ons vroeg of laat onder de voet.'

'Voorlopig steun ik u persoonlijk met sigaretten. Neemt u gerust.'

Terwijl de ander er een uit het pakje tikte voelde Graham zich vrij om weer naar de overkant te loeren. De man die hem had zitten bespieden was weg. Alleen de krant lag er nog, opengeslagen op tafel, alsof zijn lezer in rook was opgelost. Graham keek de straat af naar beide kanten. Overal fietstaxi's en voetgangers, maar niemand die op zijn bespieder leek.

'U ziet eruit alsof u een geest hebt gezien, monsieur Marquand.'

Hij voelde zijn beleefdheid worden weggeblazen als een gammel windscherm in een storm. 'Geen geest, maar een vent die me vanachter een krant zat te beloeren.' Hij haalde diep adem en flapte er toen uit: ‘Is het toeval dat u tegenover mij bent komen zitten?’

Het lichaam van de oude man verstijfde ter plekke. ‘U denkt toch niet dat ik u in de gaten hou, monsieur Marquand? Ik ben maar een...’

‘...gepensioneerd ambtenaar die om een praatje en een sigaret verlegen zat’, vulde Graham met ingehouden boosheid aan. ‘Misschien spreekt u de waarheid, maar voor hetzelfde geld bent u nog altijd in dienst van die zogenaamde neutralisten.’

Hij schoof zijn stoel achteruit en stond op. De roestige metalen poten krasten kwaad over de stenen. ‘Een prettige dag nog, monsieur.’

In een paar grote stappen was hij bij een fietstaxi die op klanten wachtte. Onuitgenodigd stapte hij in de passagiersstoel en vertelde de chauffeur zijn bestemming. Toen de taxi piepend in beweging kwam en langs het terras bewoog waar hij daarnet nog gezeten had, zag Graham vanuit zijn ooghoeken hoe de Laotiaan hem met een verbijsterde gezichtsuitdrukking nakeek.

***

Doelloos opende hij wat laden en kasten. Er lag niet veel meer in. Al zijn kleding had hij in een hutkoffer gepakt, tezamen met een paar boeken, wat foto’s en andere persoonlijke bezittingen. Kleinigheden, uitvergroot door de leegte eromheen, staarden hem aan: een punaise, de dop van een balpen, een dood insect. Verbazend eigenlijk hoe weinig bezittingen hij had, hoe licht het stempel was dat hij had gedrukt op het kleine appartement waar hij toch vijf maanden had gewoond. Graham zuchtte, schoof de laatste lade dicht en voelde hoe het hout van de koloniale kast wrong. Het eeuwige tropische vocht trok uiteindelijk alles krom.

Hij liep naar de voorkant van de woonkamer. De ventilator aan het plafond had het enkele dagen terug voor de zoveelste keer begeven. Graham had geen moeite meer gedaan het antieke apparaat te repareren, ervan overtuigd dat het probleem uiteindelijk bij de versleten elektriciteitsdraden in de muur lag. Tien jaar geleden moest dit appartement, net als de drie andere in het gebouw, nog in goede staat hebben verkeerd, maar met de komst van de onafhankelijkheid verdwenen niet alleen de Franse bewoners maar ook de wil en de verantwoordelijkheid het pand te onderhouden. USAID huurde het pand van een ministerie, maar de belangstelling van de ambtenaar die de huurpenningen incasseerde ging niet verder dan de betaaldag. Verzoeken om reparaties werden beleefd aangehoord en nooit ingewilligd. Zodra een medewerker op het ministerie merkte dat degene die belde boos was, verstond hij miraculeus geen Frans of Engels meer. De freelancers of agenten die voor de CIA in het appartement huisden bleven nooit lang genoeg om zich werkelijk druk te maken over de vochtplekken in het plafond, de gekko's die langs de muren liepen of de mieren die de keuken in beslag namen.

De straat lag er verlaten bij. Huizen en appartementen uit de jaren twintig, bedoeld voor een nieuwe generatie koloniale ambtenaren die vol goede moed in Saigon waren ontscheept. Daarna was de economische crisis begonnen en vervolgens de Tweede Wereldoorlog, met de Japanners als nieuwe meesters. Kleine, vinnige soldaten die na hun vertrek werden afgewisseld door de guerrillastrijders van de Vietmin en de Pathet Lao. Het oude elan was niet meer teruggekomen, en Laos had de beloofde opstuwing in de vaart der volkeren nooit meegemaakt. Vientiane kende eigenlijk alleen drukte in het centrum, voor de rest was de hoofdstad vaak zo rustig als een katholieke provincieplaats op zondagmorgen. Toch was Graham zich gaan hechten aan die stad aan de rivier. Misschien omdat ze nog het meest had behouden van de lome sfeer uit de koloniale tijd, voordat de eeuwige oorlog Indochina in zijn greep gekregen had.

Zijn vingers speelden onrustig met de aansteker in zijn binnenzak, maar hij beheerste zich. In plaats van een sigaret op te steken liep hij naar het telefoontoestel dat prominent midden op de eettafel stond, alsof het kunnen praten met mensen op kilometers afstand belangrijker was dan er hier van vlees en bloed te ontvangen. Hij draaide het nummer van Angèle, dat hij vanbuiten kende. De kiestoon ging maar twee keer over voor er werd opgenomen.

'Allo...' klonk het aarzelend.

'Ik ben het', antwoordde hij. 'Graham', voegde hij er overbodig aan toe.

'Ah... ben je onderweg naar mij?'

Hij besloot niet op de absurde implicatie in te gaan: alsof je zou kunnen bellen en rijden tegelijk. 'Ik vertrek zo dadelijk. Heb je gezelschap?'

'De chauffeur van Gilbert is er.'

Graham vroeg zich af waarom ze nooit 'onze chauffeur' zei. Ze mocht evengoed van zijn diensten gebruikmaken als haar echtgenoot. Aan de mokkende ondertoon merkte hij dat de aanwezigheid van de Hmong haar irriteerde. Onder andere omstandigheden zou Graham haar hebben gestimuleerd de man weg te sturen, maar vandaag kwam het hem eigenlijk wel goed uit. Hij moest haar zeggen dat hij een tijdlang het land uit zou zijn. De kans was reëel dat hij zelfs helemaal niet meer terug zou keren naar Laos, maar dat hoefde hij niet aan haar neus te hangen. Het zou niet helemaal eerlijk zijn om nu seks te hebben, vond hij. Hij had het overwogen: haar eerst vertellen dat hij vertrok en haar dan troosten, of eerst wachten tot ze bevredigd was en het dan melden. Hij had beide opties verworpen, vooral omdat zijn hoofd niet naar seks stond. Het was duidelijk dat hij geen stierenvechter was die vóór de arena nog snel even de slaapkamer betrad.

'Dan haal ik je op en neem je mee naar Xieng Khuan. Daar worden we niet gestoord en ik heb er altijd al eens naartoe willen gaan.'

'Het Boeddhapark? Wat kunnen we dáár doen?' De teleurstelling duwde haar stem een halve octaaf lager.

'Mediteren', antwoordde Graham, half ernstig.

'Je hebt me toch niets vervelends te melden?'

Verdomde vrouwelijke intuïtie, dacht hij geërgerd. 'Nee', loog hij bijna automatisch. 'Wat ik te melden heb is nooit vervelend.'

Althans, voor mezelf, dacht hij nadat hij had opgelegd. Hij liep terug naar het raam en stak de sigaret op die zijn lippen al afwezig bevoelden. Terwijl de vlam van de aansteker even plotseling doofde als ze ontstoken was, zag hij een Volkswagen Kever door de straat rijden. Die reed langzaam, te langzaam naar de zin van

Graham. Voorin zaten twee Indochinezen. Ze keken star voor zich uit, maar Graham durfde er een eed op te doen dat ze hem vanuit hun ooghoeken in de gaten hielden.

Peinzend luisterde hij naar het wegstervende geluid. De Volkswagen reed zo te horen rechtdoor en zou dus automatisch uitkomen op de weg naar de oude koninklijke hoofdstad, Luang Prabang. Toevallig of niet, dat was ook de richting die je moest nemen om bij de villa van Gilbert en Angèle te komen.

Hij nam een tweede, diepere haal van zijn sigaret. Zijn hart leek sneller te slaan, maar hij wist dat het niet van de opstoot aan nicotine was. Natuurlijk overdreef hij. Het kon niet zo zijn dat alle geheime diensten hem vandaag in de gaten hielden. Zijn hersenen waren in de ban van achtervolgingswaanzin. Vanavond, straks misschien al, zou de aanval milder worden. Al die kerels die hem zogenaamd bespiedden waren misschien simpelweg onder de indruk van zijn verschijning. Ze vonden hem een knappe jongen. Ze waren zelf stuk voor stuk flikkers.

Hij draaide zich om, liep naar zijn koffer in de slaapkamer en maakte hem open. Na wat gefriemel tussen ondergoed haalde hij de Colt .45 tevoorschijn. Het was een onhandig groot wapen, maar The Company had het hem laten houden omdat het een speciale betekenis voor hem had. Dit was de revolver waarmee luitenant Cozzens had staan zwaaien op de avond dat hij gedood werd en Graham het commando van hem overnam. Dit wapen was voor Graham het symbool van zijn transformatie van bijna-deserteur tot leidinggevend officier. In een automatisme controleerde hij of de trommel geladen was. Daarna haalde hij de schouderholster die hij ervoor had aangeschaft tevoorschijn en gespte die om.

Hij staarde van de open koffer naar de greep van de Colt in de ongemakkelijk en zwaar voelende holster. Zo kon hij toch moeilijk over straat gaan? Met tegenzin deed hij een nieuwe greep in de bagage en haalde er een militair jasje uit. Veel te warm en veel te opvallend, oordeelde hij, maar minder aanstootgevend dan als een bodyguard of gangster achter het stuur te zitten.

***

De beelden stonden te bakken in de zon. Graham verwachtte elk moment dat een ervan zou gaan zweten, maar het cement bleef natuurlijk kurkdroog. De middaghitte had wel als voordeel dat er weinig bezoekers waren in het park.

'En? Wat vind je ervan?'

Angèle trok een pruillip – 'Het was wel een eind rijden' – maar haar ogen gleden van het ene beeld naar het andere. Ze was duidelijk onder de indruk van de verzameling.

Graham vroeg zich af of het gepast was zijn arm om haar middel te leggen, en deed het toen toch. Als de hindoegoden, demonen en boeddha's die hier stonden het afkeurden, zou hij het wel merken zeker.

Ze liepen langs een tweetal apenfiguren. Graham wees Angèle op het mos op hun kop. 'Je zou niet zeggen dat die beelden hier pas elf jaar staan.'

'Een soort Disneyland Park, maar dan met Boeddha in plaats van Mickey Mouse.'

Hij trok een beledigd gezicht. 'Dat klinkt weinig respectvol.'

Ze haalde haar blote schouders op, waardoor de bandjes van haar bh onder die van haar jurk even zichtbaar werden. 'Het is toch zo? Alle religie is poppenkast. Als hier allemaal crucifixen en Mariabeelden hadden gestaan, zou je het een smakeloze bedoening vinden.'

Haar felle antiklerikalisme verbaasde hem. Het klonk hem vooral on-Amerikaans in de oren, al voelde hij ook dat ze een spijker op zijn kop sloeg.

Hij besloot haar opmerking te negeren. Dan maar zonder inleiding.

'Ik wilde je in de juiste sfeer brengen voor een onprettige mededeling. Ik ga het land uit, ten minste een week en misschien nog wel langer.'

Hij had een pauze willen inlassen tussen de eerste en de tweede zin, maar het was er in één ademtocht uit gekomen.

Angèle bleef niet staan en draaide zich niet verschikt naar hem toe. 'Weer een opdracht van The Company, neem ik aan.'

Hij bleef stokstijf staan. 'Hoe kom je daarbij?'

'Ach, Graham, denk je nu echt dat ik niet weet dat USAID en de CIA twee handen op één buik zijn? Dat weet toch heel Vientiane? En ik ben dan nog de echtgenote van een man die ervan verdacht wordt precies hetzelfde te doen als jij, en gelukkig voor dezelfde kant.'

Het was niet zozeer wát, maar hoe ze het zei. Het leek Graham of ze tegen een schooljongen sprak in plaats van een volwassen man. En plotseling besefte hij dat ze niet alleen fysiek tien jaar ouder was dan hij, maar ook psychologisch, en dat dit verschil hem onbewust steeds had geïrriteerd, misschien zelfs een onoverbrugbare kloof tussen hen had gevormd. Maar wat zou het dat ze hem doorhad? Het maakte het afscheid alleen maar makkelijker.

'Dan hoef ik niets meer uit te leggen', antwoordde hij daarom.

'Jawel,' zei ze, 'je moet me vertellen of je nog terug wilt komen.'

Ze zetten zich weer in beweging. Graham voelde de versteende blikken van de goden die ze passeerden in zijn nek rusten. 'Ik ga waar het agentschap me zendt, maar ik denk wel dat ze me in dit gebied en zelfs in dit land laten. Hier is het meest voor ons te doen.'

'En wanneer vertrek je?'

'Aan het eind van de middag.'

'Dan snap ik waarom je me buiten de slaapkamer wilde hebben.'

De glimlach op haar gezicht was voor Graham het bewijs dat ze hem doorzag. Hij voelde zijn kaken rood worden. 'Kijk,' zei hij, en wees daarbij snel op een rond bouwwerk, 'de hemel, de aarde en de hel in één gebouw. We kunnen er binnen. Dan zijn we gelijk uit de brandende zon.'

Zwijgend liepen ze naar de ingang. Het zonlicht dat door de uitgekapte gaten viel onthulde de spookachtige omtrekken van tientallen beeldjes en beelden die langs de kanten geposteerd stonden.

'Welkom op aarde', zei Graham.

De woorden weerklonken hol en werden direct gevolgd door het geluid van een schot. Op slechts enkele centimeters van zijn hoofd sloeg een kogel in de muur en verspreidde daarbij een wolkje van stof en cement.

'Liggen!' riep Graham, en hij duwde Angèle op de grond nog voor ze er zelf aanstalten toe kon maken. Daarna graaide hij onder zijn jasje en haalde de Colt tevoorschijn. Hij posteerde zich naast het gat waar de kogel door naar binnen gekomen moest zijn en probeerde te ontdekken van welke plek er op hem geschoten was. Direct daarop wierp hij een benauwde blik op de ingang en vervolgens op de andere gaten. Als er meerdere schutters waren, konden ze hem van alle kanten te pakken nemen. Hij had nauwelijks een kans.

'Luister', hoorde hij Angèle zeggen vanaf de grond.

Hij hoorde het ook. Nog meer schoten. Hij waagde het erop en keek naar buiten. Het schieten kwam van links en van rechts. Rechts zag hij een schutter met een handwapen. De man stond half verborgen achter een metershoog Boeddhabeeld en leek een Laotiaan. Misschien een van de kerels die hij in de Volkswagen had gezien? Links zag hij iemand onder de dekking van de beelden naderbij komen, onderwijl met een M16 salvo's afvurend. Graham slikte toen hij hem herkende: de chauffeur van Angèle en Gilbert. In zijn kielzog dook er een tweede man op, die een pistool droeg. Graham sperde zijn ogen wijd open toen die een nieuwe schok der herkenning te verwerken kregen. Het was Abraham Levi, die de Hmong extra dekking gaf.

Zijn militaire training nam het over. Als er één Indochinees stond te schieten moest er nog een zijn. Hij speurde de omgeving af en zag hem verborgen achter een beeld van Ganesha, enkele tientallen meters verwijderd van de andere schutter. De man gebruikte een van de grote oren van de god met de olifantenkop om de loop van zijn wapen te stabiliseren. Graham aarzelde geen moment, richtte en vuurde.

Aan de bewegingen van de man zag hij dat zijn schot niet echt doel had getroffen, maar er ook niet naast was geweest. Blijkbaar had het zijn linkerschouder geschampt. De schok was voldoende om de schutter het hazenpad te laten kiezen. Hij strompelde weg tussen de beelden. Graham vuurde op goed geluk nog een schot na, maar dat trof enkel de neus van een demon.

De overgebleven schutter had gezien wat er was gebeurd en was erdoor in paniek geraakt. Hij maakte aanstalten zijn dekking op te geven en op zijn beurt weg te hollen. De Hmong maakte van de gelegenheid gebruik, vuurde met zijn M16 in één keer een hele ronde af en trof zijn tegenstander enkele malen achter elkaar in het bovenlijf. Hij viel levenloos op de grond.

'Blijf hier!' schreeuwde Graham naar Angèle en hij stormde het gebouw uit. Hij zocht dekking achter een liggende Boeddha. Zigzaggend liep Graham in de richting van de dode. De Hmong had hem al bereikt en schopte met zijn rechtervoet tegen het bewegingloze lichaam, alsof het om een wild varken ging dat hij in de bossen geschoten had.

'Pas op!' waarschuwde hij de Hmong. 'Er is nog een andere. Die heb ik verwond.'

'Ik heb het gezien', antwoordde de chauffeur op de toon van een normale conversatie. 'Er waren er maar twee. Monsieur Levi is achter de gewonde aan.'

Ze hoorden een schot. Toen nog een. Daarna daalde de stilte weer over het park alsof de goden duidelijk wilden maken dat de moordpartij niets meer dan een kortstondige rimpeling in hun gladde en eeuwige bestaan had veroorzaakt.

Graham hurkte naast de dode neer. Het kon dezelfde man zijn die hem uren geleden vanachter een krant had zitten bespieden en die daarna langs zijn appartementsgebouw was gereden. Het kon evengoed iemand anders zijn.

Hij doorzocht met zijn linkerhand de zakken van zijn broek en hemd en vond er niets, geen papieren, geen sleutels, zelfs geen extra kogels. Moeizaam kwam hij weer overeind, de Colt .45 nog altijd in zijn rechterhand.

'Pathet Lao', antwoordde de Hmong op zijn onuitgesproken vraag.

'En jij bent CIA', beantwoordde Graham de volgende vraag die in hem opkwam. Hij had het kunnen weten. The Company werkte bij voorkeur met mannelijke strijders van de bergvolkeren in het noorden. Waarom zouden ze in Vientiane gebruikmaken van anderen?

Aan zijn rechterkant kwam Abraham Levi op hem toelopen. De Beretta hing in zijn rechterhand en wees schuldbewust naar de grond.

Aan zijn linkerkant kwam Angèle naar hem toe. Ze had duidelijk geen zin om in het halfdonker te blijven schuilen tot iemand het sein veilig gaf.

'Geen identificatie, maar je kunt er vergif op innemen dat het communistische agenten zijn.'

Levi hijgde licht, van de inspanning maar ook van de stress, vermoedde Graham.

'Wat kwamen ze hier doen?'

Hij wist het antwoord zelf al, maar voelde zich gedwongen zich onnozeler voor te doen dan hij was.

'Hetzelfde als jij, Graham, informatie zoeken.'

Graham liet het cryptische antwoord voor wat het was en constateerde opgelucht dat Levi blijkbaar niet wist dat hij een affaire had met de vrouw bij wie de Hmong in dienst was. 'En wat kwam jij hier doen?'

'Wij volgden jullie. Xob Laim had al eerder uitgedokterd dat de kerels die jullie vanaf de ambassade schaduwden geen belangstelling hadden voor Gilbert, maar voor jou. Hij heeft ook ontdekt dat de kok in diens huishouden informatie doorgaf aan de Pathet Lao.'

'De kok had het gedaan, niet de butler, net als in een goedkope detectiveroman.'

Levi's blik verdonkerde. 'De situatie is veel te ernstig om er grapjes over te maken, Marquand. Het is maar goed dat ik Xob Laim bij dit Franse echtpaar heb kunnen binnensmokkelen als chauffeur, anders had zowel jij als je liefje nu onder de groene zoden gelegen.'

Graham voelde een steek door zijn hart. Hij wierp een snelle blik op Angèle, maar kon aan haar gezichtsuitdrukking niet beoordelen of ze het gesprek in het Engels helemaal had kunnen volgen.

Om zich een houding te geven stak hij de Colt terug in de holster. Levi volgde zijn voorbeeld. Het opbergen van de wapens leek de sfeer iets te verbeteren.

'En nu? Laten we die dooie jongens hier gewoon liggen? Wachtend tot de parkwachter ze tegelijk met de dode bladeren mee opprikt?'

'We laden ze in de achterbak van de DS en jouw Chevrolet', antwoordde Levi. Hij wendde zich in het Frans tot Angèle: 'Madame, het spijt me, maar u zult net als wij vuile handen moeten maken en een van de twee lijken helpen dragen naar uw auto.'

Ze vertrok geen spier en begon de Hmong te helpen de eerste dode weg te slepen. Graham liep zwijgend met Levi mee naar de plek waar de andere schutter was neergevallen. Hij zag dat de man keurig in het voorhoofd was geschoten. Zijn ogen staarden verbijsterd naar de hemel boven het park. Graham sloot ze met een enkele handbeweging.

De dode was klein van gestalte, maar omdat hij niet meegaf leek hij zwaarder dan hij bij leven en welzijn ooit had kunnen wegen. Ze sjouwden hem moeizaam tussen de beelden naar de uitgang. Algauw voelde Graham het zweet in stromen over zijn lijf lopen.

'Waar zijn de andere bezoekers?'

'Je weet hoe ze hier zijn', antwoordde Levi hijgend. 'Zodra er geschoten wordt, kijken ze de andere kant uit. Je hoeft niet bang te zijn dat iemand de politie belt. Wat dat betreft lijken alle Laotianen op die drie apen: zie geen schietpartij, hoor geen schietpartij, spreek niet over een schietpartij.'

'Toch zul je die lijken ergens moeten dumpen.'

'Laat dat maar aan mij over', zei Levi. 'Die lijken zijn de minste van jouw zorgen.'

Het sluiten van het deksel van de kofferbakken klonk als het dichtspijkeren van een doodskist. Graham wiste het zweet van zijn voorhoofd. Zijn haren plakten op zijn hoofd alsof hij net vanonder de douche kwam gestapt.

'Wij nemen de Chevrolet, de anderen de Citroën', beval Levi. Om eventuele tegenspraak voor te zijn stapte hij direct in aan de passagierszijde. Graham voelde dat hij geen andere keuze had dan achter het stuur plaats te nemen en te starten. Terwijl de motor aansloeg voelde hij zijn rug plakken tegen de hete zitting van de stoel. Hij draaide zich half om en reed de wagen achteruit. Enkele tientallen meters verder deed de Citroën hetzelfde.

'Ik zag dat je hutkoffer al in de achterbak staat. Als je mij nog even had gebeld vanmorgen, had ik je kunnen bevestigen dat de operatie nog steeds vanavond om tien uur van start gaat.'

'Als het was afgeblazen hadden ze me wel gebeld', mompelde Graham. Zijn aandacht was gericht op het ontwijken van kuilen in de weg.

'Misschien maar goed dat je niet belde. Je telefoonlijn werd waarschijnlijk afgetapt.'

Graham hapte naar adem maar vervolgde zijn manoeuvres. De Chevrolet draaide na de DS de weg op en begon direct daarna te keren om in de juiste richting voor Vientiane te komen staan. Vóór hem imiteerde de Citroën zijn bewegingen, alsof ze een circusact voor twee auto's opvoerden.

Graham gaf gas en probeerde de Hmong bij te houden. De snelheidsmeter kroop in snel tempo naar zestig mijl en bleef daar toen min of meer hangen.

'Wie hielden mij allemaal in de gaten en waarom?'

Levi zuchtte, haalde een verfrommeld pakje Winstons uit zijn borstzakje en stak er twee op. De rook dreef in ijltempo door de geopende ramen naar buiten en vermengde zich daar met de stilstaande lucht boven de uitgedroogde velden.

'Voor zover wij hebben kunnen nagaan: de Pathet Lao en waarschijnlijk ook een groepje dat voor de Franse geheime dienst werkt.'

'De Fransen?' reageerde Graham verbaasd. 'Maar dat zijn onze bondgenoten in dit land.'

Levi lachte zuur. 'Bondgenoten? Die kikkerbilleneters? De Fransen hebben altijd hun eigen agenda. En ik denk dat monsieur Gilbert Aubrac in dit geval zelfs zijn hoogstpersoonlijke agenda eropna hield. Het zal hem niet zijn bevallen dat jij met zijn leuke vrouwtje lag te krikken.'

'Hij heeft er anders niets van laten merken, laatst op de ambassade.'

'Zou jij niet hetzelfde hebben gedaan in zijn plaats? Maar enfin, met wie jij in bed kruipt zal onze werkgever in wezen een zorg zijn. De vraag is enkel: geeft Aubrac zijn informatie niet door aan derden die daar politieke munt uit kunnen slaan?'

Graham nam een nijdige trek van zijn sigaret. 'Je bedoelt dat hij de Pathet Lao heeft laten weten dat een Amerikaan het met zijn echtgenote heeft aangelegd en dat de Pathet Lao die hoogst vitale informatie weer aan oom Ho in Hanoi heeft doorgegeven? "O, waarde oom, als u de revolutie doorvoert in Laos, maakt u dan vooral deze Amerikaanse imperialistische hond een kopje kleiner voor mij? Laat uw mannen maar laag mikken."'

Levi zuchtte weer. 'Ik heb je al gezegd dat de situatie te ernstig is om je er met cynische grapjes van af te maken.'

'Ernstig?' antwoordde Graham op bijtende toon. 'Wat weten die communisten nou helemaal? Dat ik minstens één keer in de week van bil ga? God, wat een strategische informatie. Denk je echt dat ze me daarvoor schaduwden? Nou, dan zijn die twee stakkerds wel voor niks gestorven.'

Ze reden en rookten zwijgend verder. De peuken verdwenen door de ramen en nieuwe sigaretten lagen klaar om tot as te worden verbrand.

Toen ze bij een splitsing kwamen vroeg Graham of hij de DS moest blijven volgen.

'Natuurlijk. We gaan naar de villa van de Aubracs. Daar laden we dit lijk over in de Citroën en Xob Laim laat ze allebei ergens verdwijnen.'

'Ik heb nooit geweten dat hij zo heette', gaf Graham toe.

'Het betekent "snel als de weerlicht"', antwoordde Levi ongevraagd.

Alsof hij het gehoord had trapte de Hmong op het gaspedaal en liet de snelheidsmeter weer een streep naar rechts glijden.

***

Ze zaten gedrieën in de woonkamer van de villa. Xob Laim bleef bij de deur staan. Zonder M16-karabijn was hij weer veranderd van een onverschrokken krijger in een gedienstige chauffeur. Niemand doorbrak de ongemakkelijke stilte. Alsof we wachten op de dienstmeid die de kamer binnenkomt met een dienblad vol thee en vervolgens aan madame vraagt of de twee dooie heren in de kofferbak ook een kopje mogen, dacht Graham.

'Breng ik de lading nu weg, monsieur Levi?'

Xob Laim was de eerste die de onwezenlijke rust verstoorde. Zonder zich naar hem toe te draaien knikte Levi. 'Zorg dat je het karwei snel afwerkt en kom dan direct weer terug.'

Vreemd, dacht Graham, nu het gevaar voorbij was leek Levi pas de eerste tekenen van nervositeit te vertonen. Wat had hij nog meer te melden? Zijn optreden had meer vragen opgeroepen dan beantwoord.

'Tot straks', antwoordde de Hmong. Hij maakte een lichte buiging voor Angèle.

Graham vroeg zich af of de man hier nog kon blijven, nu zijn dekmantel van geen enkele waarde meer was. Misschien zouden de Aubracs dankbaar zijn voor zijn ingrijpen. Tenslotte had hij ook Angèles leven gered.

De onrust die Levi uitstraalde begon op Graham over te slaan. Hij wilde weg.

'Ik ga zo dadelijk ook vertrekken, Ab. Je weet waar ik verwacht word.'

'Ik weet niet of ze jou nog wel moeten verwachten, Marquand.'

Nou gaan we het krijgen, dacht Graham, de werkelijke reden waarom die vijandelijke agenten mij schaduwden en wilden vermoorden. Hij zonk wat naar achteren in de leren fauteuil, maar voelde tegelijk hoe zijn nekspieren zich spanden.

Levi keek van Angèle naar Graham. 'Luister, ik weet niet hoeveel je aan haar hebt verteld over de aanstaande operatie, en ik weet niet of zij daarover iets heeft doorgebriefd aan haar man, en ik weet ook niet of die laatste iets daarvan heeft losgelaten tegenover de verkeerde mensen.'

'Dat zijn wel heel veel ik-weet-niets in één zin.'

‘In ieder geval is dat de eerste zorg.’

‘En de tweede?’ vroeg Graham, met een gevoel van kramp in zijn achterhoofd.

‘Dat de Pathet Lao jou uitgerekend deze weken in het oog heeft gehouden en blijkbaar vandaag op het punt stond jou en madame Aubrac te vermoorden.’

‘Nou en?’

Levi zuchtte. Graham zag zweetdruppeltjes op zijn voorhoofd, ondanks de draaiende ventilators. Het gesprek ging hem blijkbaar ook niet makkelijk af: ‘Volgens mij besloten ze tot actie over te gaan toen ze Xob Liam en mij zagen. Het plan moet zijn geweest jou gevangen te nemen om verdere informatie over de operatie te achterhalen. Toen dat niet ging, moest je er maar aan geloven.’

‘Je zegt “verdere” informatie’, onderbrak Graham hem. ‘Je impliceert dat ze al informatie hebben.’

‘Daar ga ik van uit, ja. Hoe dan ook, de operatie is in gevaar en moet worden afgelast.’

‘Dat kan niet’, viel Graham hem weer in de rede. ‘We hebben die al eens uitgesteld. Als de operatie nu weer niet doorgaat, riskeren we dat de gevangenen naar elders worden getransporteerd en dat we nooit meer zo’n kans krijgen.’

‘Dat zeg je alleen maar omdat jouw broer in dat kamp zit. Maar familiebelangen mogen niet voor het algemene militaire belang gaan.’

Graham voelde zijn ongerustheid omslaan in boosheid. ‘Jij wilt gewoon niet dat ik meega, omdat je me hoe dan ook niet vertrouwt.’

‘Dat klopt’, gaf Levi toe. ‘Het zou me zelfs niet verbazen als je actief informatie hebt doorgespeeld aan de vijand.’

‘Man, jij lijdt echt aan achtervolgingswaanzin. Ik heb vroeger nooit informatie doorgespeeld en er is ook niets dat bewijst dat ik het ditmaal heb gedaan. Volgens mij wisten die twee agenten zelfs niet van het bestaan van Operatie Freeborn.’

Levi wees naar Angèle, die het gesprek met toenemende verbijstering volgde. ‘Zij weet het nu, en of ze nu te vertrouwen is of niet, jouw loslippigheid en nonchalance vormen een gevaar voor de operatie. Freeborn mag nu niet doorgaan. Daar zal ik persoonlijk voor zorgen.'

Graham kwam overeind, maar voor hij ook maar een stap kon doen had Levi zijn Beretta gepakt. De loop wees dreigend naar voren. Graham hoorde hoe de veiligheidspal werd omgezet.

'Als Xob Liam straks terug is ga jij zonder moeilijk te doen met ons mee. We spreken deze hele zaak in alle rust door met onze superieuren, en als blijkt dat jou niets te verwijten valt kun je weer naar huis. Maar die actie wordt afgelast.'

Graham voelde zich verstenen. Enerzijds had hij de aandrang terug in de zetel te ploffen en anderzijds om Levi aan te vliegen. Zijn eigen Colt leek onbereikbaar ver weg. Hij zei niets, bevochtigde zijn lippen, balde zijn vuisten. De blik van Levi verstrakte, zijn rechterwijsvinger spande zich om de trekker van het wapen. Ze staarden elkaar aan als twee dinosauriërs die op een smal strand tegen elkaar zijn gebotst. Geen van twee was bereid ook maar één millimeter terrein prijs te geven. De eerste die zijn ogen neersloeg en zijn spieren liet verslappen had de strijd verloren.

Het geluid van brekend porselein maakte een einde aan de patstelling, onmiddellijk gevolgd door een schot toen Levi ongewild afdrukte. Zonder dat een van hen het had gezien was Angèle opgestaan, had een van de vazen gepakt die op een tafel achter Levi stonden, en had die op zijn hoofd kapotgeslagen. De kogel floot op enkele centimeters van Grahams oor en versplinterde een van de ramen.

De man zakte in elkaar. Het pistool viel uit zijn hand op de grond. Bloed druppelde onder zijn haarlijn op zijn gezicht.

'Is hij...?' Graham kon het woord niet over zijn lippen krijgen.

Angèle voelde in zijn hals. 'Nee, hij leeft, maar hij is voorlopig wel buiten westen.' Ze richtte haar ogen op hem. 'Je hebt maar een korte voorsprong, tot hij bijkomt en de chauffeur terug is. God weet wie Xob zal meenemen.'

Het idee de Hmong en een aantal onbekenden nu onder ogen te moeten komen deed Graham ontdooien uit zijn verstarring. 'Je hebt gelijk. Ik moet in Thailand zijn voor ze erin slagen de operatie te laten afblazen.'

'Is het waar? Van je broer?'

Hij knikte. 'Ja, Paul is een van de tientallen Amerikanen die gevangenzitten in een kamp, vlak over de Noord-Vietnamese grens. Vanavond vertrekken we per helikopter voor een bevrijdingsactie.'

Hij wist dat hij haar dit nooit had mogen vertellen. Hij concludeerde ook dat ze waarschijnlijk toch zoveel Engels kende dat ze het hele gesprek had kunnen volgen. Maar hij had het gevoel dat hij Angèle meer kon vertrouwen dan Levi. En dan nog: zonder haar tussenkomst zou hij niets meer voor Paul hebben kunnen doen.

'Ik zal Levi vastbinden en in de deux-chevaux meenemen. Als Xob terugkomt zal hij ontdekken dat we alle drie weg zijn en aannemen dat we vrijwillig met Levi vertrokken zijn. Voor hij erachter komt dat er iets niet klopt, ben jij al ver weg.'

Hij knikte weer. Toen pas realiseerde hij zich wat ze voor hem wilde doen. 'En jij dan? Je brengt jezelf nodeloos in gevaar.'

Ze haalde haar schouders op. 'Mijn leven was vanmiddag ook al in gevaar, niet?'

Hij keek van Angèle naar Levi. Zijn collega lag erbij of hij stomdronken was. Enkel het bloed dat op zijn hemd was gelopen verried de ware toedracht. Als Angèle hem meenam en ergens buiten de stad dumpte zou hij inderdaad kostbare uren winnen, genoeg om de helikopters te laten opstijgen.

'Zorg dat er geen bloedvlekken in die zetel zitten. Als jij touw haalt, bind ik hem vast.'

Ze werkten gehaast maar zorgvuldig. Twee keer stopten ze toen ze meenden de motor van een auto te horen, maar telkens werd er voorbijgereden. Toen Levi als een worst was ingepakt, sleurden ze hem gezamenlijk naar de garage en legden hem op de achterbank van de grijze Citroën.

'Hij is nog steeds niet bijgekomen', merkte Graham bezorgd op.

'Hoe meer koppijn en misselijkheid straks, hoe kleiner de kans dat hij direct naar de eerste de beste telefoon strompelt om alarm te slaan.'

Graham kwam overeind en gaf haar een bewonderende blik: 'Je bent veel doortastender dan ik ooit had kunnen denken.'

Voor het eerst sinds uren lachte ze. 'Ik ben een vrouw die haar mannetje kan staan. Ik heb veel meegemaakt in mijn leven.'

'Waarom wist ik daar niets van?'

'Omdat je er nooit naar vroeg.'

Het korte antwoord werkte ontnuchterend. Hij voelde schaamte opkomen, alsof hij haar al die maanden verwaarloosd had in plaats van verwend. Vreemd, dacht hij, hoe je urenlang iemands lichaam kunt verkennen en de geest verwaarlozen.

'We zouden opnieuw moeten beginnen', merkte hij in alle oprechtheid op.

'Als dat nog kan', repliceerde ze droogjes.

'Als ik levend terugkeer uit Vietnam, kom ik naar Vientiane.'

'Je leven is geen speelfilm, Graham. En dan deze toestand.' Ze zuchtte, voegde er toen aan toe: 'Ik heb geen flauw idee hoe ik dit allemaal moet verklaren aan Gilbert, en wat dit verder voor gevolgen zal hebben. Misschien betekent het wel het einde van ons verblijf in Laos en moeten we terug naar Parijs.'

Ze stapte in de kleine Citroën, startte de wagen en riep hem boven het lawaai toe de garagepoort open te maken. Hij deed wat ze vroeg, zag haar achteruitrijden, de straat in draaien en wegstuiven in een wolk van slecht tot ontbranding gekomen benzinedampen.

Geen zwaaiende arm, geen kushandje, dacht hij teleurgesteld. Toen sprak hij zichzelf vermanend toe: ze heeft gelijk. Denk ik soms dat we in een misdaadfilm meespelen? Hij haastte zich terug naar binnen, sloot de garagedeur en spoedde zich weer naar buiten. Hij probeerde niet te zenuwachtig te lijken toen hij in de zes jaar oude Chevrolet Bel Air stapte. Het was niet te hopen dat de buren achter de rolluiken stonden te turen. Die zouden het vast en zeker doorgeven aan de Hmong.

De rand van de stad lag slechts enkele honderden meters verder. Het ene moment reed hij nog door een straat met villa's voor buitenlanders, het andere tussen de velden; van de twintigste naar de negentiende eeuw en verder terug.

Een paar waterbuffels waren de enige wezens die hem nakeken toen hij de Chevrolet met onverantwoord hoge snelheid de weg naar Thailand opjoeg. Vijftig mijl naar Udorn. Een afstand van niks in de Verenigde Staten, een reis in het onbekende hier, dacht hij grimmig.

Bevrijdingsstraf

'All the days we had spent together, fighting to stay alive, hoping to go home. And now they were on their way; I was left behind. They had broken through the barrier and were breathing free air while I continued to gasp for each breath in this closed, oppressive atmosphere, my nothing world.'

– James N. Rowe,
Five Years to Freedom – The True Story of a Vietnam POW.

IX

De korte tropische schemering was al gevallen toen Graham de laatste formaliteiten had vervuld, zijn wagen had geparkeerd op een terrein nabij de hoofdingang en zijn koffer in een depot had afgegeven. Met de moed in de schoenen liep hij naar het gebouw dat hem door een sergeant was aangewezen. De man salueerde toen hij hem aansprak en bedankte. Het voelde goed het uniform van een luitenant weer te dragen, maar de uiterlijke tekens van gezag konden de onrust in zijn binnenste niet volledig bezweren.

Hij opende de deur van de plek waar de commando-eenheid zich verzamelde voor de briefing en werd onmiddellijk omgeven door een wolk van sigarettenrook. Hij zag kapitein Donhu tussen opzijgeschoven tafels staan en een dozijn gecamoufleerde soldaten toespreken. Een Thaise sergeant vertaalde de woorden voor zijn landgenoten. Graham keek rond en merkte dat de Thai meer dan de helft van het aantal aanwezigen vormden. Daarnaast zag hij de Filippijnse sergeant die hij al kende en enkele mannen van wie hij aannam dat het Hmong waren. In deze eenheid waren Donhu en hij de enige Amerikanen. Hij vroeg zich af of er in de twee andere eenheden meer leden van de Special Forces waren. De hele bevrijdingsactie werd zo wel een bijzonder Indochinees onderonsje.

'Denk erom: het verrassingselement is onze belangrijkste troef. De Phantoms zaaien paniek met een kort maar gericht bombardement en direct daarna komen wij in actie. Het lawaai van de straaljagers en de ontploffende raketten camoufleert het geluid van onze helikopters. We hebben de hele actie uitvoerig geoefend. Treuzel dus niet. Hoe meer tijd we verliezen, hoe groter de kans dat we op hulptroepen van de vijand stuiten.'

De vertaling kreeg veel bijval. De mannen knikten en enkele riepen: '*Nab bin rea!*' Donhu zag Graham en liep op hem toe. Hij sloeg hem kameraadschappelijk op de schouder en glimlachte. 'Keurig op tijd, luitenant. Kom met mij mee. Wij hebben nog wat te bespreken.'

De moed zonk Graham in de schoenen toen hij de kapitein naar buiten volgde. Ze liepen zwijgend een stuk in de richting van de landingsbanen. Toen bleef Donhu staan, maakte een flacon van zijn riem los en draaide de dop eraf.

'Eén enkele slok, luitenant, en niet meer. Alvast op de goede afloop.'

Graham nam de flacon aan. Hij proefde onvervalste bourbon.

Donhu veegde de opening af en deed hetzelfde. Wat hij onder één slok verstond zou een ander als vier borrels achter elkaar hebben beschouwd.

'Kapitein, voor u van wal steekt heb ik u eerst zelf iets mee te delen.'

Graham hoorde slechts een lichte aarzeling in zijn stem. Hij had alles goed gerepeteerd onderweg van Vientiane naar Udorn. Opbiechten was de enige optie, wist hij, ook al kon dat het afgelasten van de missie betekenen. Als Donhu via de radio van de helikopter Levi's verhaal te horen zou krijgen, kon hij ter plekke besluiten Graham te executeren.

'Mijn collega Abraham Levi is erachter gekomen dat ik een buitenechtelijke relatie heb met de vrouw van een man die ervan verdacht wordt een Frans agent te zijn. Hij beschouwt me nu als een gevaar voor de missie, omdat hij aanneemt dat ik geheimen heb doorgespeeld aan de vrouw en dat zij die op haar beurt aan haar man heeft doorgegeven, die ze op zijn beurt...'

'Stop maar', onderbrak Donhu hem. 'Levi is toch die man die jou al eerder beschuldigde?'

'Inderdaad, kapitein.'

'En wat kan het hem verdomme schelen of jij de vrouw van een of andere Fransoos naait? Komt hij zelf wel voldoende aan zijn trekken?'

Graham was blij met de onverwachte wending die het gesprek nam: 'Dat weet ik niet, kapitein. Ik weet wel dat hij overdreven achterdochtig is.'

'En wat wil hij nu precies? Jou niet mee laten gaan?'

'Nee, sir. Hij wil de hele actie laten afblazen.'

'Wat?' stoof Donhu op. 'Is die vent op zijn kop gevallen? Onze inlichtingen duiden erop dat kamp Malraux binnenkort wordt opgedoekt. Uitstel zou afstel betekenen. Dat gun ik zo'n bureaucraat zeker niet! Wie gaat er godverdomme vannacht zijn reet wagen: jij of hij?'

'Ik ben het volledig met u eens, kapitein.'

'Waar is die Levi nu?'

Graham aarzelde, maar besloot zo dicht mogelijk bij de waarheid te blijven: 'We hebben een handgemeen gehad, kapitein. Ik heb hem buiten westen geslagen.'

'Mooi zo. En nu over tot de orde van de dag.'

Terwijl Donhu een enveloppe uit zijn binnenzak haalde en opende, stond Graham inwendig te jubelen. Natuurlijk zou hij Levi bij terugkomst weer onder ogen moeten komen, maar als Operatie Freeborn succesvol was zou hem de hele affaire vast wel worden vergeven.

'Jij en sergeant Johnny Santos hebben een aparte opdracht, Marquand. Jullie moeten een van onze agenten vinden en meenemen. Het gaat om een van de laatsten uit de groep Easy. Je hebt van die groep gehoord?'

Graham knikte verbaasd. Easy was de enige groep die nog een tijd lang bruikbare informatie had doorgeseind, maar toen de stroom opdroogde hadden de experts geconcludeerd dat ook de mannen van Easy moesten zijn opgepakt of waren gedwongen voor de communistische inlichtingendienst te werken.

'Als we een agent in Laos kunnen debriefen zou het de eerste zijn die een missie met succes afsluit.'

Donhu knikte op zijn beurt. 'Deze agent heeft ons de inlichtingen over kamp Malraux bezorgd. Aanvankelijk waren we sceptisch, maar toen we met spionagetoestellen de informatie gingen checken bleek die te kloppen.'

'Maar dat betekent dat deze agent...'

'...In het kamp zelf zit,' vulde de kapitein aan, 'en hij kan iedereen zijn, van een gevangene...'

'...Tot de kampcommandant', concludeerde Graham hardop. 'Hoe herkennen we hem dan?'

'We hebben een signaal afgesproken. Jij zegt "*Tout homme ressemble à sa douleur.*" En de agent antwoordt: "*Qu'est-ce qui le fait souffrir?*"'

'Waar komt dat uit?' vroeg Graham.

'Uit *La Condition Humaine*, van André Malraux. Kon er iets toepasselijkers gekozen worden?'

'Ik hoop dat het accent van de agent niet zo zwaar is dat ik het niet versta', antwoordde Graham droog.

***

De Sikorsky steeg op en liet al snel de lichten van het vliegveld achter zich. Graham legde zijn M16 en zijn militaire helm naast zich. Even overwoog hij erop te gaan zitten, maar toen hij zag dat geen van de anderen dit deed concludeerde hij dat het gevaar vanaf de grond beschoten te worden door communistische soldaten blijkbaar gering werd geacht.

'We krijgen een luchtmachtescorte op Laotiaans grondgebied', hoorde hij Donhu zeggen. Zijn stemgeluid was krachtig genoeg om boven het lawaai van de rotors uit te komen.

'Illegaal of afgesproken met Vientiane?' riep Graham terug.

'Illegaal natuurlijk. Als je het aan iemand in het Koninklijke Leger vertelt, weet de Pathet Lao het ook meteen.'

'Toch schijnt het Koninklijke Leger er de laatste tijd geweldig op vooruit te zijn gegaan', mengde Santos zich in de conversatie.

'O ja, waaruit blijkt dat dan?' reageerde Donhu.

‘Tot voor kort smeten de soldaten en officieren hun wapens weg als ze voor de vijand op de vlucht sloegen, tegenwoordig nemen ze die in ieder geval met zich mee.’

Het gelach klonk hol en onnatuurlijk. De Thaise soldaten keken hen niet-begrijpend aan. Ze zaten kauwgom kauwend of rokend op de grond, met hun karabijn tussen hun benen. Enkelen rilden zichtbaar. De lucht was ook een stuk kouder dan op de grond.

‘Kapitein, wat gebeurt er met die mannen als ze gevangen worden genomen door de NVA?’

Donhu maakte een snijdend gebaar ter hoogte van zijn keel.

‘Weten ze dat?’

‘Ja’, antwoordde hij op sombere toon. ‘Dat weten ze. De Vietnamezen laten enkel andere Vietnamezen in leven, of Amerikanen. Als ze andere Aziaten in handen krijgen, maken ze die af.’

Graham zuchtte: ‘Ik wist het, maar het is toch wat anders als je de potentiële slachtoffers voor je ziet.’

Zijn blik viel op sergeant Santos. Die raadde zijn gedachten nog vóór Graham zijn hoofd kon afwenden.

‘Ik weet het ook, luitenant, maar het houdt mij niet tegen mijn plicht te doen. Ik heb in mijn eigen land al tegen de communisten gevochten.’

Graham wist niet wat te zeggen. Hier zat hij, met een hoogstpersoonlijk doel: zijn bloedeigen broer te bevrijden. Maar wat hadden deze mannen eigenlijk te zoeken in dit deel van de wereld, honderden of duizenden kilometers van huis?

‘Bedankt vast’, was het enige wat hij uit wist te brengen.

De wind stak op toen de Sikorski snelheid maakte en over de grens tussen Thailand en Laos vloog.

***

Paul schrok wakker van een lawaai dat de hemel aan stukken leek te scheuren. Hij wist gelijk wat het was, maar kon zijn oren letterlijk niet geloven.

De eerste ontploffing deed het hok waarin hij lag schudden. Onmiddellijk kwam hij onder zijn muskietennet uit, om meteen weer terug te kruipen. Waar kon hij schuilen? Het ongeloof werd gevolgd door vreugde en vervolgens door angst. Als de luchtmacht het kamp bombardeerde was de kans groot dat die niet alleen de bewakers maar ook de gevangenen trof.

Opnieuw werd de lucht verscheurd. Paul nam aan dat een tweede straaljager in het kielzog van de eerste over het kamp heen vloog. Hij drukte zijn handen tegen zijn hoofd in afwachting van de klap. Een paar seconden later dreunde de grond voor de tweede maal.

Hij hoorde geschreeuw en daarna het geratel van een machinegeweer, dat werd gevolgd door nog meer geschreeuw. Paul meende niet alleen op hysterische toon uitgedeelde bevelen te onderscheiden, maar ook kreten van pijn. Hij kroop nogmaals onder zijn muskietennet uit en begon aan de tralies van het hok te rukken. Te stevig. Zijn benen deden pijn toen hij de geringe bewegingsruimte die de beenijzers hem gunden tot het uiterste trachtte te rekken Gevangen als een rat in de val, dacht hij met stijgende paniek.

Weer hoorde hij een van de straaljagers naderen, ditmaal van de andere kant. Het machinegeweer ratelde opnieuw. Paul drukte zijn hoofd zo diep mogelijk tegen de harde grond en beschermde zijn oren.

De knal daverde in heel zijn lijf na. Tegen zijn instinct in opende hij zijn ogen. Het rood dat hij in de verte zag kwam niet alleen van de dageraad. De ontploffingen hadden brand veroorzaakt. Ook dat nog.

Het floot in zijn oren. De straaljagers trokken weg, maar een ander geluid wisselde al snel het lawaai van hun motoren af.

Hij hapte naar adem. Kon het waar zijn?

Hij hoorde de wieken van helikopters.

***

Graham had zijn helm opgezet. De M16 bewoog lichtjes in het zweet dat in zijn handen stond. De Colt .45 drukte tegen zijn hart in de schouderholster.

Hij zag hoe de Phantoms met een aantal gerichte aanvallen de palissade aan de kant van de landingszone zo goed als helemaal omver hadden geblazen. Enkele van de barakken stonden in brand. Graham zag enkele verminkte lichamen en even verderop een gewonde die met een bewegingloze onderkant kruipend dekking zocht.

De boordschutter mikte op alles wat bewoog en liet de ene na de andere ronde patronen door het machinegeweer gaan. Een van de Thaise soldaten was hem behulpzaam. Graham slikte en hoopte maar dat de man in zijn blinde moordzucht geen Amerikaanse gevangenen raakte. Hij keek om zich heen en zag dat iedereen klaarstond om uit het toestel te springen zodra het ongeveer een meter boven de grond ging hangen.

Hij draaide zich om en zag sergeant Santos vlak achter hem staan. De Filippino stak een duim omhoog als aanmoediging. Ze zouden elkaar op de grond geen moment uit het oog mogen verliezen. Hun specifieke opdracht was de agent vinden. Anderen zouden zich om zijn broer moeten bekommeren, maar Graham had zich voorgenomen de twee opdrachten simpelweg met elkaar te combineren.

De Sikorski daalde verder. Donhu had zijn arm al geheven. Als die neerging zouden ze de sprong wagen.

Vanachter de omgevallen palissade zag hij de loop van een karabijn oplichten. De Thai die de boordschutter had geholpen werd vol in de borst getroffen en viel direct daarna voorover het toestel uit. De boordschutter richtte onmiddellijk de loop van het machinegeweer op de plek waar het schot vandaan was gekomen en vuurde als een razende, onderwijl schreeuwend: 'Vuile rotzak! Smerige rotzak!'

Donhu bleef ongestoord staan en liet enkele seconden later zijn arm zakken. Graham was de eerste die sprong. Hij boog soepel door zijn knieën en begon direct in de richting van het kamp te rennen. Ondertussen vuurde hij vanuit zijn middel afwisselend links en rechts een salvo af.

Hij zocht dekking achter een stapel hout en wachtte tot Santos bij hem neerstreek. Hijgend wierp hij een blik achterom. De

Thai zwermden uit. Een tweetal van hen en een Koreaan van de Special Forces volgden Donhu, die heupschietend naar de achterkant van het kamp holde. De Sikorski bleef geen seconde langer dan nodig zweven en trok op. Het lawaai bleef op de landingszone hangen, omdat de tweede Sikorski zijn manschappen kwam afzetten.

Graham gebaarde Santos dat ze door de resten van de omheining moesten kruipen. Er was niemand te zien toen ze dat deden, zodat ze volmaakt ongehinderd het kamp konden betreden. Hij holde naar de zijkant van een van de barakken. Vanuit de lucht had het er primitiever uitgezien dan het in werkelijkheid was, vond hij. Hij tuurde om de hoek en zag wat Donhu al gevreesd had: een paar NVA-soldaten vuurden met hun AK-47's vanuit de onderkant van een andere barak op de aanstormende aanvallers. Tunnels en bunkers, hét merkteken van de communistische strijders, dacht Graham kwaad. Hij gebaarde naar Santos. De sergeant legde aan, richtte en schoot. Een seconde later deed Graham hetzelfde. De kalasjnikovs werden teruggetrokken, maar een ervan bleef doelloos liggen.

Een gevoel van wanhoop beving Graham. Hoe konden ze in jezusnaam ontdekken wie van die Vietnamezen hun eigen agent was? Hij keek door het raam van de barak en zag een Vietnamees op de grond zitten. Een Russisch Makarov-pistool lag naast hem, waaruit Graham afleidde dat hij een officier was.

Hij opende deur en stormde naar binnen, roepend: 'Tay Len!'

De Vietnamees draaide zich om. Graham zag dat er bloed over zijn gezicht stroomde. De man leek te zijn geraakt door een bomfragment of een schampschot. Langzaam stak hij zijn handen omhoog tot vlak onder zijn schouders. Door het bloed kon Graham zijn gezichtsuitdrukking nauwelijks lezen.

'*Tout homme ressemble à sa douleur.*'

De officier – het was een jonge luitenant, zag Graham nu – reageerde niet op wat Graham gezegd had. Toen deed de Vietnamees een vlugge greep naar het pistool op de grond. De beweging was zo in tegenstelling tot zijn vorige dat Graham te laat reageerde.

Achter hem klonk een schot en daarna nog een. Het lichaam van de Vietnamees sloeg tegen de houten wand en zakte in elkaar.

'Als u het zo moet aanpakken is het meer Russische roulette, luitenant', merkte Santos achter hem op.

***

Paul hoorde de kakofonie om zich heen: dalende en opstijgende helikopters, schoten, schreeuwen en af en toe een ontploffende handgranaat. Zijn hart dreunde in zijn borstkas. Bevrijd! Ze werden bevrijd! Maar zijn vreugde werd getemperd door zijn angst dat hij in deze actie kon omkomen. De gedachte alleen al deed zijn maag bijna omkeren: al die eindeloze maanden gevangenschap en ontbering, en dan op het allerlaatste moment sterven.

Hij hield zijn adem in toen hij een van de bewakers zag verschijnen voor de kooi van twee van zijn medegevangenen. Wat ging hij doen? Ze neerschieten als geketende honden?

Toen zag hij wie het was: Kattenkop. Die zette zijn AK-47 tegen de tralies, haalde een sleutelbos tevoorschijn en opende het hek. Ingespannen tuurde Paul wat er verder gebeurde. Bijna vergat hij even het geschiet verderop.

Ze kwamen eruit gekropen, Henderson en Barthelme. Wanhopig rukte Paul aan zijn eigen beenijzers. Waarom had Kattenkop ze losgemaakt? Om ze alsnog neer te knallen? Nee, de Amerikanen zochten elders dekking. Tot zijn verbazing kwam de Vietnamees naar hem toe.

Met een gespannen blik in zijn ogen opende Kattenkop het hek en kroop naar binnen. Paul zag hem bukken en de beenijzers openen. Nu! Hij kon hem nu van achteren trachten te overmeesteren, voor hij...

'*Libre!*' riep Kattenkop boven het lawaai uit, en hij herhaalde het nog een keer.

Paul begreep er niets van, maar hij aarzelde niet langer en kroop achter de Vietnamees aan naar buiten. De soldaat pakte zijn geweer weer en maakte aanstalten weg te lopen. Hij stokte in zijn beweging toen er uit het niets twee Amerikanen verschenen.

***

Graham zag zijn eerste Amerikaanse gevangene: een broodmagere man met stekelige haren, gekleed in een smerige zwarte pyjama, de nationale klederdracht van Vietnam. Direct daarna zag hij ook de Vietnamese soldaat achter hem. De bewaker had een AK-47 vast, maar hield die niet op hen gericht.

Niet weer die fout maken van eerst schieten en dan vragen, dacht hij.

Hij richtte zijn M16 en laadde in één dezelfde vloeiende beweging een kogel in de kamer.

'Nee!' riep de Amerikaan. En terwijl hij dit deed, sprong hij in het schootsveld om de Vietnamees te beschermen.

***

Paul zag de aarzeling in de ogen van de Amerikaan, maar direct daarna ook de beslissing die hij nam. Een deel van zijn geest probeerde iets bekends in het voorkomen van de luitenant thuis te brengen, maar een ander deel handelde instinctief. Hij voelde dat Kattenkop zijn leven had gered en dat hij nu op zijn beurt de man moest beschermen. Zonder er echt over na te denken stapte hij in het schootsveld en riep zo hard als zijn zwakke stem het kon opbrengen: 'Nee!'

Even leek het of de ander alsnog zou schieten. Toen zakte de loop langzaam naar beneden. Ze keken elkaar recht in de ogen. Het deel van zijn geest dat had getracht de luitenant thuis te brengen, haalde het beeld en de naam bij elkaar in een flits van herkenning.

'Paul?'

De luitenant sprak zijn naam zo aarzelend uit dat hij leek op een priester die bang was de naam van God ijdel te gebruiken.

'Graham', zei Paul, met evenveel ongeloof in zijn stem.

'Opgepast, sir', verbrak de sergeant de magie van het moment. 'De Vietnamees is nog gewapend.'

Paul zag Graham een stap opzij doen, zijn wapen op Kattenkop gericht houden en hoorde hem vervolgens een Franse zin uitspreken.

'*Qu'est-ce qui le fait souffrir?'* klonk het achter zijn rug.

X

Het schieten hield net zo plotseling op als het begonnen was. Hier en daar klonk nog een schot, een salvo en een ontploffende handgranaat. Graham vermoedde dat er nog enkele bewakers waren die zich onder de barakken hadden verborgen en die door de Thaise commando's genadeloos werden opgeblazen. Daarna werd de van cordiet doortrokken lucht niet langer verscheurd door geweerschoten en was enkel nog het gestage wentelen van de helikopterwieken hoorbaar.

Graham liet de loop van zijn M16 zakken en bleef naar de twee mannen voor hem kijken. Hij had ze dan toch allebei gevonden, en nog wel tegelijk ook: de Zuid-Vietnamese infiltrant en zijn broer. Onwillekeurig vergeleek hij de gezichten: allebei mager, met diepliggende ogen, waarbij dat van de Vietnamees niet alleen bruiner maar ook geliger was, alsof de man aan een chronische leverziekte leed. Graham liet zijn ogen langs het lichaam van Paul glijden en schrok van het uitgemergelde beeld dat zijn jongere broer hem bood. De huid leek in bijna twee jaar wel tien jaar verouderd. Het kapsel bestond uit ongelijk geknipte doffe plukken en de kaken werden ontsierd door een stoppelbaard waartussen zweren zichtbaar waren. In een flits bedacht hij dat de generatie vóór hem op de Filippijnen dezelfde schok te verwerken moest hebben gekregen. De Amerikaanse krijgsgevangenen die de ontberingen van de jappenkampen hadden overleefd, waren ook wandelende geraamtes.

Santos was de eerste die de stilte doorbrak. 'Luitenant, we hebben onze man gevonden. Zal ik hem vast naar de helikopter brengen?'

'Graag. Ik volg met deze soldaat zodra het sein veilig is gegeven. Het is mijn jongere broer.'

De sergeant gaf hem een verbaasde zijdelingse blik, maar liet zich niet afleiden en nam de Vietnamees bij de arm. Ze liepen in de richting van de landingszone. Santos bukte zich reeds, alsof de wind van de wieken hier al voelbaar was. De ander volgde zijn voorbeeld.

'Ik heb zo vaak gefantaseerd over een bevrijdingsactie en nu is het ineens echt. Maar dat uitgerekend jij dan nog de leiding hebt.'

De stem van Paul klonk vertrouwd en vreemd tegelijk, alsof de jungle en de honger de toonhoogte subtiel hadden veranderd.

'Ik heb de leiding niet,' antwoordde Graham, 'en we moeten ons haasten. De Green Jollies brengen ons terug naar Thailand.'

Hij imiteerde het gebaar van Santos en nam zijn broer bij de arm. Het leek of hij een in vel verpakt bot aanraakte. Dat gevoel doordrong hem nog meer van de zwakte van de ander en het hielp hem de neiging te gaan rennen te onderdrukken. Met kalme stappen ging hij Paul voor door wat nu de resten van een klein krijgsgevangenenkamp waren. Op een tiental meters van de landingszone bleef Paul staan en draaide zich naar hem toe.

'Hebben jullie de Oost-Duitser en de Cubaan al te pakken?'

'Zijn ze nog steeds hier?' bracht Graham verbaasd uit. Hij kon zich niet voorstellen dat twee adviseurs zich dagenlang in een grenskamp als dit zouden opsluiten, en al helemaal niet dat ze uitgerekend tijdens deze aanval hier zouden zijn.

Paul knikte. 'Gisteren in ieder geval nog wel.'

Graham aarzelde maar enkele seconden. Thaise soldaten en Amerikaanse rangers hielpen de bevrijde gevangenen aan boord. Stuk voor stuk waren ze te verzwakt om zelf de inspanning te leveren. Eentje die het toch probeerde gleed halverwege uit en kon nog net worden opgevangen door de hospik. De hospik had zijn handen vol, maar leek toch in staat overal tegelijk te zijn. Graham wenkte een ranger dichterbij, wees op de heli die hem en Donhu had vervoerd en vervolgens van zijn broer naar het toestel. De ander knikte en nam Paul van hem over. Direct daarop draaide Graham zich om en holde naar de plek waar hij Donhu zag overleggen met een van de andere kapiteins.

'Bravo, Marquand, je hebt ze alle twee gered.'

Er kon een lachje af. Het leek of Donhu er een handvol van had meegenomen en dit een goed moment vond om er een te gebruiken.

'Ik heb ze ook alle twee in onze helikopter laten zetten, kapitein. Hoe is het verder verlopen?'

'Kon niet beter. We hebben al vierentwintig soldaten bevrijd en helaas één dode geborgen. Als onze schattingen kloppen, laten we niemand achter. Ik laat nu uitzoeken of we er toch niet ergens een vergeten zijn.'

'En het commando zelf?'

Het lachje verdween direct. 'Dat is minder. Die rotzakken hebben er zeven van ons te pakken gekregen, waarvan twee ernstig gewond. Daarom zijn we op handgranaten overgegaan.'

De andere officier had ondertussen de landingszone in het oog gehouden. Er kwamen twee Thaise paratroepers tussen de resten van de palissade aangelopen. Een van hen maakte het *all clear*-teken.

'Oké, Donhu, we kunnen vertrekken. Hoe eerder we over de grens zijn, hoe beter. We mogen ervan uitgaan dat de Gooks nog net voldoende tijd hadden om alarm te slaan. De grenstroepen zullen al onderweg zijn.'

'Kapitein, ik hoor net van mijn broer dat de Cubaanse en Oost-Duitse adviseurs zich gisteravond nog in dit kamp bevonden.'

Donhu en zijn collega wisselden een snelle blik. Aan het geknipper van zijn ogen kon Graham aflezen dat de laatste niet blij was met deze informatie. Het draaiboek gebood de drie groepen en helikopters waarin het commando was verdeeld gelijktijdig te vertrekken, maar Donhu kon deze kans natuurlijk niet laten lopen. Om het hem makkelijker te maken bood Graham zichzelf aan.

'Sir, als u mij Santos en onze infiltrant meegeeft, beloof ik u de zoekactie zo snel mogelijk af te ronden.'

Donhu knikte. Met hun karabijnen als speren in hun rechterhand liepen ze gebukt naar de helikopters. Een van de piloten keek hen nijdig aan, alsof ze opzettelijk hadden staan theeleuten. De gunner had geen oog voor de laatste twee die aan boord kropen en tuurde zenuwachtig naar de bomen vanwaar hij een mogelijke tegenaanval verwachtte. Donhu richtte zich half op, zocht met zijn ogen de Filippino en de Vietnamees, en gebaarde hun hem naar buiten te volgen. Ze sprongen alle vier op de grond en verwijderden zich hollend van het lawaai van de helikopter.

'Hier, dan kun je jezelf verdedigen.'

De Vietnamees nam de M16 aan en keek ernaar alsof hem het stuur van een fiets in handen was geduwd terwijl hij nog moest leren trappen.

'Kapitein, de man spreekt enkel Frans. Laat mij maar', nam Graham het over. In goed gearticuleerde en simpele bewoordingen legde hij de NVA-soldaat uit wat hij van hem verlangde. De ander knikte, eerst aarzelend, toen enthousiast. Graham liet hem voorgaan en volgde met Santos.

Ze liepen zigzaggend tussen de houten barakken en kooien, waarvan er verscheidene in brand stonden. Graham zag een dode hond en een dode NVA-soldaat. De ogen van de soldaat leken bevroren in het laatste moment van zijn bestaan, tussen leven en sterven. De hond had zonder moeite de ene staat van zijn voor de andere verwisseld. Graham laveerde langs een omgevallen kookpot en zag de centrale barak voor zich, het gebouwtje waarvan hij aannam dat het kantoor van de kampcommandant erin ondergebracht was.

De Vietnamees opende de deur en stormde binnen. Hij bleef stokstijf staan en keek met verschrikte ogen naar de man achter de tafel. Graham richtte automatisch zijn wapen, maar zag toen dat de man dood was. Hij zat licht onderuitgezakt in een houten stoel, met een door zwart geronnen bloed omgeven kogelgat in zijn voorhoofd. Op een bizarre manier leek de kolonel zich in de laatste seconde van zijn leven tot het hindoeïsme te hebben bekeerd.

'Die bleef als een lafaard binnen terwijl zijn mannen werden afgeslacht', hoorde Graham Santos achter zich opmerken.

De Vietnamees legde een wijsvinger op zijn lippen. Daarna wees hij op het vloerkleed onder de tafel.

Graham begreep het direct. De kolonel had zich niet laf schuilgehouden, hij had de opdracht gekregen de toegang tot de schuilkelder te bewaken. Wie zich daarin bevonden kon hij wel raden.

Graham gaf Santos met gebaren van zijn hoofd en handen het bevel de tafel te verplaatsen en het vloerkleed weg te rollen. De Vietnamees schoot hem onmiddellijk te hulp. Terwijl de twee zonder wapens hun werk deden, richtte Graham de loop van zijn M16 op het deksel dat langzaam tevoorschijn kwam. Hij gebaarde de anderen hun geweren op te pakken en net als hij buiten het schootsveld te gaan staan. Daarna beval hij, nog altijd woordloos, het deksel weg te trekken.

Zweetdruppels verschenen bijna gelijktijdig op ieders voorhoofd, alsof het was gaan regenen in het gebouwtje. Degenen die onder de vloer zaten konden een granaat naar buiten gooien of een andere wanhoopsdaad stellen. Toen Santos de metalen ring greep, riep Graham: 'Stop!'

Hij bevochtigde zijn droog geworden lippen en sprak toen op luide toon: 'Jullie hebben twee keuzes: ofwel kom je met je handen omhoog naar buiten, ofwel gooi ik een handgranaat door het luik en zorg ervoor dat het gesloten blijft. Ik tel tot drie en dan wil ik een antwoord. Als ik géén antwoord krijg, gaat de granaat hoe dan ook naar binnen.'

Hij haalde diep adem en begon te tellen: 'Eén... twee...'

Het antwoord kwam in accentloos Engels. 'Oké yank, we komen naar buiten met onze handen omhoog.'

Santos trok het luik omhoog, maar stopte halverwege, zodat hij het desnoods met een klap weer kon laten vallen. De Vietnamees keek angstig, maar richtte de M16 op de vloer. De eerste die naar buiten kroop was een lange Latijns-Amerikaan met een ringbaardje. Graham twijfelde er niet aan dat dit de man was die afwisselend Fidel en Ernesto werd genoemd maar die in werkelijkheid waarschijnlijk een minder revolutionair klinkende naam had. Een Europese man van middelbare leeftijd volgde. Günther, besefte Graham direct. Hij kon een grijns van voldoening niet onderdrukken. Ze hadden een enorme slag geslagen.

'Fouilleer ze.'

Met geroutineerde gebaren ging Santos over hun kleren. Bij de Cubaan vond hij een mes, bij de ander niets. Hij smeet het steekwapen weg alsof het een vieze zakdoek was.

Graham onderdrukte de neiging in de schuilkelder af te dalen om te controleren of de twee er documenten verborgen hadden. Elke minuut die ze extra verloren verminderde hun kansen levend terug te keren in Thailand. De bevrijding van de gevangenen was het belangrijkste doelwit. De beide adviseurs levend in handen krijgen was al bonus genoeg.

'Jullie gaan met ons mee naar de helikopters. Ik waarschuw jullie: wie onderweg moeilijk doet, schiet ik meteen een kogel door zijn knie. Je hoeft niet te kunnen lopen om aan boord gehesen te worden.'

Hij zag aan de gezichtsuitdrukking dat het dreigement aankwam. Santos voelde het ook, duwde de beide mannen in hun rug en zette zo het groepje in beweging.

Ze liepen op een drafje voorbij de dode soldaat en de dode hond. Op de landingszone zag Graham dat de piloot hem een zo mogelijk nog duisterder blik toewierp dan daarstraks. Donhu sprong echter uit de helikopter en holde hun tegemoet.

'Geweldig werk! Nu is de actie een volledig succes!'

De kapitein hielp Santos de gevangenen in het toestel te brengen en gaf de Vietnamees een schouderklopje nadat hij hem zijn M16 had afgepakt. Graham was de laatste die aan boord sprong. Verbeeldde hij het zich of had de piloot, die het toestel al die tijd vlak boven de bodem had laten zweven, reeds een dot gas gegeven?

Het zicht veranderde van boomstammen in boomtoppen en daarna in openlucht. Graham manoeuvreerde met moeite naar een plek waar hij kon zitten en plofte neer. Hij zocht de gezichten af en liet opgelucht zijn adem ontsnappen toen hij Paul, Santos en de Vietnamees naast elkaar zag zitten. De gevangenen zaten aan de overkant, hun handen geboeid achter hun rug. Automatisch nam Graham zijn helm af, draaide het ding om en ging erop zitten. Het staal dat eerst zijn hersenen moest beschermen werd nu geacht zijn edele delen te vrijwaren van binnendringende kogels.

En nu een sigaret, dacht hij. Zijn rechterhand tastte in een blind gebaar naar zijn borstzak, maar versteende in de beweging toen er een ontploffing klonk.

Het toestel schudde toen er nog een granaat detoneerde en vervolgens nog een. Graham rook benzine en een brandlucht. Het geluid van de motor veranderde.

Hij zou er vergif op innemen dat ze geraakt waren.

XI

PAUL ZAG DE TWEE ANDERE HELIKOPTERS ZICH VERWIJDEREN en voelde tegelijk hoe het toestel waarin hij zat aan hoogte en snelheid verloor. De soldaten om hem heen werden met de seconde nerveuzer. Sommigen grepen de loop van hun wapen zo stevig vast dat hun knokkels er wit van uitsloegen, anderen staarden strak naar het midden van de cabine alsof er zich daar miraculeus een stalen koord zou materialiseren waaraan de helikopter omhoog kon worden getrokken.

Hij zette zich schrap voor een klap tegen de boomtoppen, maar de piloot en de copiloot leken erin te slagen het toestel stabiel te houden. Hij hoorde iemand boven het lawaai van de rotors uit gillen en verstond de woorden 'hydraulisch lek', maar wat dat betekende wist hij niet. Zijn denken blokkeerde en een gevoel van wanhoop daalde over zijn geest als een regenwolk over een bergtop. Zo dicht bij de vrijheid zijn en dan alsnog naar beneden worden gehaald door een lukraak afgeschoten mortiergranaat.

Vanaf de grond klonken hernieuwde schoten. De schade die toevallige treffers konden aanrichten leek echter bijkomstig. Paul vreesde meer het Noord-Vietnamese welkomstcomité dat hen ongetwijfeld opwachtte op de grond.

***

Graham vloekte toen hij merkte dat het toestel te zwaar geraakt was om het op eigen kracht nog naar Laos te vliegen. Hij negeerde de uitroepen om hem heen, klom moeizaam overeind en liep als een dronken zeeman door de schuddende cabine in de richting van Donhu.

'Hoe ernstig?' schreeuwde hij boven het lawaai uit.

'Te ernstig!' riep de kapitein terug. 'Hij zal hem op de grond moeten zetten.'

Tot zijn verbijstering merkte Graham dat hun toestel zich niet alleen van de twee andere verwijderde, maar blijkbaar ook rechtsomkeert had gemaakt. Direct daarop begreep hij waarom: de landingszone bij het kamp was de enige plek waar de piloot een min of meer veilige noodlanding kon maken. Hij keek naar de mannen aan boord: twee gevangenen, één geredde agent, vijf bevrijde militairen, van wie er drie serieus verzwakt waren, en acht soldaten en officieren. Met de twee gunners en de beide piloten erbij vormden ze nog een geduchte strijdgroep, maar hoe lang zouden ze het kunnen volhouden tegen Vietnamese grenstroepen? En hoeveel voorsprong zouden ze hebben op hun achtervolgers? Dat kon nooit veel meer dan een kwartier zijn.

Met een harde bonk kwam het toestel op de grond terecht. Twee krijgsgevangenen en één Thaise soldaat hadden zich niet goed genoeg kunnen vastgrijpen en donderden pijnlijk voorover. Onmiddellijk schakelde de piloot de motor uit en begon zichzelf los te maken van zijn veiligheidsgordels. Donhu brulde bevelen, afwisselend in het Engels en het Thais, maar niemand had veel aanmoediging nodig de helikopter te verlaten. De angst voor brand en explosie lag bij ieder van hen vóór in het bewustzijn.

'Santos, laat die twee niet ontkomen in de verwarring!' riep Graham de sergeant na.

Hij hielp zijn broer en twee andere krijgsgevangenen het toestel uit. Daarna duwde hij hen met weinig zachtheid voor zich uit, in de richting van de jungle. Ze moesten niet alleen uit de gevarenzone raken maar ook uit het zicht.

Hij draaide zich om en zag Donhu halverwege de landingszone en het bos frunniken aan de knoppen van een radio. Graham wilde hem toeroepen zich te haasten maar besefte toen wat de kapitein aan het doen was: de helikopterpiloot had de Phantoms teruggeroepen en Donhu gaf nu gedetailleerde aanwijzingen om wat er restte van het kamp, de landingszone en de helikopter met de grond gelijk te maken. Een bombardement met napalm zou de NVA op afstand houden en hun misschien net voldoende extra voorsprong geven.

Hij wachtte tot Donhu klaar was en verdween toen samen met hem tussen de bomen.

***

De explosies klonken ver weg, maar Paul realiseerde zich dat ze hooguit een kilometer of twee konden hebben afgelegd. Seconden later zag hij de straaljagers op geringe hoogte over hun hoofd vliegen. Het lawaai van de motoren overstemde dat van de ontploffingen. Ze waren vanuit het zuiden komen aanvliegen.

De F-4-gevechtsvliegtuigen trokken scherp op, maakten een bocht en doken vervolgens voor een tweede bombardement naar beneden. Paul hoorde juichkreten opgaan toen de toestellen opnieuw over hun hoofd scheerden en een volgende lading napalm op het kamp dropten.

'Laten we hopen dat die grenstroepen ook net zijn aangekomen', hoorde hij achter zich opmerken. Het kwam er hijgend uit. Paul wist dat Graham in een betere conditie was dat hijzelf, maar de mars moest ook hem hebben uitgeput. Het kon niet lang meer duren of de voorraad adrenaline die in hun aderen was gepompt raakte uitgeput. Hij bewoog zich enkel nog voort op een cocktail van angst en wilskracht.

'Toch raar dat die grenstroepen zo snel ter plaatse waren', hoorde hij zijn broer eraan toevoegen. Daarna zei hij minutenlang niets meer, alsof hij bang was het moreel te beschadigen met zijn opmerkingen.

Het was Schmidt die het als eerste begaf. De soldaat eerste klas uit Arizona begon naar rechts over te hellen en zakte toen ineen. Zijn benen maakten een malende beweging, alsof de onderkant van zijn lichaam nog kon voortlopen maar de bovenkant niet meer. Paul stopte en de mannen achter hem ook.

'Het is zover,' hoorde hij Graham roepen, 'onze bevrijde makkers kunnen niet meer! Zet de stretchers in elkaar om ze te dragen.'

Met een mengeling van verbazing en vreugde zag Paul hoe het commando met deze mogelijkheid rekening had gehouden. Daarna merkte hij dat er maar drie stretchers waren en dat de overige blijkbaar in de helikopter waren gebleven. Alleen degenen die totaal uitgeput waren konden gedragen worden. De anderen moesten blijven lopen.

Hijgend nam hij een veldfles met water aan van zijn broer en dronk gretig. Hij voelde zich ijl, uitgeput en opgejaagd, maar hij wilde zich niet laten kennen. Toen Graham vragend op een van de stretchers wees, schudde hij zijn hoofd.

Een van de Thaise soldaten duwde hem iets in zijn hand. Een chocoladereep, zag hij. Even voelde hij zich als die uitgehongerde Europeanen die aan het einde van de Tweede Wereldoorlog langs de kant van de weg hun bevrijders hadden staan opwachten en bedelden om sigaretten, kauwgom en chocolade, alsof het belangrijker was iets in je mond te kunnen stoppen dan diezelfde mond te kunnen openen om te zeggen wat je dacht en voelde. Maar hij waardeerde het gebaar en haalde de wikkel er direct van af.

De groep zette zich weer in beweging. Tussen de boomtoppen door zagen ze bergflanken, begroeid met struiken en nog meer bomen. Laos was zichtbaar, maar daarom niet minder ver en onbereikbaar.

***

Graham hoorde geen vogels en geen insecten. Het enige geluid dat bij hem binnenkwam was het regelmatige hakken van de machete waarmee de Hmong die de pointman was van hun peloton zich een weg baande. Graham vond het tegelijkertijd begrijpelijk en onverstandig dat de geüniformeerde bergbewoner vooropliep. Enerzijds was hij de enige die hen kon gidsen in dit onherbergzame gebied, anderzijds zouden ze waarschijnlijk verdwalen als hem iets overkwam. En iedere militair die langer dan een paar dagen in Vietnam had gediend, wist dat degene die vooropliep de grootste kans had op een boobytrap te stappen of door een sluipschutter te worden geveld.

De gedachte aan boobytraps deed hem extra transpireren. In tegenstelling tot de anderen droeg hij ook nog altijd zijn gevechtshelm in plaats van een junglehoed. Hij verlangde naar een sigaret, een biertje, de koele lakens op het bed van Angèle. Het was lang geleden dat hij aan het front was geweest en hij begreep heel goed waarom hij dat niet had gemist.

De jungletraining in Thailand schoot hem te binnen. De leiding was in handen van een oudere Brit – alweer een gepensioneerde Engelsman, alsof die de ideale docenten vormden. Ondanks dertig jaar dienst in de tropen had de man er bleek en sproetig uitgezien, wat niet wegnam dat hij meer dan eens rood van woede was aangelopen. Graham had de indruk dat hem niets meer geleerd kon worden. Hij met zijn militaire ervaring wist er vanzelfsprekend meer van dan die andere aspirant-agenten en misschien zelfs meer dan de instructeur. 'Wacht maar, Marquand,' had de Brit hem toegebruld, 'je zult wel merken dat elke jungletocht een even grote uitdaging is, ongeacht of je een veteraan bent of een groentje!' Hij had gelijk gehad.

Graham keek op zijn horloge en zag dat ze sinds de crash van de helikopter al vier uur onafgebroken in beweging waren geweest. De krijgsgevangenen hadden elkaar mogen afwisselen op de stretcher; ze hadden onderweg te eten gekregen en te drinken, maar desondanks zagen ze er stuk voor stuk asgrauw uit. Ook de anderen oogden inmiddels vermoeid. Graham begreep de beslissing van Donhu zo veel mogelijk afstand te scheppen tussen henzelf en hun eventuele achtervolgers, maar het terrein was ruw en grillig en liet hun niet toe in één rechte lijn naar de grens te lopen. Met elk uur dat verstreek werd ook de kans groter dat de Vietnamezen hen vanuit het zuiden en het noorden zouden insluiten.

De Hmong bleef plotseling stokstijf staan en gebaarde vervolgens dat iedereen zich moest bukken, terwijl hijzelf het voorbeeld gaf. Graham haalde zijn M16 van zijn schouder en hoorde achter zich geluiden van kogels die in kamers werden geschoven. Hij kroop een stuk naar voren, tuurde door de bladeren van een enorme struik, maar kon niets anders zien dan een bescheiden valleitje waar in het midden een beek stroomde. Het hoogteverschil aan beide kanten was misschien vier meter.

Donhu kwam in gebukte houding naar hen toe lopen. 'Wat heb je gezien?' vroeg hij fluisterend aan de Hmong.

De bergbewoner wees op de verrekijker op Donhu's borst en naar iets rechts bij een groep bomen aan de overkant van de beek. Graham wachtte gespannen af wat de kapitein zou melden en wist dat die bepaald geen strandtent met topless bediening had gezien toen hij hem zachtjes hoorde vloeken en de bundels spieren in zijn nek zich zag spannen en rood worden.

'Gloeiende godver, ze proberen ons de pas af te snijden!'

Hij overhandigde de verrekijker aan Graham. Die tuurde ingespannen in de richting die de kapitein had aangewezen en zag pas na enige tijd de bewegende grashalmen en takken: de typerende camouflage op de helmen van NVA-soldaten. Terwijl hij telde hoeveel soldaten zich aan de overkant door het struikgewas begaven vroeg hij zich af hoe de Hmong van die afstand mensen kon onderscheiden. Hij haalde de verrekijker van zijn ogen, zuchtte en wendde zich tot Donhu: 'Hoe komen we daar in hemelsnaam voorbij?'

De kapitein staarde zwijgend voor zich uit, alsof hij de NVA-soldaten aan de overkant kon wegkijken. Het enige geluid dat klonk was het gekabbel van de beek verderop.

'Het rendez-vous met een commando Hmong-soldaten is vanavond om acht uur. Het is nu nog niet eens middag. We hebben geen andere keus dan in beweging te blijven, maar daarmee putten we onszelf tegelijkertijd volledig uit. Het beste zou zijn een plek te vinden waar we ons een paar uur kunnen verbergen.'

Terwijl hij de laatste zin uitsprak keek hij met een hoopvolle uitdrukking op zijn gezicht naar de Hmong. Die keek uitdrukkingsloos terug, knikte toen langzaam enkele malen en zei: 'Kapitein, ik denk dat ik zo'n plek weet. Een aantal grotten, ongeveer een uur lopen hiervandaan.' Hij trok even een beteuterd gezicht vóór hij vervolgde: 'In dit tempo tenminste.'

'Is er geen kans dat de NVA die plek ook kent?'

‘Zij hebben geen Hmong-gids’, antwoordde de man met trots in zijn stem.

Graham zette de verrekijker weer aan zijn ogen en speurde opnieuw de tegenoverliggende oever af. Hij zag de soldaten verder bewegen, in zuidwaartse richting. Waar de begroeiing dunner werd zag hij af en toe een gezicht oplichten of de loop van een AK-47. Hij draaide zijn hoofd naar rechts en zocht naar eventuele volgers, maar daar waar de soldaten hadden gelopen leek het woud weer stil.

‘Kapitein, ik denk dat we met een verkenningseenheid te maken hebben.’

‘Dan is dit onze enige kans’, fluisterde Donhu. ‘We glippen tussen deze groep en de hoofdmacht door. Als we hier blijven, riskeren we ingesloten te raken. Ik vecht liever vanuit de beschutting van een grot dan vanachter een boom.’

Hij kwam half overeind en glipte terug naar achteren om de anderen van zijn voornemen op de hoogte te stellen. Graham begon weer door de kijker te turen, iets minder gespannen dan daarnet, omdat hij wist dat de Hmong ook waakte en hoe dan ook meer zag dan hijzelf.

‘Hoeveel afstand zit er tussen een verkenningseenheid en een hoofdmacht?’ vroeg hij.

‘In dit geval? Hooguit enkele kilometers’, antwoordde de Hmong zonder een spier te vertrekken.

Graham omklemde de beide lenzen alsof het trapleuningen waren tijdens een glibberige afdaling in een peilloze diepte.

***

Paul liet zich op de stretcher langs de oever en door het water vervoeren. Hij had liever gelopen, maar de kapitein had erop gestaan dat elke ex-gevangene werd gedragen. Twee Thaise commando’s droegen de stretcher, terwijl de Filippijnse sergeant en een van de piloten hen met de karabijn in de aanslag begeleidden. De Thai manoeuvreerden voorzichtig tussen de gladde stenen waarmee de bodem van de snelstromende beek bezaaid lag. Hoewel hij vertrouwen had in hun kracht en evenwichtsgevoel hield Paul zich vast aan de draagsteunen en probeerde hij zijn gewicht zo goed mogelijk te verdelen. De volle magazijnen van de M16's om hem heen konden niet voorkomen dat hij zich uitermate kwetsbaar voelde. Als er ergens verderop een Vietnamese sluipschutter lag, was hij op zijn draagbaar net zo'n makkelijk doelwit als een eendje in de schietkraam op de kermis.

Ze bereikten zonder glij- en valpartijen de andere oever en de beschutting van de bomen. Paul liet zich met een zucht van verlichting van de stretcher glijden en zag de vier mannen weer teruglopen naar de overkant om de laatste ex-gevangene op te halen. Ook Donhu bevond zich nog ergens aan die kant, samen met de gunners. Een van de Thaise commando's was bezig hun sporen zoveel mogelijk uit te wissen. De LRRP's en andere elitetroepen waartoe mannen als Donhu behoorden waren het tegendeel van bermtoeristen, wist hij. Ze hadden geleerd op te gaan in de jungle, tijdens dagenlange verkenningsopdrachten of tijdens een moordopdracht in vijandelijk territorium. Hij vermoedde dat de Thaise soldaten en de Filippijnse sergeant dezelfde intensieve training hadden gevolgd.

Graham zat op enkele meters afstand van hem gehurkt, met zijn wapen in de aanslag. Paul observeerde zijn broer en merkte de nervositeit op die hij uitstraalde. Het leek hem geen goed teken. Met elk uur dat ze vorderden en ze zich dichter naar de Laotiaanse grens bewogen, leken hun kansen te krimpen om heelhuids uit deze communistische politiestaat te komen. Paul begreep dat de Vietnamezen hen insloten en dat het enkel aan de handigheid van de gids te danken was dat ze nog niet ontdekt waren. Ineens voelde hij zich schuldig. Als hij en die andere wandelende geraamtes er niet bij waren geweest, zou dit groepje professionals er weinig moeite mee hebben uit de klauwen van de vijand te blijven, maar met dit vijftal blokken aan het been leek het wel of iedereen gehandicapt was. En wat konden hij en zijn medegevangenen doen als ze werden aangevallen? Terugschieten? Het was al zo lang geleden dat hij een M16 in zijn handen had gehad dat de kans dat hij zichzelf of een van zijn kameraden zou verwonden groter was dan dat hij een gericht schot loste.

Hij zag de Thai stuntelen met Schmidt. Ze waren vermoeid en Schmidt was zenuwachtig. Paul merkte hoe hij zijn handen en zijn gewicht voortdurend verplaatste. De stretcher begon te kantelen. Er klonk een kreet en Schmidt gleed ervan af. Hij kwam in het water terecht. Aanvankelijk dacht Paul dat hij niets mankeerde, maar toen de Thai hem weer op de stretcher hesen, zag hij dat er bloed over zijn gezicht stroomde.

'Een schreeuw!' hoorde hij Graham naast zich opmerken. 'En Donhu heeft iedereen zó op het hart gedrukt stil te zijn!'

'Er zijn geen vijanden in de buurt', antwoordde Paul op fluistertoon. 'Die wond is erger. In de tropen kan die binnen een paar uur infecteren.'

Ze zagen zwijgend toe hoe de vier naderbij kwamen. Daarna waagden de kapitein en de laatste drie andere leden van hun groep de oversteek. Met een paar sprongen stond Donhu naast hen. Hij leek even fris en onvermoeibaar als aan het begin van de dag. Hij lachte, waarbij hij een gebit ontblootte dat even indrukwekkend was als de rest van zijn lichaam.

'En nu als de donder naar die grotten.'

Paul maakte zich op voor het laatste deel van een jungletocht die steeds meer trekken van een kruisweg begon te vertonen.

***

De stank was bijna ondraaglijk. Uitwerpselen van vleermuizen en tal van knaagdieren die zich in de grotten schuilhielden vermengden zich met het vocht dat van de grotten droop tot een soort pulp die een groot deel van de bodem bedekte. Mestkevers en andere insecten konden niet tegen de verse aanvoer op werken. Graham bleef zo dicht mogelijk bij de ingang om frisse lucht binnen te krijgen. Hij moest tweemaal gebruikmaken van zijn hogere rang om een Thaise soldaat dieper de grot in te dirigeren. Ze gehoorzaamden zwijgend, maar Graham kon zich voorstellen dat ze hem binnensmonds verwensten als een *hying khaw*, een arrogante blanke.

Paul en de vier andere bevrijde gevangenen werden zo veel mogelijk bij de ingang geplaatst. Donhu maakte zich zorgen over dodelijke infecties, zeker in hun verzwakte toestand. Zelf trok hij zich met de piloten, Santos en de soldaten iets dieper in de grot terug, maar pas nadat ze de plek zo goed en zo kwaad als het ging hadden schoongemaakt. De gunners en enkele Thai waren buiten de grot geposteerd als wachten. Graham kon zich voorstellen dat ze er niet op zaten te wachten te worden afgelost.

Graham leunde tegen de ongelijke rotswand en voelde een scherpe punt in zijn rechterschouder prikken. Hij tastte in zijn borstzak en haalde er een pakje Winston uit. De luchtstroom ging de grot in. Er was dus geen reden om niet te roken.

Hij zag de gretige blik van zijn broer toen hij de sigaret in zijn mond stak, aarzelde even en gaf hem er toen een.

'Hoe lang heb je al niet meer gerookt?'

'Af en toe kregen we een sigaret', antwoordde Paul, terwijl hij zich vooroverboog naar het vuur van de aansteker. 'Als we ons goed hadden gedragen.'

'En wat verstonden zij onder goed gedrag? Oorlogsmisdaden bekennen? Toegeven dat de Verenigde Staten de agressor zijn in deze oorlog?'

Paul gaf hem een blik vol verbazing. 'Dat weet je allemaal?'

Graham nam een diepe haal. Geweldig toch, hoe die eerste sigaret na uren onthouding altijd smaakte. Daar kon geen kettingroken tegenop.

'Vorig jaar ontsnapte majoor Nick Rowe uit handen van de Vietcong. De man was in 1963 als adviseur in handen van de vijand gevallen en had vijf jaar gevangenschap overleefd. Ik heb het rapport van zijn debriefing gelezen, en dat gaf een onthullend beeld van de wrede methoden van de communisten.'

'Vijf jaar', mijmerde Paul. 'Ik geloof niet dat ik het nog een halfjaar langer had volgehouden.'

'Rowe was dan ook extreem sterk, zowel fysiek als mentaal', lichtte Graham toe. 'Een heel stel van de mannen die samen met hem gevangen zijn genomen, zijn in de tussentijd bezweken en eentje is geëxecuteerd door de Vietcong.'

'Geëxecuteerd? Wat had hij dan gedaan?'

'Kapitein Humberto Versace wilde zijn zogenaamde misdaden niet bekennen.'

Graham zag dat Paul ongemakkelijk begon te draaien. Is het enkel het idee aan de dood te zijn ontsnapt of heb je iets te verbergen? vroeg hij zich af.

'Ze hebben ook op ons voortdurend druk uitgeoefend', zei Paul na enkele ogenblikken stilte. 'Als we officieel wilden verklaren wat ze ons opdroegen, kwamen we in aanmerking voor vervroegde vrijlating. En anders...'

'...kon je nog jaren in gevangenschap blijven', vulde Graham voor hem aan. 'Heb je dingen op papier gezet?'

'Ik heb mijn verklaringen zo dubbelzinnig mogelijk gehouden.' Hij zuchtte, leek er nog iets aan te willen toevoegen, maar deed het niet.

'Ken je gevangenen die een stap verder zijn gegaan?'

Weer die aarzeling, zag Graham. Paul schoof iets dichter naar hem toe en opende zijn mond. Samen met de woorden kwam er een onaangename lucht uit.

'Gisteren is er een radioploeg uit Hanoi geweest. Die mannen hebben ons allerlei zinnen laten voorlezen. Ik kon er geen touw aan vastknopen, maar Ernesto zei dat ze de uitspraken zouden monteren tot een samenhangend verhaal.'

'Maar niet iedereen nam daaraan deel?'

'Nee,' antwoordde Paul, en hij schudde heel langzaam zijn hoofd, alsof een te bruuske beweging pijn zou doen, 'niet iedereen.'

Graham nam een lange haal en verschool zich achter de rookwolk die hij vervolgens uitblies. Het was die Oost-Duitser en die Cubaan dus toch gelukt om verdeeldheid te zaaien tussen de gevangenen. Ze wisten heel precies hoe ze krijgsgevangenen moesten verzwakken: enerzijds door ze voedsel en medicijnen te onthouden, anderzijds door hun onderlinge solidariteit te ondermijnen. Als je elkaar steunde kon je veel ontberingen aan, als je alleen stond daarentegen...

'Hoe is het thuis?'

Graham verslikte zich zowat in zijn rook. Hier zaten ze, bijna een hele dag onderweg, en nog altijd had hij zijn broer de meest essentiële informatie niet gegeven: dat hun vader en moeder gezond en wel waren, dat geen van Pauls vrienden dood was of ziek, dat de veilige en beschaafde wereld waarin hij was opgegroeid nog altijd bestond. In plaats daarvan stelde hij zich op als een professionele ondervrager, een bureaumedewerker die een veldagent aan het debriefen was. Hij schaamde zich plotseling zo dat hij bijna over zijn woorden struikelde om Paul antwoord te geven: 'Heel goed, heel goed, iedereen is kerngezond. Ze weten dat je nog leeft, maar ze weten vanzelfsprekend niet dat je nu vrij bent.'

'Ik ben nog niet echt vrij.'

Ze richtten gelijktijdig de blik op het oerwoud buiten de grot. In de verte zagen ze bergruggen. Daartussen boomtoppen met daarboven wolken mist. Waterdamp die niet kon opstijgen door de warmere lucht erboven en daardoor condenseerde. Ergens onder die boomkruinen liepen Noord-Vietnamese soldaten met Russische kalasjnikovs, elders liepen misschien ook Hmong-strijders met door de Amerikanen geschonken M16's. Ze konden alleen maar hopen dat de laatsten hen eerder zouden vinden dan de eersten.

'Tot zover zijn we nog steeds vrij', merkte Graham op.

'Al te ver zijn we nog niet', mompelde Paul.

Vroeger was mijn broer niet zo'n pessimist, dacht Graham, en voor het eerste besefte hij dat hun totaal verschillende ervaringen een kloof tussen hen hadden geschapen, een kloof die niets te maken had met hun leeftijdsverschil. Paul was niet alleen fysiek jaren ouder geworden. Hij had te vroeg in zijn leven meer dood en ellende gezien dan goed voor hem was, voor wie dan ook.

Hij haalde nog een sigaret uit het pakje en gaf die aan Paul. Daarna kroop hij half overeind en begaf zich in de richting van de twee echte gevangenen. Bij hen kon hij zich tenminste ongegeneerd als een professional gedragen.

***

Paul stak de ene sigaret met de peuk van de andere aan. Hij zag zijn broer gehurkt gaan zitten en vervolgens ook Günther en Ernesto een sigaret aanbieden. Het gebaar irriteerde hem, maar zijn verstand zei hem dat het een logische zet was. Graham moest de twee gevangenen op hun gemak proberen te stellen, in de hoop wat bruikbare informatie uit hun opmerkingen te halen. Paul kon zich alleen niet voorstellen dat zulke veteranen zich door een groentje zouden laten inpakken.

De drie spraken gedempt, zodat Paul niets meer van het gesprek kon opvangen dan wat gebrom dat door de wanden werd weerkaatst. Het stelde hem in de gelegenheid des te meer op hun lichaamstaal te letten. Günther zat er onderuitgezakt bij. Hij was ongetwijfeld moe, maar leek niet bepaald verontrust. De Cubaan daarentegen kon zijn lichaam niet stilhouden. Hij bewoog zijn vingers achter zijn rug, knipperde met zijn ogen en slikte af en toe zo krampachtig dat zijn adamsappel op en neer ging alsof het een dobber was en er een kanjer van een vis had toegehapt.

Zijn blik dwaalde dieper de grot in. De Vietnamese agent van de CIA zat met zijn rug tegen de wand er tegenover. Zijn ogen staarden nietsziend in het donker. Paul herinnerde zich de vele kleine tekenen van mededogen die Kattenkop hem het voorbije halfjaar had betoond. Merkwaardig eigenlijk, bedacht hij nu, want die daden hadden hem kunnen verraden. Zou de drijfveer van de man enkel anticommunisme zijn geweest?

De aanwijzingen van Kattenkop schoten hem te binnen: hoe je diep moest inademen, de adem vasthouden en weer uitblazen. Hij herinnerde zich hoe de oefening hem had geholpen rustiger te worden. Eigenlijk had hij ze ook na die eerste keren moeten toepassen. De stress zou minder zijn geweest.

Ademhalingsoefeningen... kwamen die niet uit de yoga? Zou Kattenkop ze hebben geleerd in een klooster? Was hij misschien een boeddhistische novice of kloosterling die gedwongen was het monnikenkleed voor een uniform te verwisselen? Dat zou veel van zijn menslievendheid verklaren.

Hij kon niet beslissen wat hij moest doen: de sigaret doven en het restant voor later bewaren om de ademhalingsoefeningen te verrichten, of op zijn gemak doorroken? Hij koos voor het roken. Het kon immers best zijn laatste sigaret blijken te zijn.

***

Günther en de Cubaan hadden uiterlijk weinig met elkaar gemeen, buiten een getaande huid en een vrij lang en mager gezicht. Graham kon zich voorstellen dat je van Vietnamese kost niet dik werd. Elke dag rijst, soms met kip, soms met vis, maar meestal met niks anders dan wat groenten erbij. Eentonige communistische kost.

'Mijn naam is Graham Marquand, luitenant bij de infanterie en veldagent bij de CIA. Jullie zien toch altijd overal de hand in van mijn werkgever? Nou, hier zit er eindelijk zo'n spion voor jullie, in vlees en bloed.'

'Er zit er daarginds nog een,' antwoordde de Cubaan in accentloos Engels, 'en die was niet slechts één dag maar maandenlang bij ons.' Graham kon met moeite een grijns onderdrukken. Zolang ze maar kletsten was het goed, hoorde hij zijn instructeur in Singapore zeggen.

'Ze noemen jou zowel Fidel als Ernesto. Wat is je echte naam?'

De Cubaan haalde de schouders op. Zijn handboeien maakten daarbij een schurend geluid tegen de rotswand. 'Wat zou het, yank? Het zijn beiden helden van de Cubaanse revolutie.'

'Een revolutie die jullie graag naar de rest van Zuidoost-Azië willen exporteren.'

'Wij geven slechts gehoor aan de oproep van onze kameraden. Ze kunnen alle socialistische broederhulp gebruiken in hun strijd tegen de yankee-imperialisten.'

De man klinkt als een communistisch handboek, constateerde Graham verbaasd. Zou hij er ook nog een eigen mening op na houden? Hij had geen zin in een dovemansdiscussie en besloot het gesprek direct over een andere boeg te gooien: 'Nog een paar uur en je bent definitief in handen van die yankee-imperialisten, señor Ernesto. Eens kijken of je kameraden ook zo hun best zullen doen jou uit een Amerikaanse cel te halen.' Hij nam een haal van zijn sigaret om zijn uitsmijter des te harder te laten aankomen: 'En waarom zouden ze dat doen voor iemand die zijn mond voorbij heeft gepraat?'

'Ik ga mijn mond niet voorbij praten, yank.'

De lichte trilling van zijn onderlip verried de toegenomen zenuwachtigheid. 'Of jij nou jarenlang hardnekkiger gaat zwijgen dan een christelijke kluizenaar of ons de oren van de kop gaat lullen doet er helemaal niet toe, compañero Ernesto, waar het om gaat is dat wij Havana zullen laten weten dát je heb gepraat. Of ze willen of niet, je superieuren zullen je niet meer kunnen vertrouwen. Gedaan met de snoepreisjes naar de communistische koloniën, bereid je maar voor op een suf bureaubaantje, ergens op een ministerie.'

De Cubaan antwoordde niets, maar zelfs in de schemering van de grot kon Graham zien dat zijn ogen fonkelden en dat hij een woede-uitbarsting moest zien te bedwingen. Tijd voor een staarsessie, besloot Graham. Hij trok weer aan zijn half opgerookte Winston en keek de ander recht in de ogen.

Het effect werd bedorven door het feit dat Günther zachtjes begon te lachen.

'Bravo, luitenant. U mag dan nog jong zijn, u weet al precies hoe u ervaren agenten moet aanpakken. Maar wat u doet is ook heel gevaarlijk.'

'Waarom dan?' Graham voelde instinctief dat hij een fout maakte. Hij stelde de ander in staat het gesprek over te nemen. Maar hij kon zijn nieuwsgierigheid niet bedwingen.

'Door zo'n reëel dreigement te uiten geeft u mijn collega geen andere keus dan zijn uiterste best te doen te ontsnappen vóór we de grens met Laos over zijn.'

De Cubaan draaide zijn hoofd met een ruk naar de Oost-Duitser. Graham slaagde er niet in zijn gezichtsuitdrukking te lezen, maar hij kon zich voorstellen dat hij de ander een waarschuwende blik toewierp. Toch niet helemaal één-nul voor Günther, besloot Graham gerustgesteld.

'En uzelf dan?'

De Oost-Duitser lachte weer. 'Ik? Wat kan mij nou overkomen? U kunt wat informatie uit mij halen, maar uw dienst kan mij nooit veroordeeld krijgen. Als ze mij voor de rechter brengen, zullen ze hun eigen regering in verlegenheid brengen. Oké, er zijn dus adviseurs uit het Oostblok in Noord-Vietnam, maar wat deden uw eigen mensen in dat land, tegen de politiek van uw president in? Dat leidt alleen maar tot lastige vragen in het Congres, van Democraten die tegen de oorlog zijn. Na een paar maanden word ik uitgewisseld voor een of andere sukkel die in Oost-Berlijn of Moskou tegen de lamp gelopen is en dat is dan dat.'

'Maar dat verandert niets aan het feit dat uw superieuren u niet meer zullen vertrouwen.'

Nu was het de beurt aan Günther de schouders op te halen: 'Wat kan mij dat verdommen, luitenant? Ik heb Stalingrad overleefd; ik ben in Korea geweest en in China. Ik heb genoeg van de wereld gezien. Mij straffen ze niet met een rustig baantje in de personeelsdienst van de KGB.'

Graham wist dat hij gelijk had. De Cubaan had veel te verliezen, de Oost-Duitser niet. Maar op wie moest hij zich concentreren? Voor hij een beslissing had kunnen nemen werd hij op zijn schouder getikt. Donhu gebaarde hem op te staan en met hem mee te lopen naar de ingang. Graham snoof de frisse woudlucht op en stootte bijna tegen de radio, die naast de ingang van de grot stond. Hij vermoedde direct dat de kapitein hem wilde spreken in verband met een boodschap die hij kort daarvoor had ontvangen.

'Slecht nieuws: de Hmong zijn in contact gekomen met een compagnie NVA.'

Graham voelde zijn hart een slag overslaan. 'En?' bracht hij met moeite uit.

'Ze zijn ontkomen, zonder veel verliezen, maar het rendezvous is uitgesteld. Ze maken een omweg en hebben ons een nieuw ontmoetingspunt opgegeven.'

Graham zag aan de gezichtsuitdrukking van de kapitein dat hun vooruitzichten door deze ontwikkeling dramatisch verslechterd waren. 'Wat nu? Gaan we vannacht op pad?'

Donhu schudde het hoofd, de riempjes van de helm schudden mee langs zijn wang. Graham vroeg zich af of hij het ding weer opgezet had om zijn hoofd te beschutten tegen vleermuizenstront.

'Te gevaarlijk. De NVA zal ook vannacht actief zijn. We hebben gekozen voor het ochtendgloren, in de verwachting dat de Vietnamezen dan minder alert zullen zijn.'

'Maar in de tussentijd is de kans dat ze ons ontdekken des te groter.'

De kapitein vertrok zijn lippen tot een dunne streep en knikte somber. 'Je kunt in de tussentijd die twee zogenaamde adviseurs wat verder uithoren.'

'Nee,' antwoordde hij, 'daar zou ik mijn tijd maar mee verspillen, vrees ik. Ik zal me bezighouden met onze infiltrant en dan proberen een paar uur te slapen. Als ik vannacht dan toch deze grot moet verdedigen, wil ik in ieder geval zelf zo alert mogelijk zijn.'

***

De man die Paul en de andere gevangenen Kattenkop hadden gedoopt heette in werkelijkheid Luong en had als voornaam An. Hij was afkomstig uit een noordelijke familie die vroeger welgesteld was geweest maar die door de splitsing van het land alles had verloren. Zijn levensverhaal beantwoordde aan het beeld dat Graham van alle agenten had gekregen die in het noorden waren gedropt, met dit verschil dat Luong fatalistischer was dan de gemiddelde infiltrant, omdat hij aan een leverziekte leed die hem niet oud zou doen worden. Dat fatalisme had hem meer risico's laten nemen dan de andere leden van de groep-Easy en paradoxaal genoeg was hij daardoor ontkomen aan arrestatie.

'We waren verraden, luitenant', zei hij, terwijl hij na elk woord met een benige wijsvinger naar de bodem van de grot wees om zijn bewering kracht bij te zetten. 'De eerste keer, bij de landing, wij nog ontkomen, de tweede keer, drie weken later, wij geen kans meer. Ingesloten.'

Luong was op zichzelf aangewezen. In een dorp stal hij het uniform en de papieren van een oudere NVA-soldaat die thuis op sterven lag en meldde zich bij een eenheid die net terug was uit het zuiden. Hij vertelde de kapitein dat hij naar huis was gegaan om zich bij zijn voorouders te voegen, maar dat de dorpsoudsten hem hadden weten op te lappen. De officier had het verhaal voor zoete koek geslikt. Zijn eenheid was gehavend uit de strijd gekomen. Hoe minder gesneuvelden er te melden waren, hoe beter. Toen hij enkele weken later toevallig opving dat er soldaten werden gezocht voor bewakingsdienst in een gevangenenkamp, bij voorkeur ouderen, had hij zich gemeld.

'En hoe kon je contact zoeken met ons? Je had toch geen radio meer?'

'Over de grens, in burgerkleding. Hmong ontmoet.'

Graham stelde zich de risico's voor die de man had genomen, vooral door weer terug te keren naar Malraux. Hij had al maanden veilig en wel in Laos kunnen zitten, in plaats van deze bevrijdingsactie mee te maken.

'Goed werk', complimenteerde hij. Eigenlijk moest hij doorvragen, naar wie van de gevangenen hadden meegewerkt met Günther en Ernesto en vooral wie niet, maar een onbestemde angst hield hem tegen. Later, hield hij zichzelf voor, dat kan later nog.

***

Paul droomde dat hij op de harde ondergrond van zijn kooi lag. Zijn benen leken afgeklemd door de ijzers, maar ook zijn armen waren met metaal vastgeklonken aan de bodem. Hij trachtte zich op zijn buik te rollen, maar de kettingen gaven nauwelijks mee, zodat hij noodgedwongen op zijn rug bleef liggen, een houding waarin hij al een eeuwigheid gevangen leek.

Hij draaide zijn hoofd naar rechts en schrok. Een reusachtige slang gleed door het donker langs zijn kooi. Het dier leek geen aandacht voor hem te hebben, maar stokte in zijn bewegingen toen het merkte dat Paul naar hem keek. Oneindig traag draaide de slang zijn kop naar hem toe. De gespleten tong werd verkennend naar hem uitgestoken. Paul voelde hoe het precieze orgaan de warmteverschillen van de omgeving mat. Gefascineerd zag hij hoe de punt heen en weer ging, keek toen weer naar de kop en schrok. In plaats van een platte slangensmoel herkende hij de gelaatstrekken van Ernesto: dezelfde ogen, dezelfde neus en dezelfde mond als de Cubaan. Geleidelijk veranderde de tong in een brandende sigaar en de bovenste laag schubben in een olijfgroen uniformjasje. Paul durfde niet met zijn ogen te knipperen, hij wilde niet bewegen, maar onwillekeurig deed hij het toch. Zijn lichaam rilde. Hij sloot uit alle macht zijn ogen en hield ze dicht, hij probeerde zijn ademhaling onder controle te krijgen, zoals Kattenkop het hem geleerd had, en slaagde erin te doen alsof hij sliep.

Na een onbepaalde tijd voelde hij dat de slang zich terugtrok. Ondanks zijn angst opende Paul een oog en zag nog net de zwiepende staart van het reuzenreptiel. Het serpent gleed door een opening in de palissades en was verdwenen.

De ijzers bleven klemmen, de ondergrond werd niet zachter en de temperatuur leek steeds verder te dalen, maar de slang liet zich niet meer zien.

XII

GRAHAM SCHOOT BIJ DE EERSTE AANRAKING AL WAKKER UIT de sluimerachtige slaap en greep in een automatisme naar zijn geweer. Hij draaide zich om en zag een soldaat boven zich staan. In eerste instantie kon hij niet uitmaken of het een vriend of vijand was, maar de fluisterende stem van Santos stelde hem gerust. Zijn mededeling was echter allerminst geruststellend: 'Luitenant, we zitten in de problemen.'

'Heeft Charlie ons ontdekt?'

'Nee, de Cubaan is ontsnapt.'

Graham krabbelde haastig overeind. In de donkere grot kon hij nauwelijks iets onderscheiden, maar bij de ingang zag hij gestalten. Ze waren duidelijk afgetekend tegen de maanverlichte nacht buiten de grot. Het moesten leden van zijn eigen groep zijn.

Het feit dat niemand eraan dacht dat ze vanuit het bos gezien konden worden was een aanwijzing voor de mate van onrust, dacht hij, of paniek.

Toen Donhu hem zag aankomen wees hij op de enig overgebleven gevangene. De Oost-Duitser stond er onaangedaan bij, nog altijd met de handen op zijn rug gebonden.

'Hoe heeft dat kunnen gebeuren?' vroeg Graham op fluistertoon.

'Slecht vastgebonden, maar waarschijnlijker is dat hij urenlang heeft zitten prutsen, net zo lang tot hij zijn handen kon bevrijden.'

De kapitein moest hoorbaar moeite doen het volume van zijn stem in bedwang te houden.

'En de soldaten buiten dan?' vervolgde Graham. 'Degenen die de wacht hielden?'

'In slaap gevallen, vermoed ik', bromde Donhu. 'Verdomde Thai. Denk je met elitetroepen te maken te hebben, liggen ze gewoon te snurken als de eerste de beste rekruut.'

'Hij is als een slang de grot uit geslopen,' mengde Günther zich in het gesprek, 'hij heeft er wel een half uur over gedaan.'

Graham en Donhu keken hem gelijktijdig aan; bij de laatste viel de onderkaak een paar centimeter naar beneden.

'En jij deed niets?' merkte Donhu op.

'Natuurlijk niet,' antwoordde de Oost-Duitser, 'waarom zou ik?'

De kapitein leek zich nu pas de absurditeit van zijn vraag te realiseren. Hij schraapte zijn keel en gaf Santos bevel de mannen en de bevrijde militairen op te trommelen. 'We blijven hier geen minuut langer', legde hij uit. 'Als die Cubaan een patrouille tegen het lijf loopt, leidt hij die linea recta hierheen.'

Graham hoorde hoe de anderen zich van hem verwijderden en bleef alleen achter met Günther.

'Je hebt hem zelf de stuipen op het lijf gejaagd,' zei de Oost-Duitser na een korte stilte, 'met je verhaal over een bureaubaantje.'

'En waarom ben jij niet met hem meegegaan?'

'Omdat ik niets te verliezen heb. Ik ga net zo lief mee naar Vientiane als terug naar zo'n junglekamp.'

Graham slikte het begin van wat een tirade had kunnen worden in en liet vervolgens een lange zucht ontsnappen. Christene zielen, het zag er met het uur hopelozer voor hen uit. En nu konden ze nog midden in de nacht door de jungle gaan struikelen, met des te meer kans dat ze een eenheid klaarwakkere en wraakzuchtige Charlies tegen het lijf liepen.

Twee Thai en een van de gunners slopen langs hem heen. Toen hij achter zich geen beweging meer hoorde, duwde hij de Oost-Duitser hardhandig voor zich uit en voegde zich bij de anderen buiten de grot. Omdat ze op een kluitje stonden was de opluchting weer in de buitenlucht te zijn maar van korte duur. De geur van zweet en ongewassen lijven was bijna net zo erg als de muffe stank in de grot.

'Is iedereen er?' hoorde hij Donhu tegen Santos zeggen.

'Ik mis de Vietnamese agent', klonk de stem van de laatste.

Graham droeg een van de piloten op Günther te bewaken en liep terug de grot in. Hij haalde een knijpkat uit zijn ransel en verlichtte de ruimte voor hem. Al snel viel het schijnsel op een zittende gestalte.

Graham was in enkele passen bij hem, maar al voordat hij hem aanraakte wist hij dat de man dood was: het heft van een mes stak uit zijn borst. De moordenaar had het wapen trefzeker in het hart van de slapende man gestoken.

Hoewel het wapen van Amerikaanse makelij was hoefde hij er geen moment aan te twijfelen welke nationaliteit de moordenaar had.

Een donkere woede maakte zich van hem meester. In plaats van al zijn energie op zijn vluchtpoging te concentreren had de smeerlap de tijd – en het risico – genomen een K-BAR-mes te bemachtigen en de CIA-agent naar de andere wereld te helpen. De woede hield niet lang aan en werd gevolgd door een vlaag van moedeloosheid. Ze hadden veel te danken aan deze agent. Hij had deze man veilig naar Laos moeten brengen en hij had gefaald – alweer.

Graham zonk naast de man neer en werd overvallen door vertwijfeling. Deze dode verdiende het begraven te worden, maar waar? En hadden ze daar nu überhaupt de tijd voor? Met elke minuut die verder tikte werden de kansen van de groep nog kleiner dan ze al waren.

Hij voelde een hand op zijn schouder. Hij keek op, richtte de knijpkat op het gezicht boven hem en zag dat het sergeant Santos was.

'Nog meer tegenslag, luitenant.'

Graham wist de energie op te brengen te knikken.

Hij kwam overeind. In die enkele seconden had hij een besluit genomen.

'Kom mee', beval hij de Filippino.

Bij de ingang van de grot zocht hij Donhu en wurmde zich tussen de mannen door. Iedereen stond al bepakt en klaar om te vertrekken.

'Kapitein, onze Vietnamese agent is doodgestoken door Ernesto.'

'Godsklere,' vloekte Donhu, 'ook dat nog! En het blijkt dat twee van de bevrijde soldaten hoge koorts hebben. Een of ander smerig virus in die schijtgrot heeft ze te pakken gekregen.'

Graham wilde vragen of zijn broer een van de twee was, maar besloot dat niet te doen. In plaats daarvan deelde hij zijn besluit mee: 'Kapitein, ik ga Ernesto achterna. Hij kan nog niet lang weg zijn en we moeten zien te voorkomen dat hij contact maakt met Charlie.'

'Neem Santos mee. Jij bent te onervaren in de jungle. Santos is een ouwe rot.'

'Dat had ik al willen voorstellen, sir.'

Hij draaide zich om en liep naar zijn bepakking. Toen hij die stond om te gespen zag hij dat Donhu hem achterna gekomen was: 'Luitenant, ik zal Santos het punt aanwijzen waar we de Hmong-strijders zullen ontmoeten.'

'Begrepen, sir.'

'En Marquand...' Er klonk aarzeling door in zijn stem, maar ook een toon die eerder persoonlijk dan militair was.

'Ja, sir?'

'Ga niet tot het uiterste. Kom levend en wel terug. We hebben al genoeg mannen verloren vandaag.'

Zonder op het antwoord te wachten liep de kapitein weer terug naar de groep, misschien uit angst dat hij te horen zou krijgen dat Graham desondanks alles op alles zou zetten en liever niet dan met lege handen terugkeerde.

Tegen het licht van de maan zag Graham dat één man zich uit de groep losmaakte en naar hem toe liep. Zwijgend zagen ze hoe de rest van de eenheid zich van hen verwijderde. Twee mannen werden gedragen, de rest strompelde achter de gids aan. De vorige avond had Graham gezien dat de tocht een flink stuk naar beneden zou gaan en niet helemaal zonder gevaren was. Zeker in het donker zouden ze makkelijk kunnen misstappen.

Van het ene moment op het andere was de laatste man verdwenen. Graham spitste zijn oren, evenzeer in de hoop als in de angst geluiden op te vangen, maar met de onzichtbaarheid kwam de geruisloosheid.

'En waar gaan wij nu heen?' vroeg hij Santos zonder hem aan te kijken.

'Exact dezelfde route lopen als gisteren, maar in omgekeerde richting.'

'Denk je dat hij dat aan het doen is?'

'Wat kan hij anders? Het gevaar te verdwalen is levensgroot. In zijn plaats zou ik trouwens een geschikte schuilplaats zoeken en de ochtend afwachten. 's Nachts is de kans te groot om te verdwalen of in een rondje te lopen.'

Graham voelde zich een stukje opveren. 'Dus we hebben nog een kans.'

'We lopen net als hij een even groot risico dat we elkaar ontdekken. De kans dat hij ons neerschiet is misschien nog groter dan andersom. Of bedoelde u dat niet, luitenant?'

'Laten we maar vertrekken, vóór zijn kansen nog beter worden', bracht Graham zuchtend uit.

***

Het zicht was goed zolang de maan een terrein bescheen dat vooral uit struiken bestond, maar verminderde dramatisch zodra ze onder de bomen kwamen. Graham vertrouwde extra op zijn oren en neus maar werd weinig wijzer van het geluid van stromend water, het gefluister van bladeren in de kruinen en het geritsel op de grond. Eén keer schrok hij zo erg dat hij zijn M16 richtte en wilde afvuren, maar de kreet was volgens Santos die van een aap die door een roofdier gegrepen werd. De sergeant liet zich nergens door afleiden, niet door apenkreten en zeker niet door zenuwen. Hij liep door het nachtelijk bos alsof hij de hond uitliet in plaats van een moordzuchtige Cubaan achtervolgde. De sergeant had zijn M16 verwisseld voor een M40, het Remington-geweer dat standaarduitrusting was voor Amerikaanse sluipschutters, en droeg het ogenschijnlijk zorgeloos met zich mee. Graham had moeite Santos bij te houden maar bleef op minder dan een meter achter hem, uit angst hem kwijt te raken. Toch herkende hij hier en daar een punt waar ze de dag tevoren waren geweest, plekken waar de machete van de Hmong-gids had gekapt.

Het geluid van stromend water werd sterker. Santos bleef staan.

'Een zijrivier van de Nam Ou', fluisterde hij. 'Als ik Ernesto was zou ik me daarbeneden schuilhouden.'

'Lekker koud en vochtig', merkte Graham op. Omdat ze zich honderden meters boven de zeespiegel bevonden, was het eigenlijk alleen goed uit te houden als je in beweging bleef. 'Waarom zou die vent uren gaan zitten rillen?'

'Omdat het geen zin heeft eindeloos door te lopen. Als hij een patrouille wil tegenkomen is dit een goede plek.'

'Fijn dat je het zegt', bromde Graham en hij rilde zelf even.

Hij merkte dat de ander zijn gepraat niet op prijs stelde en zweeg. Om kort daarop toch te vragen: 'En wat doen wij?'

'Wij doen hetzelfde.'

Het viel Graham plotseling op dat de sergeant het 'luitenant' aan het eind van elke vraag of zin weg begon te laten.

***

Graham voelde een insect over zijn arm lopen en sloeg ernaar. Hij voelde iets pletten onder zijn handpalm maar bedwong zich en veegde de smurrie af aan een blad zonder ernaar te kijken. Daarna voelde hij een mug steken op bijna dezelfde plek. Weer sloeg zijn linkerhand genadeloos toe. Dat muggenwerende spul waarmee ze zich insmeerden leek niet echt te werken. Als hij al geen kogel uit een AK-47 in zijn lijf kreeg, dan zeker een malariaparasiet in zijn bloedstroom.

Nieuw gezoem en een nieuwe tik. Het leek wel of hij een metronoom nadeed.

'Stop daarmee', hoorde hij naast zich fluisteren. En enkele seconden later werd eraan toegevoegd: 'Luitenant.'

Graham antwoordde niet en begon in plaats daarvan te krabben.

Goed dat het in het oosten al licht begon te worden. Nog even en die verrekte muggen gingen onder zeil.

Het water van de rivier onder hen werd geleidelijk steeds beter zichtbaar. Eigenlijk was het geen rivier, besefte Graham, meer een uit de kluiten gewassen beek.

Terwijl hij bijna verteerd werd door het verlangen een sigaret op te steken observeerde hij zwijgend de snelle nadering van de tropische dageraad. Binnen enkele minuten zou het licht zijn, wist hij. Kort daarop zou de temperatuur beginnen te stijgen, met alle kans op mist. Hij wierp een steelse blik op de zittende gestalte van de Filippino naast hem. Op de wallen onder zijn ogen na duidde niets erop dat de man al een hele nacht in touw was geweest. Graham probeerde te onderscheiden wat Santos zag. Met het verdwijnen van de duisternis herkende hij de plek. In feite was het een kruispunt van paden, voor zover daar in de jungle sprake van kon zijn. Jagers, smokkelaars maar ook soldaten kwamen op hun tochten geregeld op deze plaats uit, zelden gelijktijdig, maar altijd lieten ze wel een of ander spoor achter. Graham realiseerde zich dat Santos de dag tevoren plekken als deze in zijn geheugen had geprent, met daarbij een categorisering van het mogelijk belang ervan voor hinderlagen of rustpauzes. En terwijl hij dat bedacht, besefte hij ook dat Ernesto waarschijnlijk hetzelfde had gedaan. De sergeant had het juist gezien: de Cubaan zou niet het risico lopen eindeloos te gaan dwalen in de bossen. Op dit kruispunt zou vroeg of laat een eenheid van de NVA langskomen.

Hij keek op zijn horloge en maakte een snelle berekening. Hij had een fout gemaakt. Met al de uren die ze nu al op stap waren zou Ernesto het bevrijdingscommando onmogelijk hebben kunnen achterhalen. Zelfs als hij nu binnen vijf minuten een patrouille staande wist te houden en die linea recta achter de Amerikanen en de Thai aan joeg, zou die hen nooit meer inhalen.

Ze konden net zo goed omkeren, maar wraakgevoelens en het verlangen een belangrijke vijandelijke agent opnieuw in handen te krijgen joegen hem voort.

Santos haalde een verrekijker uit zijn bepakking en begon de omgeving systematisch af te speuren. Graham besloot zijn voorbeeld te volgen. Even later zaten ze beiden met een kijker aan hun ogen. Graham zag aan de overkant een ratachtig dier op de oever kruipen, zijn vacht uitschudden en vervolgens doodgemoedereerd naar de hoge varens lopen. Gefascineerd zag hij de lange staart als laatste tussen het groen verdwijnen. Pas daarna voelde hij de herhaalde tik op zijn linkerarm. Hij haalde de kijker van zijn ogen, keek in de richting die Santos zwijgend aanwees en zette het apparaat opnieuw aan zijn gezicht.

Hij herkende hem meteen. Hoewel het in de tussentijd vol vlekken was komen te staan, waren het olijfgroene vest en de rug die het bedekte onmiskenbaar die van Ernesto. Hij liep in half gebogen houding langs hun kant van de oever, maar als hij zich niet toevallig in een bocht had bevonden, hadden ze hem vanaf hun verhoging van enkele meters nooit opgemerkt.

'Hij heeft al die tijd vlak onder onze neus gezeten!' siste Graham nijdig.

Hij pakte zijn geweer en controleerde automatisch of de veiligheidspal eraf was en er een kogel in de kamer zat. Toen hij aanstalten maakte op te staan beduidde Santos hem met een kort handgebaar te blijven zitten. Graham zag dat hij een punt verderop aan de andere oever in het oog had. Direct pakte hij zijn eigen kijker. Hij zag ze vrijwel onmiddellijk: drie man in camouflagekleding. Het was zeer de vraag of ze Ernesto al hadden opgemerkt, maar de Cubaan zelf had hen al wel gespot. Dat was de reden dat hij was opgestaan en in beweging gekomen.

Graham wist dat hij snel een besluit moest nemen, maar wat was de verstandigste beslissing: eerst de Cubaan neerschieten, of eerst twee van de Noord-Vietnamezen uitschakelen? Santos wees op zichzelf, zijn M40 en de soldaten aan de overkant. Daarna wees hij naar Graham en de Cubaan verderop. Graham begreep het: met de Remington kon Santos van een afstand van een halve kilometer nog makkelijk een gericht schot plaatsen, met de M16 moest Graham dichter bij zijn doel zijn. Hij sloeg Santos zacht op de schouder en sloop er in gebukte houding vandoor.

Hij probeerde zo min mogelijk lawaai te maken, maar kon niet voorkomen dat er af en toe een tak in zijn gezicht zwiepte of dat hij bijna struikelde en zich aan een struik moest vastgrijpen. Elke keer sloeg zijn hart over van schrik, want de kans was reëel dat een van de soldaten aan de overkant de beweging waarnam en een schot plaatste. Maar zijn vrees de Cubaan niet te kunnen te stoppen voor die contact maakte met de militairen won het telkens van zijn angst opgemerkt te worden.

Doordat hij bovenaan de oever bleef en niet als de Cubaan hoefde te manoeuvreren langs en over natte stenen, won hij snel terrein. Toen hij hem bij de tweede bocht in het vizier kreeg, zag hij Ernesto staan wuiven. Hij had dan toch contact gemaakt.

Een schot verscheurde de relatieve ochtendstilte. Graham zag de Cubaan stoppen met zwaaien. Santos had aan de overkant midden in de roos geschoten. Nu was het zijn beurt. Hij had maar één kans, vóór Ernesto de andere oever bereikte en op zou kunnen kruipen.

Hij drukte af en zag Ernesto opzij vallen. Graham kon een vreugdekreetje over zijn voltreffer niet onderdrukken, maar moest zich onmiddellijk daarna zelf laten vallen toen hij een kogel over zijn hoofd hoorde fluiten. Daarna leek het hek van de dam. Rechtsachter zich hoorde hij Santos vuren, schuin tegenover kraakte het ene schot na het andere.

Twee keer probeerde hij zelf te schieten, maar telkens sloegen de kogels links en recht van hem in. Hij kroop achteruit. Een van die overgebleven kerels had het op hem voorzien. Hij bewoog naar links, keek naast zich en zag kort daarop enkele kogels ketsen op de plek waar hij zonet gelegen had. Zijn tegenstander was geen groentje.

Hij tuurde onder de takken van een varen door naar de oever. De plek waar Ernesto was gevallen, was verlaten. Graham hield zijn adem in en keek verder. Hij was niet door de stroom meegesleurd. Opnieuw richtte hij zijn blik op de plek waar hij hem getroffen had en zag toen pas hoe de Cubaan moeizaam door het snelstromende water waadde. Op de plek van zijn rechterschouder zat een grote donkere vlek. Zijn rechterarm hing slap naar beneden en hij had zichtbaar moeite zijn evenwicht te bewaren. Graham richtte opnieuw, in het besef dat een schot zijn positie zou verraden.

Hij drukte af en zag de Cubaan voorover vallen. Voor alle zekerheid schoot hij nogmaals op de zwaargewonde of reeds dode man.

Daarna krabbelde hij als een haas achteruit.

Hij richtte zijn aandacht op de andere oever. Had Santos de schutter uitgeschakeld? Hij luisterde scherp en trachtte uit de cadans van het schieten te achterhalen hoeveel tegenstanders er nog over waren. Dat was de Remington. Stilte. Dat was een AK-47. Ze waren nu met twee tegen een.

Graham kroop weer naar voren en omklemde zijn wapen. De loop voelde heet aan. Hij wachtte tot zijn gehoor de bron van het schieten min of meer kon lokaliseren.

Toen hij het punt in gedachten had gemarkeerd, pakte hij een van de handgranaten die hij bij zich droeg. Hij trok de pin eruit, wachtte enkele seconden en kwam overeind. Met een brede zwaai smeet hij het eivormige ding naar de overkant en liet zich direct erna vallen.

De klap was hard. Afgerukte takken en kluiten aarde vlogen de lucht in en kwamen meters verder neer.

Santos schoot niet meer. Graham bleef liggen en spiedde de omgeving af.

Zijn blik bleef haken aan het lijk van de Cubaan, die met gespreide armen en benen midden in het water lag. Het leek of het met zijn bloed ook zijn zonden van hem afspoelde.

De stilte was bedrieglijk, wist Graham. Toch nam hij het risico, kwam half overeind en maakte zich uit de voeten zonder al te veel moeite te doen zijn gang te camoufleren. Nog geen tien seconden later was hij terug bij Santos. Die tuurde inmiddels alweer met zijn verrekijker naar de overkant. Toen hij Graham zag, legde hij de kijker neer. Voor het eerst sinds bijna een dag glimlachte hij.

'Ik geloof dat we ze alle vier te pakken hebben, luitenant.'

De aanspreektitel leek ditmaal met eerbied te worden uitgesproken.

XIII

WAS HIJ ZEEZIEK OF GEWOON MISSELIJK? PAUL VOELDE DAT een hand zijn schouder greep en hem daaraan terugduwde in de draagbaar. Zijn bovenlichaam had erbuiten gehangen, besefte hij. Het schudden verminderde en daarmee ook de noodzaak om te braken. Hij haalde diep adem, trok de vochtige poncho dichter over zich heen en viel onmiddellijk terug in de ijlende staat tussen waken en dromen waaruit hij geregeld korte tijd bovenkwam.

Zonder zijn ogen te openen zag hij iemand naast zich lopen. Het was Jackson, de korporaal die twee jaar geleden zijn peloton had aangevoerd en die in de hooglanden was gesneuveld. Paul probeerde zijn aandacht te trekken, maar merkte dat hij niet kon praten. De Afro-Amerikaan keek strak voor zich uit. Net zomin had hij aandacht voor de mannen die achter hem kwamen. Paul herkende Natz en Rodriquez, die tijdens dezelfde slag waren gevallen, maar ook Johnson en Voltz, die in kamp Malraux waren overleden. Elk was in volledig gevechtstenue. Ieder van hen had een ernstige gezichtsuitdrukking maar niemand leek angstig, alsof ze niet het onbekende maar het vertrouwde tegemoet liepen.

'We lopen westwaarts,' hoorde hij een stem zeggen, 'waar de zon ondergaat en het leven verdwijnt.'

De stem leek niet van voor of achter hem te komen maar eenvoudigweg om hem heen te weerklinken en zich evenzeer tot hemzelf als tot de marcherende mannen te richten.

Een geleidelijk duidelijk wordend trommelen gaf de maat aan waarin de soldaten liepen. Paul probeerde zijn hoofd op te richten om te zien waar de trommelaar zich bevond, maar het voelde aan alsof het met betonblokken was verzwaard.

'Westwaarts,' herhaalde de stem, 'naar het levenloze land.'

De korporaal gaf geen bevelen en controleerde niet of zijn peloton hem wel volgde. Ditmaal was hij zelf de pointman, dacht Paul. Of waren ze dat samen?

Het trommelen ging door, in een ritme dat geen enkele maal onderbroken werd door een misslag.

***

Een hand duwde zijn hoofd omhoog, een andere zette de opening van een veldfles tegen zijn met koortsblaren overdekte lippen. Paul voelde koel water in zijn mond stromen. Eerst verslikte hij zich, daarna nam de slikreflex het over. Gulzig liet hij het vocht door zijn keel gieten.

'Drink zo veel mogelijk', hoorde hij zeggen.

Hij opende zijn ogen en zag het fris geschoren gezicht van een jonge blanke. De helm op zijn hoofd leek te groot voor zijn smalle hoofd, maar in het vage licht van de ochtendschemering herkende hij het rode kruis op de witte achtergrond. De hospik, wist Paul, de man die hem aan boord van de helikopter had geholpen. Waar waren ze inmiddels?

Een breedgeschouderde man knielde naast de hospik neer. Het gezicht onder de junglehoed werd niet alleen door zelf aangebrachte strepen gecamoufleerd, maar ook door een donkere stoppelbaard. Wie was dit nu weer? Toen wist hij het: kapitein Donhu.

'Hoe erg is deze eraan toe?'

'Even erg als de andere,' hoorde Paul de hospik antwoorden, 'hoge koorts, uitgeput, niet in staat de infectie zelf onder controle te krijgen.'

'Wat heb je hem gegeven?'

'Ik heb hem nog niets gegeven, sir. Ik zal hem kinine laten slikken, in de hoop dat dit de lichaamstemperatuur wat doet dalen, maar verder moeten deze mannen zo snel mogelijk naar een veldhospitaal voor antibiotica en andere medische zorg, anders halen ze het eind van de dag niet.'

'Kinine zal niet veel helpen, inderdaad,' antwoordde de kapitein, 'een goede slok whisky zal misschien zelfs nog beter zijn.'

De hospik duwde Pauls hoofd opnieuw omhoog en plaatste een pil tussen zijn lippen. Gedwee slikte Paul het ding door, met behulp van nog meer water. Hij liet zijn hoofd weer zakken en ademde in hoog tempo in en uit. Zelfs dit drinken en slikken leek te veel inspanning voor hem. Waar waren de marcherende soldaten? Hij mocht hen niet uit het oog verliezen.

Vaag besefte Paul dat hij aan het ijlen was. Toen het trommelen weer begon opende hij zijn ogen en probeerde uit alle macht helder te blijven. De hospik was weg, maar de kapitein zat nog gehurkt naast hem. Hij keek naar rechts. Westwaarts, bedacht Paul. Weer begon het trommelen, maar het bleek het geluid van laarzen op harde ondergrond te zijn.

'We zijn klaar om te vertrekken. Nog een paar uur en we bereiken de landingsplaats. Dan vliegen jullie rechtstreeks terug.'

Paul probeerde het gezicht te onderscheiden van de man met het merkwaardige accent, maar die zat gehurkt op de grond en hij was klein.

'Dat is goed, majoor. Ik kan echter niet meekomen. Ik heb twee man die een ontsnapte gevangene achterna zijn gegaan. Ik heb beloofd hier op ze te wachten.'

Over wie had Donhu het? Paul hoorde de ongerustheid in zijn stem doorklinken. De man met het vreemde accent die hij met 'majoor' had aangesproken antwoordde op zijn beurt: 'Ik heb het gehoord, kapitein. Ik zou hetzelfde doen in uw plaats, maar de piloot zegt dat uw missie belangrijker is.'

'Die verdomde missie lijkt tot nog toe meer levens te kosten dan te redden!'

Op deze uitbarsting reageerde de ander niet.

De mannen zwegen en Paul hoorde het trommelen weer aanzwellen. Kwam er nu weer iemand naar hen toe lopen? Met tegenzin opende hij zijn ogen. De piloot van de neergeschoten helikopter torende boven hen uit, maar het trommelen hield niet op.

'Kapitein, we zijn gereed.'

'Jullie mogen gaan, Saunders.'

'Nee, kapitein. Ik begrijp heel goed dat u hier wilt wachten op Marquand en Santos, maar de bevelen die we hebben gekregen zijn duidelijk: de bevrijde gevangenen veilig terugbrengen is belangrijker dan eventuele achterblijvers te redden. We moeten verder.'

'Wel godverdomme, Saunders, Marquand is vrijwillig die Cubaan achternagegaan en ik heb Santos bevolen hem te vergezellen. Ik heb ze beloofd hier te wachten. Ik kan ze nu niet in de steek laten!'

De majoor kwam ongevraagd tussenbeide: 'Kapitein, ik kan een kleine groep achterlaten. Als het te lang duurt of te gevaarlijk wordt, roep ik ze terug.'

Die man praat over me alsof ik er niet bij ben. Paul verbaasde zichzelf over de helderheid van zijn gedachte. Het kwam door het horen van zijn naam. Hij moest de kapitein melden dat hij al hier was. Dat ze enkel nog op die Santos moesten wachten.

Hij deed een poging overeind te komen. Onmiddellijk begon het te fluiten in zijn hoofd. Na zijn bovenlichaam één seconde te hebben laten zweven in de lucht liet hij het terugvallen.

Hij rook de lucht van half verteerd voedsel, opende zijn ogen en zag dat de piloot zich over hem heen boog. Hij moest het hem zeggen.

'Wat brabbelt-ie?' hoorde hij Donhu vragen.

'Iets over westwaarts', antwoordde de piloot.

XIV

NU ZE VOOR DE DERDE KEER DEZELFDE ROUTE VOLGDEN, WERD het pad op steeds meer plekken herkenbaar. Omdat eventuele achtervolgers hen daardoor ook makkelijker konden opsporen besloot Santos op sommige delen voor een parallelpad te kiezen, of bij mogelijke posities voor een hinderlaag zelfs voor een wijde bocht. Driemaal moesten ze een modderige stroom doorwaden en Graham kon het aantal hellingen dat hij op en af was geklommen al snel niet meer tellen. Het grensgebied tussen het noorden van Laos en dat van Vietnam lag op sommige plekken zo ver boven de zeespiegel dat het meer hoog- dan middelgebergte vormde. Voor Graham had die ligging maar één voordeel: het scheelde zes tot negen graden vergeleken bij de hitte in de Mekongdelta.

Een hagedis schoot voor zijn voeten weg. Mechanisch stapte hij voort, zonder te kijken waar het beest naartoe ging. Zijn laarzen waren bedekt met half opgedroogde modder, zijn uniform met vlekken die een veelheid aan oorsprongen hadden, van vogelstront en sap van neergevallen vruchten tot doodgeslagen insecten en zweet. Hij negeerde de viezigheid die aan alle kanten aan zijn lijf leek te plakken, de vermoeidheid die zijn spieren steeds sterker in haar greep kreeg en de honger die zijn maag deed samentrekken. Hij probeerde ook zo veel mogelijk zijn oren te sluiten voor de geluiden die vogels en zoogdieren ver boven hem in de bomen maakten, alsof ze hem uitlachten.

Hij herinnerde zich de familieleden die met blinkend uniform in zijn ouderlijk huis hadden geparadeerd. Als kind had hij ademloos naar hun oorlogsverhalen geluisterd, maar zich nooit gerealiseerd dat avontuur met ontberingen gepaard ging. Ze hadden nooit gesproken over bloedende blaren op je voeten, over een kurkdroge keel van de dorst en schele hoofdpijn door de nietaflatende spanning. John Wayne was ook altijd in topconditie in de oorlogsfilms waarin hij speelde. Graham herinnerde zich *The Longest Day*, waarin hij de rol van een generaal op het strand van Normandië vertolkte. Zijn divisie zat vast en werd door de Duitsers in de pan gehakt, maar het grootste probleem van de bevelhebber leek het feit te zijn dat zijn sigaar steeds uitging.

Santos bleef staan en gebaarde hem hetzelfde te doen. De Filippino had al zoveel uren niet meer gesproken dat Graham vreesde dat hij bij de schietpartij met de NVA-soldaten zijn tong had afgebeten.

'Ik stel voor dat we een uur of twee slapen, luitenant.'

Graham knikte, te dankbaar om een woord uit te brengen maar tegelijk te trots om toe te geven dat hij de uitputting nabij was.

Ze gingen tegen de stam van een boom zitten. Groene struiken van een bamboesoort onttrokken hen aan het zicht van eventuele achtervolgers. Santos plaatste de M40 met de loop tegen de boom maar hield zijn bepakking om.

'U bent hier niet voor getraind, wel?'

'Nee', gaf Graham toe. 'Ik werd opgeleid voor conventionele oorlogsvoering, maar ik heb een groot deel van de tijd mijn broek zitten verslijten achter het front. Ik heb meer bureaus gezien dan bunkers.'

De ander grinnikte. 'Maar u weet wel wat vechten is.'

Het klonk als een constatering, niet als een vraag. Graham knikte en zei: 'Je was er zelf bij, de laatste twee keren.'

De sergeant haalde een pakje Lucky Strike tevoorschijn en presenteerde Graham een sigaret. Dankbaar nam hij hem aan. De bamboebladeren zouden de rook wel verhullen, nam hij aan, en anders kon het de ranger op dit moment blijkbaar geen lor schelen of ze erdoor verraden werden. Je kon geen achtenveertig uur zwijgen en al helemaal niet zonder tabak.

'Hebben we nog iets te eten, sergeant?'

'Het laatste hebben we vanochtend vroeg gegeten, sir. Ik kan u hooguit wat bamboebladeren geven om op te kauwen.'

Omdat hij niet wist of de ander een grapje maakte, antwoordde Graham aanvankelijk niet. Daarna vroeg hij hem toch maar of hij ooit al gedwongen was geweest te leven van wat de jungle opbracht.

'Vaak genoeg. Toen we tegen de Huks vochten waren we soms weken achtereen in het oerwoud. Ik heb wild en vis gevangen, gevild en bereid. Ik heb eetbare noten en vruchten gezocht en water uit beken gedronken, maar ik heb soms ook dagenlang hongergeleden.'

Graham probeerde zich voor te stellen hoe hij een aap uit een boom zou schieten, stropen en vervolgens roosteren boven een kampvuur. Het leek hem een bloedbad. Eerst het doden, dan het snijden in het lijf en dan het lostrekken van de kop. Om zijn geestesoog van het onsmakelijke tafereel af te leiden vroeg hij Santos naar de weerstand van de Filippijnse guerrillastrijders in vergelijking met die van de Vietcong.

'Zelfde smeerlappen, luitenant, alleen spraken deze mijn taal en die anderen niet.'

'Je spreekt anders perfect Engels.'

'Toen de Huks bedwongen waren had ik twee opties: het leger verlaten, of mijn diensten vrijwillig aanbieden aan onze Amerikaanse bondgenoten. Ik koos voor het laatste. Nu verdien ik veel meer dan vroeger. Ik kan mijn gezin op Mindanao ervan onderhouden, mijn moeder en ook mijn broer helpen als hij weer eens zonder werk zit.'

Een hele familie die overleeft dankzij het bibbergeld van één sergeant, dacht Graham, waar een oorlog al niet goed voor kan zijn. Zwijgend rookten ze verder. De tabaksrook bleef hardnekkig hangen boven hun hoofd. Graham stond op en dreef de rook uiteen voor hij de peuk onder de hak van zijn laars uitdrukte en weer ging zitten.

'Moet een van ons niet de wacht houden?'

'Niet nodig, luitenant. Ik slaap zo licht dat ik wakker schrik van elk ongewoon geluid.'

'Dan zul je hier niet veel slaap krijgen', merkte Graham op.

'Ik val ook direct weer opnieuw in slaap.'

'Een knipperslaper dus', antwoordde Graham. Maar het hoofd van de sergeant was al op zijn borst gezakt, en zijn ogen waren gesloten.

***

Het water uit de beek waarmee ze hun veldflessen hadden gevuld mocht zo helder als glas hebben geleken, en de halazone-tablet die hij erbij had gegooid moest het zeker grotendeels ontgift hebben, maar zijn buik rommelde niet enkel van de honger. Graham voelde hoe een scheet hem ontsnapte terwijl hij over een boomstronk stapte. Toen ze even later stilstonden rook hij dat Santos ook darmgassen produceerde.

'Ja, het water', gaf de sergeant schouderophalend toe.

'Als we die scheten nou als chemisch wapen konden gebruiken...' zei Graham. 'Het is te hopen dat we geen krampen krijgen. Dat kunnen we nu missen als... als...'

'Kiespijn?'

'Ik dacht meer aan lagere regionen in het lichaam.'

Ze keken elkaar aan en lachten als schooljongens. Voor het eerst in meer dan twee dagen voelde Graham zich buiten de directe gevarenzone. Een stemmetje in zijn achterhoofd waarschuwde hem dat dit nou net gevaarlijk was, maar het slaagde er niet in het adrenalinepeil in zijn lichaam weer te verhogen. Zijn bijnieren hadden al te veel overuren gemaakt.

Ze stonden onder de laaghangende takken en grote bladeren van een wilde bananenboom. Het terrein dat zich voor hen uitstrekte glooide naar beneden en enkele kilometers daarachter weer naar boven. Nog verder, in de heiige lucht, waren de omtrekken van bergen zichtbaar. Santos wees naar de plooi in het gebied. 'Aan de overkant ligt Laos. Daar op twee uur moet het punt zijn waar we contact maken met de Hmong.'

'Als ze er nog zijn', zei Graham.

'We kunnen het al eens nagaan, luitenant', antwoordde Santos en hij haalde zijn verrekijker uit zijn bepakking. Een halve minuut later stonden ze samen de einder af te speuren. Graham wist dat hij op helmen en hemden moest letten, maar liet zich in plaats daarvan elke keer weer afleiden door een bontgekleurde vogel of een wild varken.

Van het ene op het andere moment stond hij oog in oog met een vent die op zijn beurt een verrekijker aan zijn ogen had gezet. 'Daar! Op één uur!'

Onmiddellijk draaide Santos zijn hoofd in de aangewezen richting: 'De Hmong?'

Pas het noemen van hun bondgenoot deed Graham zich realiseren dat hij niet noodzakelijk oogcontact had met een vriend. Hij keek links en rechts van de man en herkende toen de uniformen, maar het was Santos die in zijn plaats uitriep: 'Heilige maagd Maria, Charlie!'

Ze brachten gelijktijdig hun verrekijkers naar beneden, alsof dat hen onzichtbaar maakte voor de vijand.

'Wat nu?' vroeg Graham.

'Bukken en naar links!' riep de sergeant. Graham deed blindelings wat de ander zei. Ze verdwenen al snel achter andere bananenbomen en vervolgens in de struiken. Daar bleef Santos staan, nam de Remington van zijn schouder en maakte het geweer schietklaar. Graham volgde zijn voorbeeld met de M16.

'Luitenant, we geven de indruk dat we ons van de vijand af bewegen maar we gaan in plaats daarvan recht op hem af, sluipend en ongezien.'

Graham begreep het meteen en knikte. Altijd doen wat de ander niet verwacht. Bovendien hadden ze geen keuze. Hun enige kans lag bij de Hmong – als die er tenminste nog waren. En anders was het nu enkel nog een kwestie van tijd en uithoudingsvermogen voor het onvermijdelijke einde.

Ze lieten zich op de grond vallen en begonnen te kruipen, eerst terug in de richting waar ze net vandaan kwamen, daarna schuin naar beneden. Graham bleef angstvallig dicht op de grond en liet zijn ellebogen enkel daar neerkomen waar die van Santos eerst geweest waren. Het ging hem veel te langzaam en hij voelde zich veel te naakt. Het idee zich in de richting van de vijand te begeven druiste lijnrecht in tegen zijn instinctieve reactie zich zo ver mogelijk uit de voeten te maken.

Na wat voelde als een kleine eeuwigheid kruipen, stokte Santos in zijn bewegingen. Zonder zich om te draaien gebaarde hij naar Graham zich nog dichter tegen de grond te drukken. Graham perste zijn neus bijna in de bodem en deed intussen zijn best zijn jachtige ademhaling onder controle te houden. De zon brandde op zijn handen, het zweet liep onder zijn helm in zijn nek, en over zijn benen voelde hij mieren lopen. Terwijl de seconden dreigend voorbij tikten vroeg hij zich af hoe lang ze hier zouden moeten blijven liggen.

Toen hoorde hij het geritsel.

Het was misschien op vier of vijf meter van hen vandaan en Graham wist direct wat het betekende: het geluid van soldatenbenen en -lijven die langs de struiken en door het lange gras slopen. Graham probeerde te tellen hoeveel militairen het waren. Twee, drie, vier... het was onmogelijk na te gaan of hij slechts één of meerdere soldaten tegelijk hoorde. Ineens klonk er ook gemompel. '*Chú ý*', hoorde hij, en toen nog eens: '*Chú ý*.' Graham hield zijn adem in en bracht zijn rechterwijsvinger naar de trekker. Wie het ook was die 'opgelet, opgelet' had gemompeld, hij was verrekte dichtbij.

Uitgerekend op dit moment ontsnapte Santos een wind. De scheet maakte geen geluid, maar Graham kon de stank al snel ruiken. Weer hield hij zijn adem in, maar ditmaal niet enkel uit schrik.

Het geritsel hield aan, maar het verwijderde zich van hem. Hij onderdrukte de neiging zijn hoofd boven de bladeren uit te steken en bleef liggen. Minuten gingen voorbij, minuten waarin de bewegingloosheid van de lucht om hem heen tweemaal werd verstoord door nog een scheet van de sergeant. Graham draaide zijn hoofd naar links en naar rechts in een vergeefse poging de stank uit zijn neusgaten te weren. Slechts heel langzaam verwaaiden de darmgassen.

Hij had het gevoel dat ze al uren op de grond lagen toen Santos opnieuw begon te kruipen. In een slakkentempo gingen ze verder in de richting van de plek die hij daarstraks, onder de boom, had aangewezen. Naarmate ze het dieptepunt van de plooi naderden ging de Filippino sneller kruipen. Graham besefte waarom: vanaf de overkant zouden ze nu zichtbaar worden, zeker voor een officier met een verrekijker. En met één gericht schot van een mortiergranaat vlogen ze in tientallen stukken uiteen.

Ze zaten onder het zand, onder de mierenbeten en onder de vegen, waar de grond en hun zweet zich met elkaar hadden vermengd. Toen hij zich voldoende beschut voelde door olifantsgras waagde Santos het half overeind te komen. Hij pakte de verrekijker en speurde zo goed en zo kwaad als het grasgordijn het hem toestond de omgeving af.

'Niets meer te zien', zei hij hijgend. 'Dat was door het oog van de naald, hè?'

'Zeker met die scheten van jou.'

'Ik vraag me af of ze het wel geroken hebben', antwoordde de sergeant ontwijkend. 'Het is zo goed als windstil vandaag.'

'En wat doen we nu?' veranderde Graham van onderwerp.

Santos wees recht vooruit. 'Ik schat nog een half uurtje.'

'Als we als baby's zo voort blijven kruipen, bedoel je. Ik zal geen knieën meer overhebben als we het halen.'

***

Graham wist onmiddellijk dat hij geen NVA-soldaat voor zich had maar een Hmong-guerrilla toen hij het hoofddeksel zag dat de kleine man droeg: een Franse baret in plaats van een platte helm. Op zijn beurt herkende de ander hem ook direct als een Amerikaanse officier. Ze lieten bijna gelijktijdig de loop van hun wapen zakken.

Achter de eerste Hmong verscheen een tweede en toen een derde. De laatste lachte.

Graham gebaarde naar Santos, die achter hem uit de struiken kroop. Ook hij lachte. De wederzijdse opluchting was bijna voelbaar in de lucht om hen heen. Toch gehoorzaamde hij ogenblikkelijk toen een van de Hmong zorgelijk in de verte keek en met een beweging van zijn linkerarm duidelijk maakte dat ze moesten voortmaken.

Nadat hij zo lang leek te hebben gekropen dat zijn benen het lopen wel moesten hebben verleerd, was het een opluchting en zelfs een genot ze eindelijk weer te kunnen strekken. Op een drafje volgden ze de guerrillastrijders, die als gemzen over stenen en stronken sprongen. Bijna aan de top van de heuvel bereikten ze de eenheid waarvan de drie strijders die hen hadden opgepikt een vooruitschoven groepje vormden. Graham zag een M60-machinegeweer en een M79-granaatwerper tussen de rotsblokken opgesteld. Als de Vietnamezen hen hier wilde aanvallen, zouden ze het niet makkelijk krijgen terwijl ze de heuvel bestormden. Een klassiek gekozen en verdedigd punt, zag hij.

Graham werd naar een man in een officierspak gebracht. De outfit leek een samenraapsel van uniformdelen uit verschillende landen. Het jasje was Amerikaans, de pet ook, maar de broek kwam hem niet bekend voor en het pistool in de holster had verdacht veel weg van een Duitse Luger.

'Welkom terug, luitenant Marquand.'

De man leek oprecht blij hem weer te zien. Graham op zijn beurt was blij zijn naam te horen noemen. Hij nam met beide handen die van de ander vast, bedacht toen dat dit wellicht wat te familiair was, liet ze weer los en salueerde op militaire wijze.

De Hmong salueerde terug. 'Majoor Txawj Pov van het Hmongleger, luitenant.'

'Ik had nooit gedacht zo blij te zijn een officier van een vreemde krijgsmacht weer de hand te kunnen schudden. Bedankt dat jullie op ons hebben willen wachten.'

De ander lachte: 'Mijn naam betekent "Hij die goed kan werpen". Als de Vietnamezen u daar aan de overkant hadden gepakt, had ik hen van hieruit kunnen raken.'

'Ze hadden u ook "Hij die moedig wacht op zijn bondgenoten" kunnen noemen, majoor.'

'Dat hebt u te danken aan kapitein Donhu.'

'Donhu? Weet u waar hij is, majoor?'

'Vanochtend is hij teruggevlogen naar Thailand, vanavond vliegt hij weer terug naar onze basis.'

'Speciaal om ons op te halen?' mengde Santos zich in het gesprek.

De majoor haalde oprecht verbaasd zijn schouders op: 'Waarvoor anders?'

***

De avond was al gevallen toen ze in het dorp aankwamen. De hutten zagen er primitief uit en vormden een vreemd contrast met de moderne wapens die de mannen droegen. Aan de ene kant beschikte dit bergvolk dankzij regelmatige droppings van de CIA over alle middelen om een twintigste-eeuwse oorlog te voeren met hun erfvijanden, de Vietnamezen, aan de andere kant kookten en sliepen ze nog alsof ze het stenen tijdperk nauwelijks ontgroeid waren. Graham zag een draagbare transistorradio staan in de hut waarin hij werd ondergebracht, maar toen hij de vrouw met handen en voeten om water vroeg om zich te wassen keek ze hem niet-begrijpend aan. Wat moest ze met verre stemmen die ze niet verstond? Hij zeeg neer op een mat, smeet zijn helm in een hoek en trok zijn laarzen uit. De stank deed niet onder voor die van de winden die hij de hele middag had geroken. Hij trok zijn sokken uit en zag op elke voet een bloedzuiger zitten die zich al stevig had gevuld. Zuchtend stak hij een sigaret op en brandde het dier vervolgens met de punt ervan weg. De beestjes leken licht te sissen toen hij ze aanraakte.

De vrouw kwam weer binnen, trok even haar neusvleugels op en kwam daarna glimlachend op hem toelopen met een kom. Graham produceerde een vermoeide versie van een glimlach om haar te bedanken en nam de kom van haar aan. Hij zag rijst, met daarin stukjes gebakken banaan en iets wat op vlees leek. Onmiddellijk begon hij er met zijn handen van te eten.

Hij liet geen korrel achter. Toen de kom leeg was, nam de vrouw hem weer terug en overhandigde Graham zijn inmiddels gevulde veldfles. Hij aarzelde even. In het ergste geval bleef hij er nog langer van stinken...

Terwijl hij gulzig dronk keek hij naar de vrouw. Ze droeg kleding in lagen die het grootste deel van haar lichaam leken te bedekken. Graham zag dat er sprake was van verschillende kleuren, maar door de schaarse verlichting kon hij die niet precies bepalen. Haar haren waren strak naar achteren gekamd, wat haar egale en mooie gezicht goed naar voren liet komen. De enige ontsiering waren enkele ontbrekende tanden.

Haar schoonheid kon hem echter nauwelijks bekoren. Zijn ogen leken tegen zijn wil dicht te vallen. Hij legde zijn hoofd op de mat en viel in slaap.

***

'Luitenant?'

Graham voelde de stem en de vraag van verre komen. Hij had de indruk dat hij zijn bewustzijn een trap op moest zeulen en van een kelder naar een zolder brengen. Met grote tegenzin opende hij zijn ogen. Twee gestalten zaten gehurkt naast hem.

'Marquand, wakker worden. De helikopter staat klaar. We vertrekken onmiddellijk naar Udorn.'

Hij had moeite zijn blik te focussen. De stem kwam hem bekend voor, maar de man zelf niet.

'Luitenant, wij zijn het: kapitein Donhu en sergeant Santos.'

Dat leek de raderen eindelijk in beweging te zetten. Hij kwam overeind en wreef zijn ogen uit. Het leek wel of zijn oogleden nog maar één stand kenden: dicht.

'Ik was net in slaap gevallen.' Zijn eigen stem klonk hem in de oren alsof die uit een kapotte luidspreker kwam.

In slow motion greep hij naar zijn sokken en trok ze aan. Ze voelden nog altijd vochtig. Daarna tastte hij naar zijn laarzen.

'Je hebt vijf uur kunnen slapen', bromde de kapitein.

'Waarom die haast? Alles is toch voorbij?'

'Voor ons, maar niet voor jou, luitenant', hoorde hij Donhu antwoorden.

Met vertraging registreerde Graham de onrust in de woorden van de kapitein. 'Hoezo niet voor mij?'

'Levi is opgedoken. Hij wil een arrestatiebevel tegen je uitvaardigen. Voorlopig is het er nog niet, maar je zult je moeten verantwoorden.'

Grahams stopte halverwege het aantrekken van de eerste laars. 'Dus u komt mij alvast aanhouden, kapitein?' Het klonk uitdagender dan hij bedoeld had.

'Doe niet zo gek, Marquand. Ik kom je de kans geven jezelf voor te bereiden. Hoe eerder je in Vientiane bent, hoe meer kans je hebt Levi's beschuldigingen succesvol aan te vechten.'

'Waar beschuldigt hij mij dan van?'

'Hoogverraad.'

Een smet op het karma

'In hoarse amazement I asked: "If you knew where I was, why didn't you come and get me out?" One of them looked me right in the eye and responded: "We don't know. That's not our job. I can't give you an answer."'

– Frank Anton,
Why Didn't You Get Me Out? – A pow's Nightmare in Vietnam

XV

Het eerste halfuur was Graham nog bang geweest voor vijandelijke treffers vanaf de grond, maar naarmate ze dieper Laos in vlogen nam die angst af. Het land beneden hen leek aardedonker. Nergens een stad met vrolijke verlichting of zelfs maar een weg afgelijnd met lantaarnpalen. Slechts zelden zag hij iets oplichten, alsof het hele land uit niets dan jungle bestond.

Zowel Donhu als Santos maakte een afgematte indruk. De laatste moleculen van de adrenaline die hen dagenlang op de been had gehouden leken te zijn afgebroken. Spieren deden pijn, blaren waren aan het verdrogen, botten kraakten. Hij wist uit ervaring waar ze naar verlangden: toiletpapier, een douche, een bed met lakens, waarschijnlijk ook nog in die volgorde.

Terwijl het lawaai van de rotorbladen langzaam maar zeker zijn gehoor afstompte, vroeg hij zich af hoe hij in godsnaam zijn onschuld kon bewijzen. Toen hij twee dagen geleden Angèle met de bewusteloze Levi had zien wegrijden, had het probleem hem zo goed als opgelost geleken, nu diende het zich weer in alle hevigheid aan. Natuurlijk bezat Levi geen enkel hard bewijs tegen hem, maar Graham had de schijn tegen en de bevrijdingsactie was, vanuit het standpunt van de inlichtingendienst, eigenlijk maar een half succes geworden. Twee dode agenten. Levi kon gemakkelijk beweren dat de Vietnamees niet door Ernesto maar door Graham was vermoord, de Cubaan was er niet meer om het te ontkennen of bevestigen.

Hij waardeerde de loyaliteit van Donhu. Hoewel de kapitein geen werkelijk persoonlijk risico nam door hem op de hoogte te stellen en terug naar Thailand te brengen – er was nog geen arrestatiebevel uitgevaardigd – balanceerde hij hiermee toch op het randje van insubordinatie. Wie zou er nog zo volledig van zijn onschuld overtuigd zijn? Angèle, dacht hij, maar hoe kon de vrouw van een diplomaat hem behulpzaam zijn? Door zijn affaire met haar was de ellende eigenlijk allemaal begonnen.

Graham besloot dat hij te moe was om helder te kunnen nadenken. Eerst een nacht slaap in een echt bed en morgenochtend fris geschoren en in schone kleren de terugreis naar Vientiane aanvangen. Onderweg, om de haverklap remmend en stoppend voor overstekende buffels, kinderen of honden, zou hem wel iets invallen.

Het koninkrijk beneden schoof ongezien onder hem weg, een land waar dag en nacht elkaar net zo regelmatig afwisselden als oorlog en vrede.

***

Terwijl de helikopter landde, zag Graham op een van de andere banen een vliegtuig opstijgen. Hij kon het type niet onderscheiden maar vermoedde dat het een toestel was dat de nachtelijke troepenbeweging op het Ho Chi Minh-pad in kaart ging brengen. Misschien werd het bestuurd door dezelfde piloot die hen tijdens de nachtelijke verkenningsvlucht tot aan de Vietnamese grens had gevlogen. Het wantrouwen dat de man eerder had getoond, herinnerde Graham aan zijn huidige precaire situatie.

Moeizaam klom hij uit het toestel. Zijn M16 kwam hem plotseling nutteloos voor. Hij wilde het geweer zo snel mogelijk inleveren bij de wapenkamer, maar bedacht toen dat er een taak op hem wachtte die dringender was.

'Liggen mijn broer en de andere bevrijde soldaten in het veldhospitaal van de basis?'

Donhu knikte: 'Ze laten hen hier aansterken, zodat ze hier ook gedebriefd kunnen worden. Er is ook nog geen communiqué over de actie naar buiten gebracht.'

Graham bleef staan, verrast door wat hij hoorde: 'Dus alles wat we hebben gepresteerd is nog steeds *top secret*?'

De kapitein knikte weer, de wallen onder zijn ogen leken mee te bewegen: 'Je hebt kans dat we opnieuw worden uitgezonden nog voor iemand weet dat we kort geleden ons leven hebben geriskeerd.'

Er klonk bitterheid door in de woorden van de ranger. Het was voor het eerst dat Graham een andere houding dan de gebruikelijke strikte plichtsbetrachting, bij hem hoorde doorschemeren. Hij keek van de kapitein naar Santos om te zien of die hetzelfde voelde, maar de sergeant stond erbij als een vermoeide sfinx.

Graham schudde elk van hen de hand. Het voelde als een onbeholpen gebaar na de dagen die hij met hen in de jungle had doorgebracht en ieder zijn leven aan de ander had toevertrouwd, maar alles leek op dit moment uit balans. Toen hij in de door Donhu aangewezen richting liep, keek Graham nog eenmaal om, maar de twee waren nog slechts contouren in het licht van de felle lampen van de luchtmachtbasis. Binnen enkele maanden zouden ook hun gezichten niet meer zijn dan een vage herinnering.

***

Bij het kleine hospitaal werd hij opgevangen door een arts, een lange, slanke man van middelbare leeftijd, met blond haar dat niet leek te kunnen kiezen of het eerst bleek moest worden van de tropenzon of grijs van de zorgen. Graham was te moe om te beseffen dat de man waarschijnlijk van een hogere officiersrang had en hij vroeg zonder omwegen naar zijn broer.

'Uw broer is hier, maar met zijn verzwakte afweer kan ik hem niet blootstellen aan de wandelende verzameling bacteriën die u momenteel bent.'

De afkeer die de arts uitstraalde leek als een derde persoon in de kleine ontvangstruimte aanwezig. Graham wierp een snelle blik over de schouders van de man, en zag de rij bedden met slapende gestalten, slechts van elkaar afgeschermd door een dik gordijn. Hij werd overvallen door een verlangen zelf tussen de kraakschone lakens te kruipen. Hij deed een stap achteruit om de legerarts niet verder nodeloos te provoceren.

'U hebt gelijk. Ik zal me eerst douchen en omkleden en dan...'

'Gaat u toch eerst slapen', onderbrak de ander hem. 'U ziet eruit alsof u al dagen geen nachtrust meer hebt gehad. Trouwens, uw broer is momenteel diep onder zeil en hij heeft dat ook hard nodig. Ik stel voor dat u morgenochtend na het ontbijt komt. Dan zult u ook een zinniger gesprek met hem kunnen voeren dan die slaapdronken conversatie waartoe u beiden nu in staat zult zijn.'

Graham zag in dat discussiëren geen enkele zin had. De dokter sprak vriendelijk, maar was ondertussen even onverzettelijk als een bergmassief. Hij salueerde – minder spottend en meer respectvol dan hij van plan was geweest – en draaide zich om.

Doelloos liep hij over het terrein van de luchtmachtbasis. Het kleine veldhospitaal had hij snel gevonden simpelweg door er naar te vragen, maar waar zou hij kunnen douchen en slapen zonder zichzelf te hoeven registreren en zo het risico te lopen dat iemand reageerde met: 'O, maar u staat op mijn arrestantenlijst. Komt u maar even mee'? Hij kon natuurlijk brutaalweg proberen zijn koffer terug te vragen en vervolgens een barak binnenlopen en op een bed neerploffen.

Hij zag het depot, dat hij zich herinnerde van de vorige keer. Tot zijn verbazing was het nog geopend, ondanks het late uur. Achter de balie stond een Spec 4 met donker, achterovergekamd haar. Hij zag eruit alsof hij zich net gewassen en geschoren had. Toen Graham binnenkwam was zijn aandacht volledig gericht op een opengeslagen tijdschrift. Met tegenzin richtte hij zijn blik op de luitenant.

''Avond, luitenant.'

Graham kon niet uitmaken of de man een zwaar accent had of geen zin had werkelijk beleefd te zijn. Hij besloot het te negeren.

'Goedenavond. Ik kom twee koffers ophalen. Ik heb ze enkele dagen geleden in bewaring gegeven bij een collega van je.'

'Die collega is er nu niet. Ik hoop voor u dat hij uw koffers niet heeft meegenomen.'

‘Natuurlijk niet’, reageerde Graham licht geërgerd. ‘Hier is het reçu.’

De ander nam het ongeïnteresseerd aan. ‘En waar zijn uw overige papieren? Marsorders bijvoorbeeld.’

‘Die heb ik niet, maar voor het afhalen van een paar eenvoudige koffers zijn die ook niet nodig.’

‘Ik heb de regels niet gemaakt, luitenant, maar ik word wel geacht ze stipt na te leven. Als u geen papieren hebt voor mij, heb ik geen koffers voor u.’

Graham zuchtte. ‘Als ik je zou zeggen dat ik net van een geheime missie aan de Laotiaanse grens kom, zou je dan begrijpen dat ik daar geen papieren van heb?’

‘Wat mij betreft zou u net van de maan kunnen komen, dan nog moet ik dat kunnen verantwoorden.’

‘Man, neem dit reçu, noteer voor mijn part dat er een officier kwam zonder alle vereiste papieren en dat die voor de krijgsraad moet worden gesleept, maar geef mij die verdomde koffers!’

‘Ik zeg niet dat u de kogel verdient, luitenant, ik zeg enkel dat ik dit voor u en mezelf moet kunnen oplossen. Dat kost tijd en moeite.’

Omdat hij niet wilde geloven wat hij hoorde drong de boodschap met vertraging tot hem door. Toen het kwartje echter viel, bracht hij bijna zonder nadenken uit: ‘Hoeveel?’

‘Tien dollar.’

Graham keek de man recht in de ogen, maar het enige wat dit opleverde was de vaststelling dat die wel erg helderblauw waren. De ander gaf geen krimp en bleef hem verwachtingsvol aankijken. Vast een houding die hij al vaak heeft kunnen oefenen, dacht Graham. Als ik nu opmerk dat hij corrupt is, antwoordt hij met een stalen gezicht dat hij die koffer hier gerust nog een maand wil laten staan, en nog steeds zal hij geen enkele keer met zijn ogen geknipperd hebben.

Hij sloeg zijn ogen neer en gorde zijn bepakking los om het geld tevoorschijn te halen. Even vroeg hij zich af wat hij moest zeggen als er nu iemand binnenkwam – een oude speelschuld? – en liet het biljet toen snel van eigenaar verwisselen. De baliebediende stopte het achteloos in zijn broekzak, bekeek het reçu alsof hij er voor het eerst een zag en verdween naar achteren.

Toen Graham zijn koffers aannam bedacht hij dat de oplossing van dit ene probleem misschien ook dat van zijn andere was: 'Heb je een plek waar ik kan douchen en slapen?'

'Ook zonder formulieren, neem ik aan?'

Graham glimlachte: 'Je mag dan duur zijn, je bent tenminste vlug van begrip.'

'Ik ben helemaal niet duur, luitenant. Als u de tweede barak links instapt hebt u zo een bed voor het uitkiezen. De douches zijn er vlak naast. Ik hoop voor u dat er nog warm water is.'

'En als er anderen komen? Grondpersoneel, piloten, wachttorenbemanning...'

'Er komt daar niemand. De barak is leeg en wacht op een nieuwe groep. Die komt pas overmorgen.'

Graham wilde er een biljet bij leggen maar de soldaat wimpelde het af. 'Wat denkt u wel, luitenant? Dat in het leger overal een prijskaartje aan hangt?'

Opgelucht en tegelijk beledigd nam hij de twee koffers op en maakte aanstalten naar buiten te lopen: 'Ik kom er niet achter of je het serieus meent of een grapje maakt.'

'Toen ik gekeurd werd voor de dienst vroeg niemand naar mijn gevoel voor humor, luitenant. Ik wens u nog een aangename nachtrust.'

Hij wijdde zich weer aan zijn tijdschrift en sloeg achteloos een bladzijde om. Het naaktmodel op de foto keek ook of ze haar werk bijzonder ernstig opvatte.

***

Hij droomde over Ernesto. Hij achtervolgde de Cubaan door een ondiepe maar brede rivier, waarvan het stroperige water tot aan zijn middel kwam. De weerstand van het water was enorm. Net als Ernesto leek hij de andere oever maar niet te kunnen bereiken en ook de afstand tussen hen beiden bleef dezelfde. Zijn armen werden zwaar omdat hij de M16 voortdurend boven zijn hoofd moest houden. Ook zijn bepakking voelde steeds zwaarder aan, waarschijnlijk omdat er water in sijpelde.

Aan de andere oever zag hij zijn broer Paul staan, en daarachter Donhu en Santos. De drie moedigden hem aan en leken geen oog te hebben voor de Cubaan. Graham zag dat Ernesto een M1 boven zijn hoofd hield – waar had hij dat geweer ineens vandaan gehaald? – en aanlegde. Graham schreeuwde tegen de drie dat ze dekking moesten zoeken, maar ze hoorden hem niet. Een schot knalde...

...en daarna nog een. Graham schrok wakker en hoorde de jeep zich verder van de barak verwijderen. Het droombeeld werd al snel verdrongen door dat van de lege barak. Zonlicht sijpelde binnen langs alles wat tegen de wanden was geplaatst of gehangen om de warmte die daarbij hoorde buiten te houden. Hij bracht zijn rechterarm voor zijn ogen en las de tijd af op zijn horloge: bijna half zeven. Hij had ongeveer zes uur geslapen, niet genoeg om zijn slaapschuld in te halen, maar wel voldoende om in staat te zijn een nieuwe dag te beginnen.

Pas toen hij zich had gewassen en zijn burgerkleren had aangetrokken rook hij hoezeer zijn uniform en zijn laarzen stonken. Omdat hij niet wist of hij ze de komende tijd nog nodig had, legde hij het uniform opgevouwen met een vies gezicht in een van de koffers, sloot die af en liep gepakt en gezakt naar buiten. Hij voelde zich evenmin op zijn plaats als een toerist op een galgenveld, negeerde de verbaasde blikken die hij her en der opving en stapte onvermoeid door naar de plek waar hij zijn Chevrolet had gedeponeerd. De overgebleven granaten, munitie en de M16 had hij simpelweg achtergelaten in de barak.

Opgelucht constateerde hij dat de auto er nog stond. Hij deponeerde zijn koffers in de achterbak, zette zijn zonnebril op en liep met heel wat meer zelfvertrouwen naar het veldhospitaal. Daar werd hij niet ontvangen door de dokter die hem de vorige nacht had afgewimpeld, maar door een verpleegster. De blonde vrouw bekeek hem nieuwsgierig maar niet afkeurend. Hij toonde zijn papieren, zei voor wie hij kwam en toonde zich van zijn beminnelijkste kant. Zonder verdere vragen te stellen bracht ze hem naar een bed in een van de hoeken van de rechthoekige barak. Graham herkende meteen het ingevallen gezicht van zijn jongere broer. Paul staarde nietsziend naar het houten plafond. Op het kastje naast zijn bed stond een half leeggedronken glas thee. Onder het kastje zelf zaten wieltjes, net als onder het bed. Alles leek mobiel in dit veldhospitaal. Graham betrapte zich erop dat hij heel even naar de voeten van de verpleegster keek, alsof hij verwachtte dat ze rolschaatsen droeg.

'Dag broertje. Je ziet er al veel beter uit dan eergisteren.'

Langzaam draaide Paul zich naar hem toe. Zijn ogen lichtten op, zijn mond vertrok zich in een glimlach, maar dit gebeurde allemaal uiterst traag, alsof de lucht voor hem in stroop was veranderd. Even flitste zijn droom door hem heen, maar de herinnering was te vluchtig om vast te houden. Graham wachtte tot de verpleegster zich van hen verwijderde en hurkte toen naast het bed neer.

'Ik kon onderweg niet stoppen voor een fruitmand.'

'Ik ben blij dat je er bent. Ik had gisteren het gevoel dat ik al halverwege aan gene zijde was. Maar nu hebben ze me platgespoten met antibiotica. Een of andere schimmel uit die grot die mij en de anderen te pakken had. Het ergste heb ik nu wel doorstaan, maar ik voel me slapper dan ooit.'

'Je gaat nu snel terug naar de wereld, naar huis.'

'O nee, ze hebben me nog van alles te vragen, hoorde ik van een dokter. De eerste dagen kan ik trouwens weinig anders doen dan liggen en staren.'

'Maar dat is toch een enorme vooruitgang ten opzichte van dat junglekamp?'

Paul glimlachte weer. Het ging niet vanzelf en even kreeg Graham de indruk dat hij zichzelf slechts met de grootst mogelijke krachtsinspanning voor de poorten van de hel had weggesleept. Het schuldgevoel dat de voorbije twee jaar bijna een automatisme was geworden als hij aan zijn broer dacht, stak de kop weer op.

'Zelfs voor Günther en Ernesto is het een vooruitgang dat ze hier zijn.'

Graham realiseerde zich dat Paul niets had meegekregen van de vlucht en de dood van de Cubaan en besloot erover te zwijgen. Hij voelde zich tot niets anders in staat dan het debiteren van bemoedigende zinnen. Het leek of er een muur van gewapend beton tussen hen in was geplaatst. Misschien dat dit gevoel van afstandelijkheid zou verdwijnen zodra alle moeilijkheden achter de rug waren, die van Paul en die van hemzelf.

'Ik moet zelf ook nog gedebriefd worden', merkte hij op. Terwijl hij het zei besefte hij dat het een excuus was om zo snel mogelijk weer te kunnen opstappen. 'Maar de actie is geslaagd, over de hele linie.'

'Straks worden we thuis nog als helden verwelkomd.'

Graham betwijfelde het heel sterk, maar zweeg er wijselijk over. Het was verstandig om te gaan; hij zou zich anders toch maar gaan verspreken. Eén ding moest hem nog van het hart: 'Sinds je gevangenneming heb ik vaak aan je gedacht, Paul, en jouw vrijlating was mijn grootste wens. Je kunt je niet voorstellen hoe blij ik ben je weer in levende lijve terug te zien.'

Het klonk hem zelf onoprecht in de oren, alsof hij een collega-student feliciteerde met het behalen van zijn diploma terwijl hij zelf alles bij elkaar gespiekt had. Maar Paul leek iets anders te horen. 'Heb ik je al bedankt voor alles wat je voor me gedaan hebt?'

'Zo vaak', loog Graham.

De komst van de verpleegster gaf hun beiden het excuus te zwijgen. Graham kwam overeind uit zijn gehurkte houding, kneep zachtjes in de schouder van zijn broer en nam afscheid.

Was zijn stem te zwak om het te verstaan of zei Paul inderdaad niets terug?

***

Pas nadat hij de grens gepasseerd was, kreeg hij het gevoel zich weer in zijn eigen tijd en wereld te bevinden. De vervreemding die hem had bevangen vanaf het moment dat hij de helikopter in klom begon te wijken en daarmee ook de verlamming die zijn denken had geblokkeerd. Het was meer geweest dan enkel oververmoeidheid.

De eerste wegwijzer met 'Vientiane' bracht zijn gedachten op Angèle. Niet alleen was hij verplicht bij haar langs te gaan, zij was ook de laatste die Abraham Levi had gezien. Misschien had ze zijn zakken doorzocht toen hij bewusteloos was en was ze op die manier iets wijzer geworden. Onmiddellijk moest hij glimlachen. Dat leek meer iets voor een professionele agent. Waarschijnlijk had ze hem in een droge greppel gedumpt en was ze er vervolgens met gierende banden vandoor gegaan, uit angst dat hij eerder op zijn benen stond dan zij kon optrekken.

Hij remde af en ontweek een gat in het wegdek. Zijn rechterhand gleed van het stuur naar het borstzakje van zijn hemd en daarna naar het handschoenenkastje. Hij zuchtte: geen sigaretten meer. Hij smakte gefrustreerd met zijn lippen en gaf weer gas.

De zinderende hitte hing zichtbaar boven de velden. Achter een buffel liep een boer met dezelfde slome tred als de generaties die hem waren voorgegaan. Hij keek star voor zich uit, alsof er vanaf de weg enkel onheil kon komen en vanuit de kont van het rund alleen maar hoop voor de toekomst.

***

Angèle deed de voordeur open. Terwijl ze achteruit stapte om hem binnen te laten realiseerde hij zich dat er nooit huispersoneel aanwezig was als hij kwam. Voor hun seksuele onderonsjes vond hij dit niet meer dan logisch, maar ze had vanochtend toch onmogelijk kunnen weten dat hij haar zou bezoeken? Hij probeerde huiselijke geluiden op te vangen – dichtslaande deuren of mompelende stemmen – maar zijn trommelvliezen registreerden nog niet het minste geluid.

Ze liet zich op de wang kussen en niet op de mond, alsof er toch iemand om de hoek stond mee te kijken, en ging hem daarna voor naar de woonkamer. Er stond een koffiekan, een karaf water en kopjes en glazen voor twee personen.

'Je verwachtte me?'

'Half en half', gaf ze toe. 'Ik stelde me zo voor dat die actie niet langer dan twee of drie dagen zou duren, dus dat je vanaf vandaag zou kunnen aanbellen.'

'En dus heb je het personeel vrijaf gegeven of met een boodschap weggestuurd?'

Ze knikte. Voor het eerst vroeg hij zich af welke smoesjes ze daarvoor elke keer bedacht. En hoe ze ervoor zorgde dat haar echtgenoot niet wantrouwig werd. Door alle gebeurtenissen, de schietpartij in het Boeddhapark en de ingrijpende bevrijdingsactie, kon hij Angèle met meer afstand bekijken. Maandenlang had ze hem eerder onnozel en verveeld dan alert en slim geleken, nu was het net omgekeerd.

Hij besefte dat ze recht had op een verhaal, maar wat kon hij haar vertellen zonder staatsgeheimen prijs te geven? Om zijn gevoel van ongemak te verbergen nam hij ongevraagd plaats en schonk zichzelf in uit de cafetière. Franse koffie in een Franse villa van een Franse vrouw in een voormalige Franse kolonie. Vervreemding mengde zich met het ongemak.

'Hebben jullie je broer bevrijd?' onderbrak haar stem zijn gedachten.

'O ja, jazeker, hem en een twintigtal anderen. De actie was een groot succes.'

'Dan zal het vandaag of morgen wel in de kranten staan, neem ik aan.'

Het idee hieraan versterkte direct zijn neiging tot voorzichtigheid. 'Dat denk ik niet. De actie was kleinschalig, geheim, want net over de grens met Noord-Vietnam en dus eigenlijk...'

Hij aarzelde, en wist vervolgens niet meer hoe hij zijn zin moest afmaken.

'...illegaal?' vulde Angèle voor hem aan.

Hij nam een slok, liet de drank even in zijn mond hangen en slikte die toen door. Het kopje belandde met meer lawaai op het blad van het salontafeltje dan hij van plan was geweest.

'Luister, Angèle, het feit dat je zoveel over mij ontdekt hebt, brengt mij in een lastige positie. Ik zou je alles willen vertellen wat ik de voorbije dagen heb beleefd, maar ik ben gebonden aan een geheimhoudingsplicht. En toch...', hij zocht naar een passende formulering, 'had ik hier niet gezeten zonder jouw hulp. Ik ben je oprecht dankbaar.'

Het klonk nog altijd meer als een tekst van een diplomatiek telegram dan als een spontane dankbetuiging, maar hij had het tenminste gezegd.

'Ik kan je misschien met nog iets anders helpen', zei ze.

Hij keek vol verwachting naar haar. Zoals ze tegenover hem zat, met haar lange benen onder de witte rok die nauwelijks tot haar knieën kwam, en de aanzet van haar borsten in haar rode blouse. Maar hij voelde dat ze dat soort hulp deze keer niet bedoelde.

'Je collega Levi kwam pas weer bij bewustzijn toen ik hem de auto uit sleepte en aan de rand van de weg naar Xieng Khuan neerlegde. Hij was nog zo groggy als wat en besefte volgens mij nauwelijks wat hem was overkomen. Ik heb niet gewacht tot hij weer helder was en ben onmiddellijk weggereden.'

Graham glimlachte toen hij dit hoorde. Het was precies wat hij verwacht had.

'Ik heb wel eerst zijn zakken doorzocht, en wat ik vond zal je interesseren.' Ze stond op, liep naar de secretaire en opende de eerste lade. 'Hij had een foto van jou, duidelijk genomen met een professionele camera. Misschien weet je zelf nog waar en wanneer die genomen moet zijn en wat er compromitterend aan is.'

Ze liep naar hem toe en overhandigde hem de afdruk. Graham ving een vleugje parfum op van een merk waarvan hij haar zelf een fles had gegeven, en richtte zijn aandacht toen op de foto.

Hij wist onmiddellijk waar en wanneer die genomen was. Hij zag zichzelf op een terras in Vientiane zitten, rokend, koffiedrinkend en luisterend. De man achter de krant die zo haastig verdwenen was had hem dus wel degelijk zitten bespieden en zelfs fotograferen. Alleen, blijkbaar had hij niet voor de Pathet Lao maar voor Levi gewerkt. En waarom stond de gepensioneerde ambtenaar er niet op?

Merkwaardig, dacht hij, overal waar ik communistische agenten meende te zien bleken het Amerikaanse.

'De foto moet bedoeld zijn om mij te kunnen identificeren', zei hij. 'Ik denk dat Levi die gevonden heeft tussen de papieren van een van de Pathet Lao-agenten.'

Op zich hoefde zo'n geheime opname niet zoveel te betekenen. Hij werd ervan verdacht een CIA-agent te zijn. Nou en? Elke Amerikaanse hulpverlener was voor de Pathet Lao een spion, officieel of officieus. Veel dekmantel had je in Laos dus hoe dan ook niet. Maar dat hij tot doelwit geworden was moest samenhangen met Operatie Freeborn. De communisten waren er ofwel van op de hoogte, ofwel er dicht omheen aan het cirkelen geweest.

'Je bent ontkomen, daar gaat het maar om', hoorde hij de Française opmerken.

Graham gaf haar een broeierige blik. 'Jij ook.'

'Mij moesten ze niet hebben.'

Was dat zo? Hij keek van de foto in zijn hand naar Angèle. Het uitschakelen en dumpen van Levi, het doorzoeken van zijn kleding, de koelbloedigheid in het Boeddhapark – het kwam ineens allemaal in een ander daglicht te staan.

'Jouw echtgenoot wordt ervan verdacht te spioneren voor de DGSE.'

'Dat denken ze van elke Fransman. En van elke Amerikaan denken ze dat hij voor de CIA werkt.' Ze giechelde even. 'En sommigen doen dat ook echt.'

'Het viel me tijdens het feestje in de ambassade op dat je man die illusie ook zelf voedt.'

'Als ze het toch al van je denken...'

Graham keek om zich heen en nam het smaakvolle en kostbare decor met andere ogen in zich op. Waarom zou een vrouw die deze weelde en zekerheid tot haar beschikking heeft 'weglopen' met een jonge luitenant? Ook dat klopte niet, voelde hij.

'Als Gilbert al voor de DGSE werkt, dan heeft hij jou een aantal professionele trucjes bijgebracht.'

Voor het eerst had ze geen pasklaar antwoord.

Hij kwam overeind en liep langzaam door de kamer. Op het dressoir stond een foto van Angèle en Gilbert, beiden een tiental jaar jonger. De jaren en de tropen hadden meer vat gekregen op

Gilbert dan op Angèle, maar hij was nog steeds een aanvaardbare verschijning. Een beetje fatterig met de te brede scheiding en het openstaande hemd waardoor het borsthaar opkrulde, maar acceptabel.

Een zakenman die de diensten van zijn bedrijf aanbood aan het ministerie van Buitenlandse Zaken, zou die kunnen spioneren? Vast wel, in de zin van informatie doorspelen, maar niet als getraind agent. Gilbert zou geen vazen kapotslaan op iemands hoofd en niet stelselmatig zijn zakken doorzoeken.

Graham draaide zich om en zocht Angèles ogen.

'Weet je, ik denk dat jij je man stimuleerde die illusie in stand te houden. Zolang de leden van de andere inlichtingendiensten op Gilbert letten, zouden ze jou met rust laten.'

Het leek hem zelf maar een gok, en toch besefte hij dat het de volle waardheid was terwijl hij het zei.

'Vind je dat zelf niet heel erg vergezocht?'

Er klonk geen verontwaardiging in haar antwoord door, besefte Graham, geen verrassing ook, eerder berusting.

'Vergezocht,' herhaalde hij, 'misschien wel, maar dat maakt het niet minder waar.'

'Ik heb je geholpen! Hoe kan ik een vijandelijke agente zijn?'

'Ik zegt niet dat je vijandig bent. Frankrijk is een bondgenoot van de vs. Ook al hebben wij geleerd de Fransen te wantrouwen wegens hun neiging tot neutralisme, ze staan uiteindelijk aan onze kant en niet aan die van de Russen.'

Ze zuchtte, stond daarna op en haalde uit haar aan een stoelleuning hangende handtas een aansteker en een pakje Gitanes tevoorschijn. Uit het feit dat ze hem er geen aanbood merkte hij hoe de verwijdering, die al in de lucht had gehangen toen hij aanbelde, dieper wortel schoot.

'Wat kan ik doen om je dat dwaze idee uit je hoofd te praten?'

'Daar kun je niets aan doen', antwoordde hij afstandelijk. 'Het enige wat je kunt doen is het toegeven en zo de schade beperken.'

Ze liep rokend naar de deur van de veranda en schoof die open. De tropische warmte drong naar binnen en probeerde de relatieve koelte in de kamer te verjagen.

'Het is wel degelijk Gilbert die me in contact heeft gebracht met de DGSE.'

Graham voelde hoe zijn spieren zich ontspanden, maar hij zei niets om haar beginnende woordenstroom niet te onderbreken.

'Hij werd door de dienst benaderd, maar de contacten ketsten af toen men ontdekte hoe het zat met zijn... geaardheid. Zulke mannen konden ze toch niet gebruiken. Te labiel, te chantabel, heette het.'

Graham schudde niet-begrijpend zijn hoofd.

'Homoseksueel', verduidelijkte ze. 'Nadat we enkele jaren getrouwd waren biechtte hij het me op. Alsof ik het niet allang gevoeld had.'

'Ah, zo', bracht Graham onnozel uit.

'Maar in mij zagen ze wel wat. En ik wilde mijn leven toch al een nieuwe wending geven, liefst een avontuurlijke. Door als agente in het buitenland te werken kon ik mijn huwelijk met Gilbert weer nieuwe zin geven. Ik had mijn vrijheid en was toch ook gebonden, begrijp je?'

Ze draaide zich naar hem toe en speurde in zijn ogen naar het begrip dat hij helemaal niet kon opbrengen. Maar hij begreep wel iets anders: 'Jullie vormden elkaars perfecte dekmantel.'

Ze knikte. 'Parijs wilde op de hoogte zijn van wat er in deze voormalige kolonie gebeurde, wat de vijand deed en wat onze bondgenoot deed.'

Het klonk onschuldig genoeg, alsof een dokter zonder dat je ervan wist elke maand verslag over je uitbracht bij de verzekeringsmaatschappij, maar Graham liet zich er niet door van de wijs brengen.

'Je bent niet toevallig iets met me begonnen.'

Ze spreidde haar armen in een gebaar dat onmacht moest uitdrukken. 'Voor mij vulden mijn persoonlijke en mijn professionele leven elkaar perfect aan bij jou. Het feit dat je mij verleid hebt kwam toevallig goed van pas en...'

'Dat ik jou verleid heb? Kom nou toch. Het was andersom en...'

'Heb je er spijt van?' onderbrak ze hem.

Hij zweeg even. 'Nee, dat kan ik echt niet zeggen. Ik heb meer spijt dat, dat...'

'Dat wat?'

'Dat het nu voorbij is', besloot hij.

Hij stopte de foto in zijn borstzak. Verder kwam hij niet. Hij wist niet hoe hij afscheid van haar moest nemen: met een kus? Een streling langs haar wang of een ander filmgebaar? Hij kon maar beter zwijgend het huis verlaten. Hoezeer het hem ook echt speet, het gevoel maandenlang bedonderd te zijn geweest en de wetenschap het niet door te hebben gehad, verboden hem zich vriendelijker op te stellen.

Hij draaide zich om, liep de kamer uit, de hal in, de voordeur uit. Hij zag hoe zijn schoenen een voor een de witte, marmeren treden van het tuinpad afliepen.

Hij had zijn Chevrolet aan de overkant van de straat geparkeerd. Toen hij de motor startte en zijn hoofd draaide om naar de villa te kijken, stond Angèle in de deuropening. Hij kon niet zien of er tranen in haar ogen stonden of dat ze enkel knipperde tegen het felle licht van de zon.

XVI

HET TERRAS WAS NAUWELIJKS BEZET. DE OCHTENDDRUKTE van ambtenaren die er hun *café au lait* kwamen drinken tijdens een eerste pauze of voor ze aan het werk togen was voorbij. De drie obers stonden met de handen op de rug te wachten op nieuwe klanten of poetsten overdreven lang het blad van een al vlekkeloze tafel. Alle drie hadden ze een sigaret, die ze ogenschijnlijk gedachteloos oprookten, in een van hun mondhoeken hangen.

Graham nam plaats onder de luifel. De zon begon de temperatuur alweer aardig op te jagen en hij voelde zich al verhit genoeg. Hij zocht opzettelijk de blik van de kelner die hem enkele dagen geleden had bediend. De man trapte zijn sigaret uit, nam zijn dienblad en liep op Grahams tafeltje toe.

'Wat zal het zijn monsieur?'

Uit het feit dat hij in het Frans werd aangesproken leidde Graham af dat de kelner hem herkend had. Opgelucht en glimlachend bestelde Graham twee pakjes Gitanes zonder filter en een grote *café au lait*. Hij besloot zich zo Frans mogelijk voor te doen.

Toen de ober hem het gevraagde bracht, rekende hij direct af en gaf een overdreven grote fooi.

'Dank u, monsieur. Mijn dag kan al niet meer stuk.'

Uit de uitdrukking op het ondoorgrondelijke gezicht kon Graham niet opmaken of de man meende wat hij zei. Hij zag er jong noch oud uit en straalde net zomin verveling als enthousiasme uit. Wat Graham betrof had hij de eerste Franse kolonialen kunnen bedienen en zou hij over een paar honderd jaar de eerste kolonisten van buiten de aarde van drank voorzien. Maar hij moest wel cruciale informatie zien te verwerven via deze buiten de tijd staande kelner.

'Sigaret?'

'Dank u, monsieur.' Mechanisch boog hij naar voren, maar hij was Graham voor met het aanklikken van een aansteker om hun beiden vuur te geven.

'Ik was hier onlangs in gesprek met een bijzonder vriendelijke Laotiaanse heer', begon Graham. 'Wij zaten aan dat tafeltje aan de straatkant en hij vertelde me dat hij hier vaker kwam en graag met buitenlanders als ikzelf converseerde. Herinnert u zich hem?'

'Mogelijk, monsieur.'

Mogelijk? Wat was dat nou weer voor onzin? Je herinnert je iets of niet, dacht Graham. Maar hij onderdrukte zijn verbazing en vervolgde: 'Ik heb hem tijdens ons gesprek een boek beloofd en ik zou hem dat nu graag willen bezorgen, maar ik zie hem hier niet. Weet u of hij nog komt vandaag?'

'Dat is moeilijk te zeggen, monsieur.'

Nou was het weer moeilijk. Graham gooide het over een andere boeg: 'Ik bedoel: weet u of hij dagelijks komt en op welk uur gewoonlijk? Hij leek me een man van vaste gewoontes.'

'Daar zag hij wel naar uit, monsieur.'

Zo kwam hij geen stap verder. Dan maar een rechtstreekse vraag: 'Kunt u mij met hem in contact brengen?'

In plaats van antwoord te geven haalde de kelner een doek tevoorschijn en begon een denkbeeldige vlek van het tafelblad te poetsen.

'De man die u zoekt heeft connecties in hoge kringen. Ik ben maar een eenvoudige ober die een gezin met vier kinderen te onderhouden heeft. Ik weet niet of hij er blij mee zal zijn als hij hoort dat ik u zijn adresgegevens bezorgde.'

Graham begreep eindelijk de hint. 'Breng me maar een paar croissants.'

Het duurde zeker vijf minuten eer de ander terug was. Graham vroeg zich af of hij van de zenuwen een aanval van diarree had gekregen of een ander om het adres had moeten vragen. In de tussentijd had Graham zelf onopvallend de omgeving kunnen afspeuren en vastgesteld dat dit keer niemand hem in de gaten hield. Hij rekende opnieuw af en zorgde ervoor dat er een biljet van twintig Amerikaanse dollar tussen de briefjes Laotiaanse kip zaten. De kelner borg alles zonder blikken of blozen op.

'Uw rekening ligt onder de croissants, monsieur.'

Hoe vaak zou deze bediende al niet een gelijkaardige vraag zijn gesteld?

Nu pas realiseerde Graham zich dat dit caféterras waarschijnlijk een geliefde ontmoetingsplaats van veel buitenlanders was: ex-kolonialen, ambassadepersoneel, ontwikkelingswerkers. Het was niet meer dan logisch dat de verschillende inlichtingendiensten hier geregeld zelf een agent lieten neerstrijken.

Met gespeelde achteloosheid bekeek hij de rekening. Het met een vulpen neergepende adres kwam hem vaag bekend voor. Maar wat was het beste? De man eerst bellen of zonder aankondiging voor de deur verschijnen? Hij besloot tot het laatste. De ander zou tijd proberen te winnen en op zijn vroegst een afspraak voor de volgende dag maken. Die tijd had hij niet. En als de man niet thuis was? Simpelweg inbreken, besloot hij, met een beslistheid die hem zelf verbaasde.

Graham doopte de croissants bij iedere hap kort in de koffie. Daarna kwam hij overeind, stapte onder de luifel vandaan de tropische warmte in en probeerde zo ontspannen mogelijk naar zijn auto te lopen.

***

De woning van Marcel Oudomphonephaivan moest ooit aan een hogere koloniale ambtenaar hebben toebehoord, oordeelde Graham. Het pleisterwerk van de villa was keurig onderhouden, de bougainvilles en andere planten in de tuin waren nog maar onlangs vakkundig gesnoeid, het hang-en-sluitwerk waarmee het hek en de poort waren afgesloten blonk in de zon. Enkel de Renault 4 paste bij de bescheiden indruk die de gepensioneerde ambtenaar wilde geven. Waarschijnlijk trok hij een aan de kraag versleten overhemd aan als hij achter het stuur ervan plaatsnam.

Graham streek over zijn haren, peuterde een flintertje tabak tussen zijn tanden vandaan, krabde in zijn kruis en kon toen geen excuses meer verzinnen om niet aan te bellen. Even tastte hij naar de Colt tussen zijn broekriem. Het voelde ongemakkelijk, maar was minder opvallend dan de schouderholster.

Nadat hij had aangebeld gebeurde er zeker een minuut lang absoluut niets. Zowel op straat als in huis leek de gong een signaal te zijn geweest om alle klokken en horloges stil te zetten. Graham keek steels om zich heen, trappelde met zijn rechtervoet op de grond en staarde strak naar de voordeur.

Toen die alsnog openging meende hij even dat dit het gevolg was van zijn wilskracht. Oudomphonephaivan, de man die hij 'monsieur Marcel' had mogen noemen, stapte naar buiten gekleed in een eenvoudig wit hemd, een grijze katoenen broek en sandalen. Hij leek niet verbaasd Graham te zien. Terwijl zijn lippen hun best deden de strakke streep te veranderen in een vriendelijke plooi, liep hij de treden af naar het hek. Met de sleutel in zijn rechterhand draaide hij het slot open.

'Wat een verrassing. Wat brengt u naar mijn huis?'

De man doet net of we als de beste vrienden uit elkaar zijn gegaan, dacht Graham. Hij stapte door het hek voor de ander zich kon bedenken en het alsnog voor zijn neus dichtgooide, en schudde hem plechtig de hand.

'Wij waren net een interessant gesprek begonnen. Ik kom om het voort te zetten.'

De cryptische mix tussen een dreigement en een uitnodiging miste zijn uitwerking niet. Monsieur Marcel kon niet voorkomen dat er een verwarde uitdrukking op zijn gezicht kwam te liggen en had geen andere keus dan Graham te volgen toen deze hem voorging zijn eigen huis in.

Het interieur was aanzienlijk minder Europees dan de buitenkant. Graham zag schilderijen met boeddhistische voorstellingen, keramiek en Boeddhabeelden. Door de geopende terrasdeuren had hij uitzicht op een tuin die gedomineerd werd door een pagode. Zijn neus registreerde de geur van bloemen en van wierook.

'U bent duidelijk niet zo'n passieve boeddhist als veel van uw landgenoten.'

'Veel Laotianen lijken misschien passief voor u, maar in werkelijkheid koesteren ze hun geloof en hun tradities net zozeer als ik.'

Graham draaide zich om en keek de ander recht in de ogen. Verbeeldde hij het zich of had hij werkelijk trots in de woorden van de ander voelen doorklinken? Trots en ook een onderhuidse vorm van agressie? Prima, dacht Graham. Het zou pas vervelend zijn geweest als hij blij was mij te ontvangen. Dan zou hij niets te verbergen hebben gehad.

'Kan ik u iets te drinken aanbieden? Thee? Of misschien koffie?'

'Doet u geen moeite. U hebt gemerkt hoe ik geobserveerd werd door een medewerker van een van de inlichtingendiensten. Vanochtend kreeg ik het resultaat van die observatie.'

Graham haalde de foto uit de binnenzak van zijn jasje en overhandigde die aan monsieur Marcel. Ondertussen lette hij scherp op diens reactie. Het leed geen twijfel dat de ander onaangenaam verrast was.

'Een onschuldig tafereel,' besloot hij na een korte bedenktijd, 'een man die op een terras geniet van koffie en sigaretten.'

'In gezelschap van een onzichtbare gesprekspartner.'

'Ik kan me niet voorstellen wat een spion aan mij interessant zou vinden', antwoordde de Laotiaan vlug.

'Ziet u, dat heb ik me nou ook de hele tijd afgevraagd. Waarom de moeite nemen u op de foto te zetten, maar vooral: waarom de schaar hanteren om u uit de foto te krijgen?'

'Mij moet u het niet vragen.'

Monsieur Marcel maakte aanstalten de foto terug te geven, maar deed het toch niet.

'Ik denk dat het te compromitterend is, wij tweeën bij elkaar,' zei Graham. 'Misschien is het linkerdeel van de oorspronkelijke foto elders opgedoken, of anders is het gewoon weggegooid. Ik vermoed eigenlijk dat er die dagen heel wat foto's van mij genomen zijn en dat ze bedoeld waren voor een dossier.'

De Laotiaan wierp nogmaals een blik op de zwart-witafdruk. 'U gist maar wat.'

Graham verhief zijn rechterarm en prikte triomfantelijk met zijn wijsvinger in de richting van zijn onwillige gastheer: 'Als u dat een paar uur geleden tegen me had gezegd, had ik u gelijk moeten geven, maar ondertussen ben ik dat stadium gepasseerd. Er zijn namelijk twee feiten belangwekkend aan die foto. Het eerste is, zoals ik al zei, dat u er niet op staat; het tweede is dat de foto opdook in de zakken van een van mijn collega's.'

'Een Amerikaanse ontwikkelingswerker?'

'Doe u zich niet onnozel zo voor, monsieur Marcel. U kent hem wel, mijn collega, CIA-veldagent Abraham Levi. Hij heeft u de opdracht gegeven mij te laten schaduwen, wetend dat u de opdracht weer zou uitzetten bij "onderaannemers". Hij had opdracht mijn dossier te onderzoeken, maar is in zijn ijver en paranoia waarschijnlijk veel verder gegaan dan hij officieel mocht. Ik weet niet of de Hmong-chauffeur ook uit uw netwerk afkomstig is, maar de man die mij heeft gefotografeerd en de kerels die mijn huis in de gaten hielden in ieder geval wel.'

'U bent nog steeds maar wat aan het gissen, ben ik bang.'

De toon waarop de ander sprak verried onzekerheid in plaats van spot. Graham zag de oude man met zijn vingers aan de foto trekken, alsof hij het bewijs van zijn betrokkenheid ter plekke wilde verscheuren. Nu moest hij doorzetten: 'Eigenlijk is dat nog niet eens het probleem. Verdenkingen koesteren tegen een collega en die laten toetsen door freelancers is geen halsmisdaad. Als u en uw mensen deel uitmaken van een groep waarmee onze dienst geregeld zaken doet, zou ik het allemaal kunnen afdoen als een huishoudelijke aangelegenheid. Maar diezelfde middag werd ik beschoten door twee kerels. En die stonden zeker niet aan onze kant, want ze schoten evengoed op Levi en de Hmong-chauffeur.'

Monsieur Marcel staarde hem slechts aan.

'U had uw geld al gehad van Levi. U wist dat er geen officiële sporen waren die naar onze dienst leidden. U werd inhalig en dacht: ik kan dit bedrag verdubbelen door die twee uit te verkopen aan de andere kant. De Pathet Lao betaalde u prompt en stuurde een opruimploeg achter Levi aan naar het Boeddhapark. En daar liep alles volkomen in het honderd, helaas voor u.'

Monsieur Marcel scheurde de foto in stukken

'Als u denkt dat ik nu het gevoel heb dat mijn ziel in tweeën gespleten is, hebt u het mis', zei Graham kalm. 'Zo primitief ben ik niet.'

'Die foto bewijst toch niets, gescheurd of heel.'

'Die foto heb ik niet nodig. Mijn verhaal volstaat. Mijn chefs zullen u hoe dan ook als onbetrouwbaar van de lijst schrappen, en als het een beetje meezit komt de andere kant het ook te weten. Dan doet niemand nog zaken met u.'

Graham zag hoe het rechterooglid van monsieur Marcel begon te trillen. Hij voelde instinctief dat de ander alle opties naging om zijn huid te redden.

Om de meest drastische bij voorbaat uit te sluiten sloeg hij de panden van zijn jasje opzij.

'Ik waarschuw u dat ik net zo snel en trefzeker schiet als de desperado's in het land waar ik vandaan kom.'

Het ooglid kwam tot rust. Graham nam aan dat de Laotiaan tot een besluit was gekomen.

'Hoe kunnen we een akkoord bereiken?'

'U geeft mij alle foto's die van mij zijn gemaakt en u getuigt achter gesloten deuren als u daartoe wordt opgeroepen.'

'Maar dan ben ik uw dienst inderdaad als opdrachtgever kwijt!' protesteerde monsieur Marcel.

'U blijft voor ons werken, maar strikt onder onze controle. Het alternatief is dat wij laten uitlekken dat u de Pathet Lao bedonderd hebt. In dat geval zullen wij er helaas niets aan kunnen doen dat de communisten u uitschakelen, zakelijk én fysiek, welteverstaan.'

Hij had opzettelijk in het meervoud gesproken, omdat dit meer indruk zou maken op de ander. Monsieur Marcel kon er bovendien toch nooit zeker van zijn of Graham op eigen houtje of in overleg met zijn superieuren handelde.

Geduldig wachtte Graham op het teken dat de Laotiaan eieren voor zijn geld had gekozen.

'In orde. Wacht u hier terwijl ik de foto's voor u haal.'

De man maakte aanstalten de kamer te verlaten, maar Graham kwam direct achter hem aan en duwde hem de loop van zijn Colt .45 in de rug: 'Een klein prikje om je ervoor te behoeden iets anders te halen dan foto's.'

Hij volgde hem door de hal een zijkamer in. Graham zag een breed tweepersoonsbed, een commode en een kaptafel. Even vroeg hij zich af of er misschien een madame Marcel bestond, maar besloot er niet naar te vragen toen hij zag dat de kaptafel leeg was. Wie het ook mocht zijn, ze was al enige tijd geleden vertrokken, levend of dood.

Monsieur Marcel liep er direct naartoe, opende de enige lade die het meubel rijk was en haalde er een map uit. Het viel Graham enigszins tegen dat de man geen schilderij aan de muur had weggeschoven om een kluis te onthullen, maar hij had wat hij hebben wilde.

Hij nam de map aan, deed drie passen achteruit en legde hem op het bed. Met een half oog op de Laotiaan gericht controleerde hij vlug de inhoud. Hij zag zichzelf in tal van poses en op allerlei plaatsen: staand achter het raam van zijn appartement; voor de deur van Angèles villa; in de Chevrolet; terwijl hij de Franse ambassade binnenliep. De meeste leken met een telelens genomen. De overburen van Angèle moesten inderdaad vaak weg zijn geweest, maar hij bedacht ook iets anders.

'De chauffeur van de Aubracs. Was dat ook een van uw mannetjes?'

'Nee, die werkt voor uw collega Levi.'

Graham knikte. Dat verklaarde waarom de Hmong hem de avond waarop ze naar huis reden van de ambassade had geattendeerd op de achtervolgers. Anders had hij wel gezwegen.

'Volgens mij heeft Gilbert Aubrac uw diensten ook ingehuurd, nietwaar? Maar dan op privétitel.'

Er kwam geen antwoord. Vuile profiteur, dacht Graham. Dezelfde resultaten drie keer verkopen. En Gilbert en Levi wisten niet eens van elkaar dat ze dezelfde man inschakelden voor hun vuile werk.

'In Amerika zou u een privédetective zijn geweest. Iemand die niets anders deed dan overspelige echtgenoten en echtgenotes betrappen en misschien af en toe een frauderende werknemer of directeur. Maar hier, in dit piepkleine Vientiane, waar de spionnen dikker gezaaid zijn dan de vreemdgangers, moest u wel in het vaarwater van de inlichtingendiensten terechtkomen.'

'Dan begrijpt u eindelijk dat ik gewoon mijn werk doe', verdedigde de ander zich. 'Ik beschik over vele contacten in deze stad. Ik breng mensen samen, meer niet.'

'Meer niet? Ik vraag me af hoeveel mensen u vroeger als ambtenaar hebt gechanteerd en gemanipuleerd. Voor mij bent u eerder een crimineel.'

Hij wist dat hij zich op glad ijs begaf door de man zo tegen zich in het harnas te jagen, maar er was geen houden meer aan. En nu hij toch bezig was kon hij net zo goed direct de genadestoot geven: 'U beweert praktiserend boeddhist te zijn. Denk dan hier maar eens over na. Door uw inhaligheid hebben twee agenten van de Pathet Lao het leven gelaten, nota bene in het Boeddhapark. Ongeacht of het nu communisten waren, het waren twee mensen, twee van uw landgenoten bovendien. Hun bloed bezoedelt uw karma. U hebt een onvergeeflijke zonde begaan.'

Zelfs in het schemerlicht van de slaapkamer zag hij dat zijn woorden doel hadden getroffen. Ze hadden een wiel in gang gezet dat zou blijven rollen. Monsieur Marcel zou zich tot in lengte van de hem resterende dagen afvragen of zijn karma door deze daad zo slecht geworden was dat hem een wedergeboorte als hond of varken wachtte. Er moesten wellicht heel veel goede daden tegenover deze ene slechte komen te staan, om die smet uit te wissen.

Graham sloeg de map dicht, pakte die van het bed en draaide zich om. In de hal keek hij nog eenmaal om zich heen. De Boeddha's op de schilderijen besteedden geen aandacht aan hem. Ze waren ver weg, in het verleden waarin ze waren vormgegeven en in de hogere sferen waarin ze sindsdien verbleven. De zondaar in de slaapkamer zou bij hen niet veel gehoor vinden.

Met de map onder zijn arm geklemd en de Colt in zijn hand liep hij vastberaden het huis uit, als een ambtenaar die gewapend naar zijn werk ging.

XVII

Een A-26 maakte zich gereed om op te stijgen. Graham zag de propellers van het tweemotorige toestel warmdraaien en enkele Thai haastig nog wat extra balen rijst inladen. Hij stelde zich voor hoe de ingehuurde piloot en copiloot in de cockpit nog steeds bezig waren een checklist door te nemen en daarbij hun ogen over dezelfde instrumenten lieten gaan als een generatie dienstplichtige collega's vóór hen. Andere oorlogen, andere vijanden, andere piloten, maar dezelfde middelen en doeleinden. Binnen enkele uren zouden rijstbalen en andere voorraden boven het hoogland van Laos worden afgeworpen en door Hmong-mannen en -vrouwen worden opgepikt. Met de complimenten van de CIA.

Graham sprong haastig overeind toen hij de deur achter zich hoorde openen. Drie mannen kwamen het armzalige kantoor binnen: Curtis Koch, het diensthoofd onder wie Graham ressorteerde, een zwaarlijvige onbekende en Abraham Levi. Graham beschouwde het als een slecht teken dat Levi samen met de anderen binnenkwam. Het was of een van de medebeklaagden tegelijk met de rechters de zaal betrad en ook nog dezelfde robe droeg.

'Ga zitten, Marquand, en jij, Levi, neem naast hem plaats', sprak Koch op barse toon. Hijzelf ging achter zijn eigen stalen bureau zitten. De onbekende ging op een van de hoeken van het meubel zitten. Graham wierp een steelse blik op de vloer aan de andere kant en hoopte dat het bureau niet zou kantelen

Koch haalde een pakje Camel uit de bovenste bureaulade en presenteerde iedereen een sigaret. Het gebaar hielp om de spanning die in het kantoor hing iets te verminderen. Graham zag tot zijn verbazing dat de hand van Levi licht trilde toen hij de sigaret naar zijn mond bracht. Was hij dan toch niet zo zeker van zijn zaak? Zijn collega had zich ook slordig geschoren. Op zijn linkerkaak zat een bloedkorst.

'Mag ik jullie voorstellen? George Tonelli. "Meneer Tonelli" voor jullie en "George" voor mij. Ik heb George erbij gehaald en niet een of andere hogere Piet uit Langley, omdat we deze kwestie zo veel mogelijk intern willen afhandelen, zonder dat allerlei carrières erdoor in het gedrang komen.'

Dat klinkt goed, dacht Graham hoopvol. De twee mannen tegenover hem oogden direct een stuk sympathieker, Curtis Koch met zijn dunnende blonde haar en zijn potloodsnor en George Tonelli met zijn zwarte krullenbos en zijn speklaag die als een overmaatse zwemband boven zijn middel lag. Voor de zoveelste keer vroeg Graham zich af of hij ook zoveel vetreserve zou kweken zodra hij binnen de organisatie van veld- naar bureauwerk promoveerde.

'Voor de goede orde, Graham Marquand heeft zich gisteravond vrijwillig gemeld op de basis, nadat hij via kapitein Donhu had vernomen dat Abraham Levi een dossier tegen hem opbouwde en zelfs een arrestatiebevel wilde uitvaardigen.'

'Met alle respect, sir,' onderbrak Levi de uiteenzetting, 'het feit dat Marquand niet voortvluchtig is, bewijst zijn onschuld niet. Philby bleef ook op zijn post terwijl de verdachtmakingen zich tegen hem opstapelden.'

O, dus daar haalt hij zijn mosterd vandaan, dacht Graham verrast: de Britse dubbelagenten uit de jaren vijftig. Hij kon het niet laten om te zeggen: 'Een hele eer, Levi, om met de beruchtste verrader in de naoorlogse geschiedenis vergeleken te worden.'

'Kop dicht, Marquand! We zitten hier niet op kostschool met twee ongehoorzame leerlingen bij de rector.'

Graham perste schuldbewust zijn lippen op elkaar, maar zag uit zijn ooghoek dat Tonelli een geamuseerde grijns niet kon onderdrukken.

'Sir, ik heb al mijn bevindingen in een dossier samengebracht dat u hebt kunnen lezen. Het minste wat u kunt concluderen is dat luitenant Marquand zich onprofessioneel heeft gedragen en daarmee het succes van Operatie Freeborn in gevaar heeft gebracht.'

'Dat ben ik helemaal met je eens, Levi', antwoordde Koch tot Grahams ontsteltenis. 'Het was al onvoorzichtig een verhouding te beginnen met de echtgenote van een man die wij ervan verdachten voor een andere inlichtingendienst te werken – geen vijandige, maar toch was het ronduit fout haar op de hoogte te brengen van het bestaan van de operatie.'

De drie mannen keken hem verwachtingsvol aan. De rook van hun sigaretten kringelde in symmetrische bewegingen naar het plafond, waar een veel te kleine ventilator de warmte trachtte weg te werken.

'Ik vond op dat moment dat ik geen keuze had, sir', verdedigde hij zich. 'Ze had mij geholpen door Levi uit te schakelen wat het voor mij mogelijk maakte alsnog aan de operatie deel te nemen. Sterker nog: ik wijs u erop dat Levi de hele operatie wilde afblazen, uit angst dat deze verraden was. Uiteindelijk wees niets daarop.'

'Maar de Fransen zijn nu wel op de hoogte van het bestaan van Operatie Freeborn', mengde Tonelli zich in het gesprek. Hij sprak de woorden enigszins slepend uit, waaruit Graham afleidde dat hij uit het zuiden van de States kwam. 'Als we Operatie Freeborn geheim hadden willen houden, kunnen we dat nu wel vergeten.'

'En als Levi gelijk had gehad? Als het echtpaar Aubrac in werkelijkheid een stel dubbelagenten was geweest?' vroeg Koch.

'Voor we vertrokken heb ik alles aan kapitein Donhu verteld, sir. De uiteindelijke beslissing om te gaan of de zaak af te blazen heb ik niet genomen.'

'We hebben het gecheckt bij Donhu', zei Koch. Terwijl hij het zei leek zijn aandacht meer gericht op de as die hij van zijn sigaret aftikte dan op zijn gasten. 'Hij bevestigde wat je net zei.'

'Maar het blijft onprofessioneel, niet?' Levi hees zichzelf overeind in zijn stoel om zijn woorden met zijn lange lichaam extra overtuigingskracht mee te geven.

'Onprofessioneel is niet hetzelfde als verraad plegen', beet Koch hem toe. 'En nu we het toch over onprofessioneel hebben: jij hebt een freelancer ingeschakeld die er geen been in zag de informatie die hij voor je inzamelde door te verkopen.' Hij leunde voorover en wees met de brandende punt van zijn sigaret dreigend naar Levi, alsof het een fakkel was waarmee hij elk moment de brandstapel waarop de ketter stond kon aansteken. 'Zonder die kerel zouden er nooit communistische agenten mee zijn gemoeid. En als jullie ze niet toevallig hadden uitgeschakeld, zou Operatie Freeborn tóch in gevaar zijn gebracht.'

Hij leunde achterover, nam een lange haal van zijn sigaret en liet zijn woorden bezinken.

'Oké', gaf Levi toe. 'Ik had die man er nooit bij moeten betrekken. Ik had de observatie zelf moeten doen, maar ik wist niet hoe.'

'Je was vooral bang dat je bij een intern onderzoek niet zou kunnen scoren', merkte Tonelli op. 'En je wist intuïtief dat het ook weinig tastbaars zou opleveren. Ik geloof best dat je overal vijandelijke infiltranten ziet, maar je wilt ze ook graag hoogstpersoonlijk aan de schandpaal nagelen.'

'Als u zijn dossier gelezen had,' verdedigde Levi zich, en hij wierp tegelijk een woeste blik op Graham, 'dan zou u ook wantrouwig geworden zijn.'

'Ik héb dat dossier gelezen. En als jij wat langer had nagedacht, zou je beseft hebben dat we Marquand nooit in dienst hadden genomen of gehouden als we ook maar de minste serieuze verdenking tegen hem koesterden.'

Er viel een betekenisvolle stilte die pas werd doorbroken door het geluid dat de vliegtuigmotoren verderop maakten. Het transporttoestel was duidelijk klaar voor vertrek.

'Er zijn geen doden gevallen, althans niet aan onze kant.' Het feit dat Koch een opsomming leek te gaan geven met gestrekte vingers betekende dat hij tot een soort conclusie wilde komen. 'Operatie Freeborn is een relatief succes, hoewel de Cubaan die we graag in handen hadden gekregen is gedood tijdens een ontsnappingspoging. Daarnaast hebben we stomtoevallig ontdekt dat een Fransman, die we ervan verdachten een agent te zijn, er geen is, en dat een freelancer die we dachten te kunnen vertrouwen onbetrouwbaar is.'

'Al met al misschien geen slechte uitkomst,' opperde Graham.

Koch keek hem aan of hij had voorgesteld in zijn koffiekop te urineren. De drie vingers bleven doelloos opgestoken en balden zich toen samen met de twee overige tot een vuist die bonzend neerkwam op het bureaublad.

'Nee, Marquand, al bij al gelukkig geen ramp, maar het is zeker geen resultaat om trots op te zijn. Met dit geknoei in de marge had Operatie Freeborn een ramp kunnen wórden, en in dat geval had noch jij, noch Levi hier zo rustig sigaretten zitten roken. Dan waren jullie op weg naar Leavenworth in Kansas, voor een uitgebreide vakantie in een van de minst prettige gevangenissen die ons land rijk is.'

Opnieuw viel er een stilte. Graham voelde hoe het zweet hem uitbrak en dat dit niks te maken had met de overjarige plafondventilator. Na de reprimande volgde de repercussie, dat kon niet anders. Het was Tonelli die de sancties mocht mededelen: 'Jullie hebben het geluk dat je relatief jong en onervaren bent en dat we een tekort hebben aan agenten in dit deel van het strijdgebied, maar toch is jullie positie in Laos onhoudbaar geworden. Binnenkort worden jullie overgeplaatst naar een ander land in Zuidoost-Azië. En het spreekt voor zich dat jullie niet naar hetzelfde land gaan.'

Graham onderdrukte een zucht van verlichting: als dit alles was. Levi echter leek de schok slechts moeizaam te verwerken. De ongelovige uitdrukking verdween pas na vele seconden van zijn gezicht.

'En nou opgedonderd', bromde Koch. Maar het klonk niet half zo onvriendelijk als hij het waarschijnlijk bedoeld had. Uiteindelijk had het hele gesprek toch iets weg van een standje van de rector.

Graham en Levi kwamen gelijktijdig overeind. Terwijl ze probeerden te vermijden elkaar aan te kijken, schuifelden ze achter elkaar naar de deur. Toen Levi de deurknop omlaag drukte schoot het Graham te binnen dat hij zijn rug moest rechten en zijn schouders naar achteren drukken. Hij zou in ieder geval met geheven hoofd naar buiten gaan.

'Marquand, jij blijft nog even hier.'

Hij verstijfde in zijn beweging. Het laatste wat hij van Levi zag was een giftige blik in diens ogen. Wat deze dag Graham ook allemaal had gekost, die had hem waarschijnlijk ook een vijand voor het leven opgeleverd.

'Sir?'

Koch maakte met een gebaar duidelijk dat hij weer moest gaan zitten. Hij wuifde naar Tonelli dat die kon plaatsnemen in de stoel waar Levi had gezeten, maar de Texaan sloeg het aanbod af.

'Je begrijpt dat we geen andere keus hadden?'

Graham knikte. Hij was eigenlijk meer bevreesd zijn opluchting te tonen dan een eventuele verongelijktheid.

'Desondanks wil ik je bedanken voor je inzet. Je had niet achter de Cubaan aan hoeven gaan, en hem uitschakelen was altijd nog beter dan hem laten ontkomen. Sergeant Santos heeft zich in bewonderende bewoordingen over je optreden uitgelaten.'

Nu deed Graham geen moeite een glimlach te onderdrukken. Het deed hem wat dat een ouwe rot als Santos complimenten gaf.

'Ga er alleen niet van uit dat je een medaille wegens betoonde moed zult krijgen', ging Koch verder. 'Het ziet ernaar uit dat heel Operatie Freeborn voorlopig in de kast blijft en vandaar misschien rechtstreeks de doofpot in.'

'Maar waarom?' vroeg Graham, eerder verbijsterd dan verbaasd. 'We hebben meer dan twintig man naar huis gehaald. Plus een Oost-Duitse adviseur die bewijst dat andere communistische landen betrokken zijn bij de wrede behandeling van onze krijgsgevangenen.'

In plaats van te antwoorden deelde Koch weer Camels uit. Terwijl hij hun alle drie vuur gaf leek hij te overdenken wat hij Graham kon vertellen of niet.

'Laat mij het maar zeggen, Curtis', kwam Tonelli tussenbeide. 'Mocht blijken dat je je mond voorbij hebt gepraat, dan kun je altijd mij de schuld geven.'

'Alsof ik dat zou doen', mompelde de ander.

'Graham, heb je ooit gehoord van de ontsnapping van Edwin Dyess en tien andere Amerikaanse militairen uit het kamp van Davao op de Filippijnen?'

De naam Davao deed een bel rinkelen. 'Ik heb erover gelezen, maar ik weet niet meer of dat op West Point was of tijdens mijn voorbereiding op Operatie Freeborn.'

'Dyess en de andere leden van zijn groep hadden de dodenmars van Bataan overleefd, én het verzamelkamp waar ze daarna werden opgesloten, én de strafkolonie Davao waar ze uiteindelijk terechtkwamen. Weet je waarom ze de vijfenzestig mijl van Bataan naar O'Donnel een dodenmars noemden?'

Graham wist dat zijn antwoord onvolledig zou zijn: 'Omdat er zoveel krijgsgevangenen stierven onderweg.'

'Inderdaad, en dat kwam doordat de Japanners hen dagenlang zonder eten of drinken in de gloeiende zon lieten marcheren. Wie niet kon volgen werd afgemaakt; wie voedsel of water aannam van de bevolking eveneens.'

'Er is het verhaal van een kapitein die erop werd betrapt één yen bij zich te hebben', onderbrak Koch zijn collega. 'Hij werd ter plekke onthoofd, want het geld zou hij wel van een dode Japanner hebben gepikt.'

'Tienduizend Filippijnse krijgsgevangenen stierven aan de gevolgen van uithongering en mishandeling, zoveel dat de Japanse commandant het restant maar naar huis stuurde om daar te sterven, en van de Amerikanen stierven er duizenden.'

'Gruwelijk', gaf Graham toe. 'En er zijn parallellen met de huidige situatie.'

'Die zijn er, maar daar gaat het me nu niet om', zei Tonelli, terwijl de sigarettenrook op het tempo van zijn spreken zijn neusgaten verliet. 'Toen Dyess en de anderen in juni '43 eindelijk in de Verenigde Staten aankwamen, werden ze niet verwelkomd als de helden die ze waren. Integendeel, hun verhaal werd opgetekend en meer dan een jaar lang onder de pet gehouden. En toen het eindelijk naar buiten werd gebracht, had de oorlogscensuur het een en ander weggelaten.'

'En waarom?' vroeg Graham, die moeite had te geloven wat hij hoorde.

'Omdat de vs op dat moment andere prioriteiten hadden', antwoordde Koch in Tonelli's plaats. 'Eerst moest Europa worden bevrijd van de nazi's. We hadden de verdedigers van Bataan een jaar daarvoor al zo schromelijk in de steek gelaten. Maandenlang hadden ze het veertiende Japanse leger tegengehouden. Op die manier voorkwamen ze dat Australië onder de voet werd gelopen. Maar de beloofde steun vanuit de VS hebben ze nooit gekregen. Ze vochten met wapens uit de Eerste Wereldoorlog, op hongerrantsoenen en zonder medicijnen voor hun gewonden. Als het verhaal van de massamoord op de krijgsgevangenen bekend zou worden, zou het Amerikaanse volk van president Roosevelt eisen dat hij eerst zijn eigen mensen ging bevrijden in plaats van Fransen, Belgen en Nederlanders.'

Grahams hersenen werkten op topsnelheid, maar terwijl hij sprak besefte hij dat zijn redenering mank ging: 'Als de Amerikaanse burger te horen krijgt dat wij in staat zijn onze gevangenen te bevrijden, zal dat de steun voor de oorlogsinspanning ten goede komen. Welk belang is er dan mee gediend dat het verhaal van Operatie Freeborn, en soortgelijke, binnenskamers blijft?'

'Het zou Westmoreland de kans geven de beperkingen die hem worden opgelegd aan zijn laars te lappen', zei Tonelli. Zijn vingers sloegen flintertjes as van zijn witte overhemd, waar zich onder de oksels grote zweetplekken aftekenden. 'Hij zou eindelijk de NVA mogen achtervolgen op Cambodjaans en Laotiaans grondgebied. Want als we gevangenen mogen bevrijden die over de grens gevangen worden gehouden, is er ook geen reden meer de zogenaamde neutraliteit van de buurstaten te respecteren, iets wat de communisten van meet af aan niet hebben gedaan.'

'We zouden de oorlog misschien eindelijk winnen.'

De twee mannen tegenover hem schudden bijna gelijktijdig het hoofd: 'Of de Chinezen en de Russen er definitief bij betrekken. En dat is het duivels dilemma in Washington. Dat, plus nog een andere afweging.'

'En die is?'

De twee wisselden een vlugge blik, alsof ze nu misschien een stap te ver zetten. Het was Tonelli die het eerst weer zijn mond opende: 'Je weet dat Lyndon Johnson zijn uiterste best heeft gedaan Ho Chi Minh aan de onderhandelingstafel te krijgen. Tevergeefs. Wat je hem ook aanbiedt, hij hapt niet. Maar nu hij al honderden krijgsgevangenen bij elkaar heeft gekregen, over het algemeen duur opgeleide straaljagerpiloten, heeft hij zelf iets aan te bieden aan Nixon. Die mannen zijn enkel wat waard aan de onderhandelingstafel.'

'En wat gaat hij er volgens jullie voor vragen?'

Tonelli haalde de schouders op: 'Geld, neem ik aan, veel geld. Want hoe hard die communisten ook tekeer mogen gaan tegen "het kapitaal", als puntje bij paaltje komt eisen ze altijd doodgewoon dollars.'

'Dus indirect krijgt het Witte Huis dan toch zijn zin. De Noord-Vietnamezen aan de tafel, en dan niet om te discussiëren over de afmetingen daarvan, maar om spijkers met koppen te slaan.'

Koch was er nijdig van gaan kijken. 'En ondertussen worden wij geacht ons rustig te houden en van tijd tot tijd een linkse senator met enkele vrijgelaten militairen triomfantelijk de vliegtuigladder te zien afdalen.'

'Weten we dan alles wat er zich in de junglekampen en Noord-Vietnamese gevangenissen afspeelt?'

Hij beet op zijn onderlip en knikte. 'Zo goed als alles, en we mogen niets doen.'

'Het verhaal van Operatie Freeborn zal uitlekken. De getuigenissen van Rowe en Bailey zijn ook uitgelekt', probeerde Graham nog.

'Te laat en in te beperkte kring', besloot Tonelli. 'De doorsnee-Amerikaan heeft genoeg van de oorlog. Hij hoort liever dat wij zogezegd dagelijks kinderen bombarderen dan dat zijn eigen landgenoten wegteren in junglehokken. Wees blij dat je eigen broer uit handen van die sadisten is. Operatie Freeborn was een eenmalige kans.'

'En er is nog iets', voegde Koch eraan toe. 'Het lijkt er steeds meer op dat de agentendroppings verraden zijn.'

'Dat suggereerde Luong ook, kort voor zijn dood', zei Graham.

'Ik denk dat Levi op een zijspoor zat', ging Koch verder. 'Ondertussen kon de echte verrader zijn werk blijven doen.'

'Maar de droppings zijn gestopt. Kan hij nog veel schade aanrichten?'

Koch stond op. 'Dat zullen we zien, Marquand. We hebben gelukkig iemand op deze basis die ons een stuk wijzer zou kunnen maken op dat vlak. Jij mag meehelpen hem te ondervragen.'

'Günther is nog steeds hier?'

'Tot ik met hem klaar ben, ja.'

Ze rookten zwijgend verder. Het leek of er niets meer te zeggen was – en of het zwijgen waarmee ze de conversatie afsloten een oefening was voor het zwijgen dat Graham geacht werd te eerbiedigen.

XVIII

GÜNTHER ZAG ER ONTSPANNEN EN GEZOND UIT, VOND GRAham. Als je het gevangenenjasje verwisselde voor een hawaïhemd kon hij gemakkelijk doorgaan voor een verdwaalde toerist. Hij knikte hun vriendelijk toe toen ze aan de andere kant van de houten tafel plaatsnamen, alsof hij de gastheer was die op hun komst had gewacht om de huisbediende met een dienblad vol koffie te laten binnenkomen.

Graham keek vlug om zich heen. De wand links van hem werd grotendeels gevuld door een enorme spiegel. Het raam achter hem bestond uit dik matglas, zodat je van buiten niet naar binnen kon kijken. Op de drie houten stoelen na was de ruimte kaal. Zijn blik gleed over het verweerde zitvlak van een tegen de muur geplaatst meubel. Hij vroeg zich af hoeveel gevangengenomen communisten daar al op hadden gezeten. Misschien waren hun bloed, zweet en tranen wel in het hout getrokken. Hij wist dat de CIA er geen moeite mee had wrede verhoormethoden toe te passen als het moest.

Koch haalde een pakje Camels uit zijn colbertzak tevoorschijn en bood er twee aan. Terwijl het ritueel van het zwijgend vuur geven en de eerste trek nemen zich ontrolde, kwam een soldaat binnen. Tot Grahams verrassing droeg hij inderdaad een dienblad met een karaf ijswater en drie longdrinkglazen, evenals een glazen asbak. Op de zijkant werd reclame gemaakt voor Martini.

Graham keek in het rond, maar zag nergens een ventilator. Misschien opzettelijk om de verdachten ook fysiek het gevoel het geven dat hen het vuur aan de schenen werd gelegd? In ieder geval was de ijsblokjes in de karaf geen lang leven beschoren. Het leek hem dat ze al smolten terwijl Koch de glazen volschonk.

'Ik weet niet of ik u welkom moet heten, Herr Ostermayer', begon Curtis Koch. 'Sommige van uw collega's zien hun komst bij ons als een eerste stap naar een nieuwe toekomst in vrijheid, andere beschouwen zichzelf als gevangene. Ik weet niet wat ze u in Oost-Berlijn of Moskou over ons hebben wijsgemaakt, maar ik kan u verzekeren dat de agenten uit de eerste groep zelden spijt hebben van hun beslissing om samen te werken, in tegenstelling tot die uit de tweede.'

'Als ik werkelijk vrij was, zou u mij hier nu buiten laten stappen en het eerste vliegtuig naar Cambodja of Laos laten boeken', antwoordde Günther. Hij glimlachte terwijl hij het zei.

'U weet vast wel dat we zelfs vrijwillige overlopers niet onbewaakt laten. Guy Burgess en Kim Philby zullen in Moskou ook wel steeds in het oog worden gehouden. Je weet nooit of een dubbelagent geen triple-agent is, nietwaar?'

Graham keek van de een naar de ander en begreep dat het woordenduel vergelijkbaar was met de geuruitwisseling tussen twee reuen die elkaar op straat tegenkomen: even vaststellen of de ander de regels van het spel kent en weet waar de grenzen liggen.

'U hebt me het hemd van het lijf gevraagd sinds ik hier ben. Nou ja, het gevangenishemd dan.' De Oost-Duitser nam een slok van het koele water. Vocht gleed langs zijn lippen terwijl een sliertje rook zich nog naar buiten wurmde.

'Inderdaad,' gaf Koch toe, 'en u hebt redelijk meegewerkt. Maar er blijven nog enkele kwestie over die opheldering behoeven.'

'Is dat niet altijd het geval?' pareerde de ander.

'Zoals deze', ging Koch onverstoorbaar verder. 'We hebben ontdekt dat een aantal van de agenten die we in Noord-Vietnam gedropt hebben weinig meer dan waardeloze informatie hebben doorgegeven en er vervolgens helemaal het zwijgen toe hebben gedaan. We vermoeden dat ze in handen van de contraspionage zijn gevallen en vervolgens omgedraaid.'

'Ja, dat heeft een van uw collega's ook al gesuggereerd. Dat gebeurt toch overal en altijd?'

'Niet op deze schaal', sprak Koch. Hij vouwde zijn handen voor zich op tafel, alsof hij wilde bidden voor het zielenheil van de verloren agenten.

'U hebt er toch nog een heel stel over?' Uit het glimlachje op Günthers lippen concludeerde Graham dat hij de misleiding van Koch had doorzien.

'De snelheid en het gemak waarmee onze agenten zijn opgepakt heeft ons doen concluderen dat er verraad in het spel moet zijn geweest.' Koch pauzeerde even voor het dramatisch effect: 'Aan onze kant.'

'Dubbelagenten zijn al zo oud als de Koude Oorlog, zelfs nog ouder.' De tabaksrook kroop uit de mond van de Oost-Duitser naar het midden van de tafel en bleef daar hangen, alsof de man daar zo een rookgordijn trachtte op te trekken.

'We gaan ervan uit dat u en Ernesto op de hoogte zijn geweest van dat dubbelspel. Anders was dat gevangenenkamp nooit zo dicht bij de grens gebouwd. Jullie wisten dat jullie veilig waren voor infiltranten.'

Günthers gezicht kreeg een donkere uitdrukking: 'We wisten anders niets van die bewaker die dubbelspel speelde. Het klopt dus niet wat u beweert.'

Koch zweeg. De stilte die viel leek de rook naar beneden te drukken.

'Die bewaker behoorde tot een eenheid die blijkbaar de eerste dagen of weken aan jullie aandacht is ontsnapt,' vervolgde Koch.

'Dan zou ik u aanraden na te gaan wie er afwezig was tijdens de voorbereiding van die missie', adviseerde de Oost-Duitser.

Graham keek verrast op. Waarom zegt hij dat? Maar aan Kochs gezicht zag hij dat die deze mogelijkheid allang had onderzocht.

'Elke dubbelagent die ook maar een beetje handig is, zou zelf bedacht hebben dat het spoor zo rechtstreeks naar hem leidde.'

Günther haalde de schouders op: 'Tja, zo zou ik het aanpakken. Systematisch. Maar ik superviseer uw clandestiene operaties natuurlijk niet.'

‘Hoe zou u in mijn plaats dan te werk gaan?’

De gevangene lachte. ‘Herr Koch, als Duitsers onder elkaar: laten we de ander nou geen mietje noemen. Jullie weten best hoe de KGB dergelijke operaties aanpakt. Het staat inmiddels in jullie eigen handboeken.’

De ijsblokjes waren al gesmolten, maar het ijs tussen de twee mannen was nog even hard.

***

Graham liep de verhoorkamer uit, op zoek naar een latrine en wat afleiding. Ze waren al meer dan een uur bezig en de Oost-Duitser vertoonde nog geen enkel teken van zwakte. Graham vermoedde dat Koch goed wist wat hij deed en ook wel informatie uit het gesprek haalde, maar hij kon zich niet voorstellen dat het meer dan details waren. Zijn eigen vragen hadden overigens niets dan ontwijkende reacties opgeleverd.

Aan de andere kant van de spiegel stond niemand, maar hij zag wel een bandrecorder draaien. Hij keek door het observatieraam de kamer in, waar de beide mannen hun conversatie voortzetten. Hun woorden klonken luid en duidelijk door een luidspreker naast het glas. In een hoek van de kamer stond de camera die het verhoor opnam. In een andere hoek was het uiteinde van een microfoon zichtbaar.

Toen hij aanstalten maakte naar het uiteinde van de gang te lopen ging een deur open. Tonelli kwam binnen. Zijn zwarte krullen lagen futloos op zijn hoofd en de speklaag om zijn buik leek een poging te ondernemen via een neerwaartse beweging de hitte te ontlopen. Hij had een mok bij zich waarin iets warm leek te dampen.

Tonelli glimlachte vermoeid toen hij op Graham toeliep. ‘Tot nog toe verloopt het gesprek naar wens.’

‘Naar wens? Die kerel beantwoordt geen enkele vraag rechtstreeks.’

Tonelli blies over de warme drank en nam een slokje. Daarna volgde hij het gesprek in de kamer alsof hij naar de finale van de Superbowl keek.

‘Het spijt me, Herr Koch,’ hoorden ze Günther zeggen, ‘dat is nou eenmaal geen mannenwerk.’

Tonelli stak triomfantelijk een vinger op. ‘Alwéér! De kracht van de herhaling, Marquand.’

Graham haalde de schouders op: ‘Herhaling van niets, zou ik zeggen.’

Tonelli lachte. ‘Je kunt merken dat jij bent opgegroeid met heldenverhalen over de Tweede Wereldoorlog en Korea. Amateurs houden hun mond, worden gemarteld, bezwijken, en beginnen dan alle informatie uit te braken die ze daarvoor zo krampachtig hebben verzwegen. Een professional begint van de eerste minuut af te babbelen. Natuurlijk om ons zand in de ogen te strooien, blij te maken met verouderde kennis en halve leugens, maar ondertussen...’ Hij wees op de spoel van de bandrecorder die onverstoorbaar verder draaide. ‘...laten ze ongewild van alles los.’

‘En hoe weet je wanneer ze dat doen?’

‘Door op bepaalde sleutelwoorden te letten en op de manier waarop die worden uitgesproken.’

Ze luisterden zwijgend verder.

‘...en beschouwt u het dan als echt mannenwerk als u...’ klonk Kochs stem.

‘Curtis heeft het ook al door’, merkte Tonelli verheugd op. ‘Haal hem er eens bij, Marquand.’

Hij deed wat hem gevraagd werd. Günther gaf hem een onverschillige blik toen Graham de deur voor Koch openhield en vervolgens achter hem sloot. De communistische agent had hem eigenlijk elke keer behandeld alsof Graham een loopjongen was die het vak nog moest leren. Geërgerd liet hij de klink los.

Hij had verwacht dat ze gedrieën de Oost-Duitser door het glas zouden gaan bestuderen, alsof hij een buitenformaat goudvis in een aquarium was, maar in plaats daarvan spoelde Tonelli enkele malen de bandopname terug en liet Koch zinsneden horen. Graham probeerde het verband ertussen te ontdekken. Koch had het blijkbaar al gevonden, want hij knikte enthousiast, als een chirurg die zijn aanvankelijke diagnose bevestigd ziet nu de patiënt opengesneden vóór hem op tafel ligt.

'Grote kans dat je gelijk hebt', merkte zijn diensthoofd op.

Tonelli wendde zich tot Graham. 'Je heb tijdens je opleiding een basiscursus psychologie gehad. Dan ben je onderhand bekend met de psychoanalyse, en dus ook met de theorie achter versprekingen.'

Het begon hem te dagen. 'U bedoelt dat Günther uit alle macht probeert iets niet te zeggen en het zich daardoor juist laat ontglippen?'

'Inderdaad, maar hij is natuurlijk wel zo slim en ervaren die fout niet te maken. Daarom zoeken we het op een subtieler niveau. Elke keer dat collega Koch het gesprek op mogelijk verraad aan onze kant bracht, duiken er in zijn antwoord verwijzingen naar mannelijkheid of juist het gebrek daaraan op.'

Koch kon een grijns niet onderdrukken. 'Het was mij ook al opgevallen, George, maar verdomme, wat als we er toch naast zitten? Wil je dat ik er nog een schepje bovenop doe?'

'Ben je gek!' protesteerde Tonelli. 'Waarom zou je riskeren dat hij beseft dat we hem doorhebben? Gooi het maar over een andere boeg, maar hou het nog een half uurtje of zo vol. Ik denk dat we eindelijk gevonden hebben wat we zochten, en als het niet klopt kunnen we hem opnieuw ondervragen.'

'Dan ga ik direct door. Ik wil hem niet te veel tijd geven om te piekeren.'

Het toneelstukje achter het raam werd voortgezet, maar Tonelli leek er ineens net zo weinig belangstelling voor te hebben als Graham zelf. Hij negeerde zijn blaas en vroeg zich af hoe hij de ander kon vragen wát hij precies ontdekt had zonder onnozel te lijken.

'Jij hebt ons zelf op het spoor gezet, Marquand', begon Tonelli uit zichzelf.

'Ik? Wat heb ik dan gedaan?'

'Je hebt in je verslag vermeld dat de echtgenoot van de Franse agente een homoseksueel is, dat zijn huwelijk dient als camouflage.'

'Dat is waar,' gaf Graham toe, 'maar wat bewijst dat? En hoeveel homoseksuelen lopen er rond in Vientiane of Saigon?'

Ze zwegen, alsof ze de woorden en hun betekenis lieten bezinken.

'Het is een flinterdunne aanwijzing', vervolgde Graham.

'Het is té toevallig', antwoordde Tonelli.

Ze zwegen opnieuw; ditmaal ervoer Graham de stilte als dreigend.

'Wat wilt u dat ik eraan doe?' vroeg hij ten slotte.

'Vind uit hoe het precies zit', reageerde Tonelli, zonder zijn ogen van het doorkijkraam af te houden. 'Er is geen enkele reden om omzichtig te doen, en er is geen tijd meer voor ook. Zet alle middelen in, grote en kleine, en neem Levi mee.'

'Moet dat?'

'Moet wat, Marquand? De grote middelen inzetten of Levi meenemen? Allebei, zeg ik je.'

'Begrepen, sir.' Het antwoord kwam eruit met de gewilligheid van een militair op het slagveld. Hij wierp nog één vlugge blik door het raam en zag hoe Günther een nieuwe sigaret aannam van Koch. Het pakje Camels moest onderhand wel bijna leeg zijn. Hij wachtte niet op het ritueel van aansteken en inhaleren en liep zonder nog iets te zeggen naar de uitgang en naar buiten.

XIX

Het reclamebord met 'Martini' deed Graham denken aan de asbak in de verhoorkamer. Samen met het ene metalen tafeltje en de twee stoelen die het terras vormden moest het de indruk wekken dat er soms andere gasten kwamen in het winkeltje annex café dan de dorpsbewoners zelf, maar de roestige poten vertelden een ander verhaal. Graham nipte van zijn *café au lait*. De melk was zurig en zorgde met de bittere koffie voor een onaantrekkelijke smaakcombinatie. Zijn dorst was echter groter dan zijn weerzin. Bovendien wilde hij de *patron* gunstig stemmen, zodat Levi kon telefoneren. Het was niet de drankreclame, maar de telefoonpaal en -lijnen hadden hen hier naartoe gelokt.

Graham kon Levi op enkele meters afstand luidop horen praten. De verbinding was ongetwijfeld beroerd. Daar kwam nog bij dat Levi's Frans stukken slechter was dan dat van Graham, maar ze hadden besloten dat hij meer kans had Aubrac aan de lijn te krijgen, of in ieder geval te achterhalen waar die zich bevond.

Midden op het dorpsplein stond een beeld van een of andere Franse veroveraar dat merkwaardig genoeg nog altijd niet vervangen was door een beeld van de Laotiaanse koning. Om het plein stonden huizen in Franse en in Laotiaanse stijl. De laatste stonden hoger, om te voorkomen dat er slangen naar binnen konden kruipen. Het was nog vroeg op de dag en toch brandde de zon al ongenadig. Nachtelijke regenbuien hadden maar tijdelijk verfrissing gebracht. De lucht leek loodrecht in de straat te staan, niet in staat te bewegen. Graham speurde links en rechts de weg af maar zag geen enkel ander voertuig, behalve zijn eigen gedeukte en bevlekte Chevrolet Bel Air. De weg, die was aangelegd met Frans geld en gerepareerd met Amerikaans dollars, leek door de Laotianen nauwelijks te worden gebruikt. Hij kreeg het onaangename idee dat de westerlingen aan ontwikkelingshulp tegen wil en dank deden.

Levi beëindigde het gesprek, bedankte de winkelier overdreven hartelijk en liep naar buiten. Hij plofte neer op de andere metalen stoel en plaatste zijn lange benen slungelachtig naast elk van de voorpoten.

'Ze hebben me dan eindelijk gezegd waar hij was, die verdomde knoflooketers, maar hou je vast: we moeten niet naar Vientiane maar naar een dorp in de buurt van Paksan.'

'Paksan? Dat is minstens drie uur rijden', bracht Graham teleurgesteld uit.

'Kan ik er wat aan doen? Laten we maar gelijk vertrekken, zou ik zeggen, en tanken bij elke pomp die we onderweg tegenkomen.'

Het zweet was hem alweer uitgebroken, en vast niet enkel door de hitte, vermoedde Graham.

'Gebrek aan benzine is niet de enige pech die we onderweg kunnen hebben', reageerde hij. 'Lekke banden, gebroken assen, botsingen met olifanten...'

'Ja ja, Marquand, olifanten op de vroege morgen. Drink op, betaal en vertrek.'

Graham haalde wat kip-geld uit zijn achterzak, stond op en tuurde in de richting waarin ze zouden reizen: het zuidoosten. Er schoot hem iets te binnen.

'Hij is daar toch nog wel als we er aankomen?'

'Volgens zijn kantoor blijft hij er drie dagen', antwoordde Levi. 'Zelfs als die olifanten van jou op het eerste kruispunt dat we passeren de auto rammen, moeten we het nog bijtijds kunnen halen.'

***

Ondanks de wind door de geopende ramen leek het in de auto te stinken. Levi klaagde als eerste, maar hoewel Graham ontkende dat er een reuk hing moest hij het voor zichzelf toch toegeven. Het was geen menselijk zweet, waarvan vooral Levi een buitensporige hoeveelheid leek te kunnen produceren.

'Zeg, dat lijk dat we in de achterbak vervoerd hebben', begon Levi op een bepaald moment.

'Wat is daarmee? Dat lijk is allang weg.'

'Ja, maar zo'n dood lichaam drupt lijkvocht, en dat is natuurlijk een poel van microben geworden. Er leeft van alles in jouw achterbak.'

'Daarnet zei je nog dat er iets levenloos lag.'

'Weet ik veel hoe snel de ontbinding in de tropen verloopt', ging Levi onverstoorbaar verder. 'Van dode soldaten in de jungle vinden ze gewoonlijk nooit meer iets terug.'

'Toen ik mijn koffer in de achterbak smeet heb ik niets zien krioelen. Wat je ruikt bevindt zich buiten.' Graham wees naar de omgeving. 'Rottende vegetatie, stinkend water in stilstaande poelen, menselijke uitwerpselen. En wat dacht je dat die Mekong allemaal mee naar zee drijft?'

Levi zuchtte: 'Het zal dan wel. Jij bent langer in de tropen dan ik.'

'Blij dat je eindelijk ook eens iets positiefs over mij weet te zeggen.'

Graham besloot van het moment gebruik te maken om de ander een sigaret aan te bieden. Ze rookten en reden zwijgend verder. Links en rechts rijstvelden, onderbroken door stukken bos. De weg zelf bestond uit een afwisseling van begaanbare en bijna onbegaanbare stukken. In de buurt van dorpen was ze geasfalteerd of lagen er kinderkoppen, daarbuiten liep ze soms ineens over in een brede zandweg, inclusief verraderlijke kuilen en stenen. De snelheid van de Chevrolet zakte soms af tot nauwelijks meer dan tien mijl per uur. De vering van de auto had het zwaar te verduren.

'Hoe gaan we het eigenlijk aanpakken als we tegenover hem zitten?' vroeg Levi toen ze weer een begaanbaar stuk naderden en Graham iets meer gas kon geven. 'Gaan we hem martelen? Omkopen? Vleien? Of voor mijn part zelfs ontvoeren?'

Graham trachtte zijn cynisme te negeren: 'Ontvoeren is een serieuze optie.'

Levi lachte humorloos: 'En dan bij de Thaise grens de vraag "Hebt u iets aan te geven?" beantwoorden met "Alleen een Franse homo in de kofferbak".'

'Een spionerende Franse homo...'

'Ach kom, dat geloof je zelf niet! We jagen een hersenschim na. Dat lieftallige vrouwtje van hem zal de dubbelagent wel zijn, en die is allang met de noorderzon vertrokken.'

'Steeds maar in hetzelfde straatje blijven denken, niet, Ab?'

Graham probeerde zijn stem neutraal te laten klinken, maar hij voelde de kwaadheid opborrelen. Levi draaide zich naar hem toe en spuugde zijn volgende zin bijna uit: 'Ik moet een onschuldige achter zijn reet zitten terwijl ik hier naast de vermoedelijke schuldige zit. Als dat niet om van uit je vel te springen is!'

'Die zaak is afgedaan!' riep Graham terug. Hij lette niet goed op en reed over een losse tak die hard tegen de onderkant van de auto bonkte. Direct daarna trapte hij op de rem vanwege een veel groter obstakel.

'Jezus, wat is dat?' hoorde hij naast zich zeggen.

'Een waterbuffel aan de wandel, wat anders?'

Het enorme dier was blijkbaar geschrokken door het zicht en het geluid van de naderende auto en vanachter enkele bomen de weg opgelopen. Zijn staart sloeg heen en weer en Graham zag de neusgaten nerveus open- en dichtgaan.

'Jezus,' hoorde hij Levi weer zeggen, 'wat nu?'

'Ik zet de motor af en hoop dat de buffel kalmeert en doorloopt.'

'Kun je niet beter achteruitrijden?'

'Als jij denkt dat ik sneller achteruit kan rijden dan een woedende buffel voorwaarts kan aanvallen, ben je een nog grotere stommeling dan ik al dacht, Levi.'

Zwijgend keken ze eerst elkaar en daarna de briesende buffel in de ogen.

De spanning werd verbroken door drie jongens die vanachter de bomen kwamen. Hun komst kalmeerde de buffel zichtbaar.

Twee van hen leidden het dier naar de overkant, de derde liep op de Chevrolet af.

'American!' bracht hij uit, en hij wees trots op het T-shirt dat hij droeg en waarop in vale letters 'Drink Coca-Cola' te lezen stond.

Graham lachte de jongen toe, tastte in zijn achterzak en haalde er wat papier geld uit. 'Khxbkhun.'

Hij hoopte maar dat kinderen zo vlak bij de grens een paar woorden Thai verstonden, maar ook zonder het 'bedankt' zei geld al voldoende.

De Chevrolet trok weer op, nagewuifd door de kinderen. Pas enkele honderden meters verder merkte Graham dat Levi zich weer begon te ontspannen.

'Sorry, Marquand, je hebt gelijk. Ik mag denken wat ik wil, maar ik word geacht opdrachten uit te voeren. Koch heeft ons samen op pad gestuurd. Daar zal hij een reden toe hebben.'

'Heb je al eens bedacht dat het een test kan zijn?'

'Een test?' vroeg Levi onnozel. En toen leek het hem te dagen: 'Ja, natuurlijk is het ook een test.'

'Laten we dan stoppen met ruziemaken en met elkaar wantrouwen. Misschien hebben we elkaars hulp straks nog hard nodig.'

Levi staarde in de verte, naar het water van de Mekong, dat in de zon leek op te lichten. Hij knikte, nauwelijks merkbaar, en stak zijn rechterhand uit.

'Oké, laten we elkaar vertrouwen.'

De handdruk was slap en de handpalm voelde bijzonder klam aan, vond Graham.

***

Paksan was een armzalige gemeente, de benaming 'stadje' nauwelijks waardig. Stoffige houten huizen en slechts enkele van de villa's die zo typerend leken voor de Franse koloniale tijd. Ze waren stuk voor stuk in gebruik als onderkomen voor de provinciale autoriteiten. Graham zag al snel dat er niet alleen inwoners in de straten liepen, maar ook mensen die uit andere delen van het land afkomstig leken. Hij zag onder meer verschillende Hmong, die puften in hun te warme kleding, waarschijnlijk omdat ze halsoverkop de gevechten in het koudere noorden ontvlucht waren.

De Chevrolet leek vanzelf tot stilstand te komen. Graham schoot een Laotiaan van middelbare leeftijd aan en vroeg hem in het Frans naar het kantoor van de Franse ontwikkelingswerkers.

'Die zijn in het eerste dorp richting Vientiane aan het werk. U moet erlangs gereden zijn.'

Hij bedankte de man, draaide de auto zo goed en zo kwaad als het ging en reed terug. Ze lieten Paksan even snel achter zich als ze erin gereden waren.

'Als jij een paar Fransen hebt gezien, heet ik voortaan Lewinsky', bromde Levi.

'Ik zet de auto aan de kant van de weg en we lopen een stuk de velden in zodra we bij het eerste dorp zijn', zei Graham.

Het dorp leek die benaming ook al nauwelijks waardig en vormde met zijn verzameling hutten en stallen eerder een naamloze vlek op de kaart, vond Graham. Geen wonder dat ze er de eerste keer niet gestopt waren. Hij parkeerde de Chevrolet en sloot de ramen, aarzelde en opende toen het handschoenenkastje: 'Toch maar beter gewapend gaan.'

'Verwacht je dan tegenstand?'

'Niet echt, maar het zou stom zijn als Aubrac wel een wapen had en wij niet.'

Terwijl Graham de auto afsloot controleerde Levi zijn eigen wapen, een pistool van het merk Beretta. Graham herinnerde zich hoe de loop ervan op hemzelf gericht was geweest. Toen hij klaar was knikte hij Graham toe. 'Gewoon ontvoeren dus. En als hij ons alles verteld heeft wat we willen weten, donderen we hem de auto uit en mag hij te voet naar Paksan om zich daar te beklagen.'

Ze liepen zwijgend de licht glooiende helling op. Dijkjes voorkwamen dat de kostbare grond erodeerde en met het water van de velden naar beneden stroomde om uiteindelijk in de rivier te belanden. De aardwalletjes stelden de boeren bovendien in staat te irrigeren. Al snel vloekte Levi omdat hij geen laarzen aanhad en het water in zijn schoenen stond.

'Vanavond je voeten op bloedzuigers controleren', merkte Graham met een brede grijns op zijn gezicht op. 'Dat deden wij in Vietnam ook trouw.'

Ze klommen gestaag. Al snel veranderde hun ferme stap in een sjokkende en hun rustige ademhaling in een hijgende. Graham keek achterom en trachtte zijn auto te onderscheiden. Die was niet meer zichtbaar. Hij strekte zijn rug en tuurde voor zich uit. Terwijl hij een zweetdruppel uit zijn rechteroog veegde, zag hij door het waas beweging hogerop. 'Ab, daar zijn ze!'

'Schreeuw niet zo', zei de ander. 'Ze hebben ons ook gezien, of in ieder geval gehoord.'

'Wacht tot Aubrac onze kant op komt', besloot Graham. 'Dan zijn we alvast van die twee anderen af.'

Hij had goed gegokt. Een van de gestalten maakte zich uit het groepje los en kwam zonder haast naar beneden lopen. Terwijl hij naderde zag Graham dat Aubrac niet blij keek, maar evenmin angstig, hooguit wat verontrust.

'Is dit toeval dat jullie hier zijn?' was het eerste dat hij uitbracht toen hij op hun hoogte was.

'Nee', antwoordde Graham botweg. Zijn weerzin tegen de man werd groter met elke centimeter dat Aubrac dichterbij kwam.

'In dit land is niks toevallig', voegde Levi eraan toe. Het klonk dreigend en filosofisch tegelijk.

'Dan zal ik jullie wat wijn en kaas aanbieden die ik, ook niet toevallig, heb meegenomen. Volg mij alstublieft naar boven.'

Graham begreep dat Aubrac op een slinkse manier weer in de buurt van zijn collega's wilde komen. Hij legde zijn rechterhand op diens schouders om hem tegen te houden.

'Wat moet dat?' protesteerde Aubrac zwak.

'Dat moet het begin voorstellen van een openhartig gesprek onder zes ogen, monsieur Aubrac', zei Graham. Hij schakelde over van het Engels op het Frans, niet om Levi buiten te sluiten maar om te voorkomen dat de Fransman zich achter een gebrekkige woordenschat kon verschuilen. 'Kent u een zekere Günther Obermayer?'

'Nooit van gehoord.'

'Hij lijkt u anders wel te kennen, en het lijkt er vooral op dat de informatie die u aan zijn dienst hebt doorgespeeld erg op prijs werd gesteld.'

'De enige informatie die ik de voorbije jaren heb doorgespeeld is van landbouwkundige aard, en die is bij individuele boeren terechtgekomen en niet bij diensten.'

De Fransman knipperde niet met de ogen, maar Graham voelde de extra betekenis die achter zijn antwoord schuilging. Hoewel hij het niet over geheime diensten had gehad, wist Aubrac blijkbaar precies waar Graham op doelde.

'Mister Aubrac, we weten dat u homoseksueel bent en willen nu ook weten met welke Amerikaanse militair u een verhouding hebt. Als u hem afperst met zijn ziekte is dat in ruil voor vertrouwelijke informatie geweest.'

Levi had Engels gesproken. Graham schrok van de plotselinge verbale uitval, maar nog meer van de reeks van veronderstellingen die zijn collega ermee in elkaar had geknoopt. Aubrac leek meer in de war dan geschrokken.

'Pardon... Afpersen? Waar hébt u het in vredesnaam over?'

'Hou je niet van den domme, Aubrac', repliceerde Levi kwaad. 'Je gaat rustig met ons mee en onderweg zullen we de waarheid wel tussen de leugens uit vissen.'

Hij had zijn Beretta getrokken en richtte de loop op buik van de Fransman. Graham hield een scheef oog op de Fransen hogerop. Ze kwamen behoedzaam hun richting uit. Waarschijnlijk hadden ze in de gaten gekregen dat er iets aan de hand was.

'Waarvan beschuldigen jullie mij eigenlijk? En met welk recht?'

Pedante zak, dacht Graham geërgerd, maar hij haalde zijn eigen Colt uit zijn broekriem en liet deze losjes in zijn hand bungelen. Een van de twee Fransen stopte abrupt toen hij het wapen tevoorschijn zag komen.

'Niet zaniken, monsieur Aubrac,' zei hij, op een beleefder toon dan hij van plan was geweest, 'loop rustig mee en stort uw hart maar eens bij ons uit.'

Terwijl hij sprak hield hij zijn ogen op de Fransen gericht. Hij zag dat een van hen inmiddels ook een wapen getrokken had. Ontwikkelingswerkers mochten mannen van goede wil zijn, ze hadden natuurlijk geen zin in handen van communistische guerrillastrijders of ordinaire bandieten te vallen.

'Ab, neem hem mee, ik dek de aftocht.'

Graham richtte de loop van zijn Colt op de mannen hogerop. Ze stonden hooguit op twintig meter afstand van hem: hij kon ze zonder probleem in de arm of in de benen schieten. Maar hij zag nu dat de tweede eveneens een vuurwapen uit zijn broeksriem haalde. Het leek hem een P-15, een semiautomatisch pistool van Franse makelij, wat erop duidde dat de landbouwkundigen contacten hadden met het Franse leger of – waarschijnlijker – ex-militairen waren.

Hij besefte dat hij de twee kerels beter verbaal kon overbluffen dan een regelrechte shoot-out te riskeren. De kans dat hij die overleefde was klein.

'Doe niets overhaast!' riep hij hun toe. 'Wij willen enkel praten met monsieur Aubrac en laten hem daarna weer gaan. Onze beide collega's hebben enkele dringende vragen voor hem.'

De laatste zin deed het hem, precies zoals hij had gehoopt. Ze konden niet weten of er beneden misschien nog twee gewapende Amerikanen waren, en vier tegen twee was ook hen blijkbaar wat te veel van het goede.

Graham keek niet om maar hoorde hoe Levi en Aubrac langzaam afdaalden. Eenmaal hoorde hij zijn collega 'vooruit!' zeggen, waarop hij besefte dat de Fransman tijd trachtte te winnen. Zonder zijn ogen van de mannen boven hem af te houden liep hij achterwaarts.

Hij struikelde na nog geen tien passen. Terwijl hij achterover viel had hij de tegenwoordigheid van geest zijn Colt vast te houden en bij het neerkomen direct naar links te rollen. De eerste kogel vloog rakelings over zijn rechterschouder, de tweede sloeg op nog geen tien centimeter vóór hem in en deed een klein fonteintje van modderwater opwellen.

Graham rolde door tot hij achter een dijkje lag. Hij negeerde het gefluit van een derde kogel en dwong zichzelf op te kijken en zonder werkelijk te richten een schot af te vuren. In de gauwigheid zag hij een van de Fransen op zijn beurt wegduiken.

Hij kroop verder. Het vieze water doorweekte zijn kleren en sijpelde zijn laarzen in, maar het enige wat hem zorgen baarde was dat zijn Colt nat kon worden. Opnieuw dwong hij zichzelf op te kijken. In een flits zag hij het gevaar waar Levi in verkeerde. Een van de Fransen naderde hem van achteren en maakte aanstalten de Amerikaan in de rug te schieten. Graham aarzelde geen seconde, richtte zijn wapen en drukte af.

De man stond stil en stortte toen voorover. Vervolgens gebeurde er iets in de rechterhoek van Grahams blikveld, maar hij concentreerde zich op de overgebleven Fransman en negeerde het lawaai van beneden. Uit alle macht tuurde hij of hij de laatste tegenstander kon ontwaren. Toen hij een hoofd en een paar schouders zag, drukte hij opnieuw af.

Hij had gemist, maar blijkbaar had de combinatie van een voltreffer en een bijna-treffer indruk gemaakt.

'Stop met schieten!' hoorde hij roepen. 'Wapenstilstand!'

'Niks wapenstilstand!' riep Graham terug. 'Gooi je wapen weg en kom vervolgens met je handen omhoog overeind.'

'Ik ben me daar gek!' klonk het van tussen de rijstplanten.

'Dan ook geen wapenstilstand!' gilde Graham weer.

De seconden sleepten zich voort. Graham vreesde dat de ander aan een omtrekkende beweging begonnen was. Toen hoorde hij 'Kijk!' en vervolgens zag hij een pistool worden weggeworpen en in het water terechtkomen. 'Maar ik kom niet tevoorschijn!'

Graham verbaasde zich over de vreemde logica van zijn tegenstander, bedacht toen dat het best een list kon zijn en besloot het zekere voor het onzekere te nemen. Als de ander een tweede wapen had, zou die wachten tot zijn tegenstander argeloos overeind kwam en zich blootgaf. Graham kroop terug langs het dijkje en waagde zich weer op het pad naast het rijstveld. Nog geen meter van hem vandaan lag de tweede Fransman, kreunend en met één hand zijn rechterbeen vastpakkend daar waar een grote bloedvlek zichtbaar was. Even dacht Graham erover het pistool van de gewonde te gaan halen, maar toen realiseerde hij zich dat dit toch te gevaarlijk was. In plaats daarvan kroop hij op handen en voeten naar beneden, tot hij meende ver genoeg te zijn afgedaald om weer rechtop te kunnen lopen.

Levi stond bij de Chevrolet en speurde paniekerig om zich heen, de Beretta doelloos in zijn hand.

'Waar is Aubrac?' vroeg Graham hijgend.

'Hij schopte me verdomme in mijn kruis en ging ervandoor.'

Graham overwoog welke kant hijzelf op zou lopen. In de richting van Vientiane waren de eerste kilometers enkel velden en nauwelijks bomen, in de richting van Paksan daarentegen kon hij makkelijker beschutting vinden. Hij aarzelde niet langer, viste de autosleutel uit zijn broekzak en beduidde Levi in te stappen.

'Hou de helling in het oog en schiet zodra je die andere kerel ziet opdagen', blafte hij.

Het was een zinloos bevel, besefte hij toen hij de wagen keerde, want Levi zat aan de verkeerde kant en zou langs hem heen moeten schieten als de Fransman een aanval waagde. Met een prikkend gevoel in zijn onbeschermde linkerkant gaf hij gas en reed weg.

'Hij schopte me verdomme zomaar in mijn ballen', herhaalde Levi.

'Flikkers zijn ook kerels', mompelde Graham, terwijl hij ingespannen op en langs de weg tuurde. 'Dat zal je leren hem te onderschatten.'

Ze zagen het bijna gelijktijdig: iemand die de struiken in dook. Graham remde uit alle macht. Levi was al uit de auto nog voor die volledig tot stilstand was gekomen. 'Blijf staan!' hoorde Graham hem roepen. 'Blijf staan of ik schiet je verdomme voor je kloten!'

Even overwoog hij Levi achterna te hollen, maar besloot toen dat hij de ander in ieder geval dit klusje kon overlaten en begon de Chevrolet voor de zoveelste maal op de weg te keren. Toen hij de wagen in de juiste richting had staan hield hij een waakzaam oog op het asfalt voor hem gericht.

Het duurde niet lang tot hij naast het geronk van de motor, ook de stemmen van de twee mannen hoorde. Levi was zachtjes aan het vloeken en Aubrac verdedigde zijn handelwijze. Graham luisterde niet echt naar wat ze zeiden, wachtte tot Levi de Fransman achterin had laten instappen en trok toen op.

Toen ze de plek naderden waar het vuurgevecht had plaatsgevonden, stuurde Graham met de linkerhand. In de rechter hield hij zijn Colt geheven, zodat hij desnoods direct uit het geopende raam aan de passagierskant kon schieten. Hij passeerde met ingehouden adem, maar zag of hoorde niets bedreigends. Toen ze er voorbij waren keek hij afwisselend in de berm en in zijn achteruitkijkspiegel. Pas toen hij zeker wist dat ze ver genoeg waren liet hij met een grote zucht zijn ingehouden adem ontsnappen, legde de Colt op de passagiersstoel naast zich en pakte het stuur weer met beide handen vast.

'Zo mister Aubrac', hoorde hij Levi achter zich zeggen, 'en nu gaan wij op een rustige plek eens zonder lijfwachten en leugens van gedachten wisselen.'

***

De Chrevolet stond met het rechtervoorwiel in de modder en helde licht over naar de kant van de berm. Graham had liever een plek gevonden waar de wagen werkelijk uit het zicht stond, maar dan riskeerde hij nog meer dat hij hem straks niet meer in beweging kreeg. Reed je te ver tussen de bomen, dan kon je je klem rijden tussen de wortels; manoeuvreerde je te dicht langs een rijstveld, dan dreigde je in het water weg te zakken. Hij wierp een sceptische blik op het voertuig en richtte zich vervolgens weer op Aubrac.

De Fransman zat tegenover hen op het gras. Zijn junglehoed stond nonchalant iets naar achteren geschoven op zijn hoofd, zijn armen waren rond zijn knieën geslagen. Als hij een korte broek en kniekousen had gedragen, zou hij gerust voor een hopman van de padvinders hebben kunnen doorgaan, vond Graham. Maar de grote zweetplekken onder zijn oksels, die zijn kakihemd donker kleurden, werden niet enkel door de hitte veroorzaakt, de jachtige ademhaling kwam niet van de inspanning.

‘Over mijn voorkeur voor mannen... dat kun je enkel van Angèle weten’, sprak Aubrac. Het leek meer een vraag dan een vaststelling. Ze waren weer op het Engels overgegaan.

‘Dat hoop je maar’, antwoordde Levi. ‘Anders is het uitgelekt en kun je je boeltje pakken.’ De Beretta lag achteloos in zijn rechterhand; de loop ervan wees naar Aubracs linkerknie.

‘Dat denk jij maar’, reageerde de Fransman zonder aarzelen. ‘In Frankrijk maken we er niet zo’n probleem van als in Amerika. Je spreekt er niet openlijk over, dat is alles. Ik raak mijn baan er niet door kwijt.’

‘Je zegt het zelf: als je er niet openlijk over spreekt. Dat doen we nu wel. En daar heeft een ander ook al eens mee gedreigd.’

‘Bewijs het’, zei Aubrac op uitdagende toon.

Graham zag de angst zienderogen uit zijn ogen verdwijnen. Het werd tijd om een eerste troef uit te spelen. ‘We hebben foto’s van jou en een jonge Laotiaan, genaamd Kong Gum.’

Hij zag dat de naam het hem deed.

‘En als wij die hebben, hebben de Sovjets of de Chinezen die ook’, vulde Levi keurig aan.

Aubrac slikte hoorbaar. ‘Dat bewijst nog altijd niet dat ik ermee gechanteerd word.’

‘Günther Obermayer heeft toegegeven dat de informatie afkomstig was van een Franse homoseksueel die werd afgeperst met een affaire.’ De halve leugen kwam er vlotjes uit, vond Graham. ‘Het ging om locaties van agentendroppings in Noord-Vietnam.’

Hij zag dat het ditmaal het woord ‘agentendroppings’ was dat het hem deed.

Aubrac keek uit over het veld naast hen, knipperde driemaal achter elkaar kort met zijn ogen en smakte met zijn lippen die ongetwijfeld net zo droog aanvoelden als de mond daarachter.

Graham wisselde een snelle blik met Levi. Ze beseften allebei dat de man tegenover hen worstelde om een uitweg te zoeken en er geen vond.

'Als jij het niet was, moet het je echtgenote zijn geweest', merkte Levi op sombere toon op.

Dat deed het hem uiteindelijk. Aubrac maakte een afwerend handgebaar. 'Nee, nee, Angèle heeft niets doorgegeven, tenminste, niet aan de Russen.'

Nu was het de beurt aan Graham om te schrikken. Levi had dezelfde reactie. Hij zag het pistool met een ruk op de buik van de Fransman gericht worden. 'Ik geloof dat het nu tijd wordt dat je ons eindelijk het hele verhaal vertelt.'

Aubrac slikte weer, smakte, zuchtte en leek zich toen te realiseren dat hij met zijn mond nog maar één ander ding kon doen, namelijk praten: 'Angèle is agente voor de DGSE, dat weten jullie al. Ze heeft de voorbije jaren geprofiteerd van het feit dat ik, in mijn positie, veel eerder de verdenking op me laad voor de inlichtingendienst te werken dan mijn vrouw. Ik heb die verdenking nooit ontkracht, eerder af en toe versterkt door zogenaamde loslippigheid.'

Graham herinnerde zich de receptie in de Franse ambassade, toen een dronken Aubrac had gesuggereerd dat ze allemaal in de spionagebusiness zaten.

'Maar het is waar. Vorig jaar ben ik benaderd door een medewerker van de Russische ambassade. Hij had foto's van mij en... Enfin, hij stelde me voor de keus: ik moest een oogje houden op Angèle, en de bijzonderheden die zij aan Parijs te melden had op mijn beurt aan hem doorgeven. Ik wilde eerst weigeren, maar ik zwichtte al snel.'

'En je hebt je nooit afgevraagd hoe die Rus dat ontdekt had, van jou en die andere gast?'

Graham hoorde aan Levi's stem dat hij eigenlijk een ander woord had willen gebruiken.

Hij antwoordde in Aubracs plaats: 'Hij heeft die verhouding zelf voor je gearrangeerd.'

De mond van de Fransman viel open van verbazing. Graham zag de ijzertjes die een brug in de onderkaak vasthielden: 'Denk je dat echt?'

'Bekende tactiek van de Sovjets', beaamde Levi. 'Seksuele spionage. Werkt soms beter dan omkoping of ideologie.'

'Seksuele spionage', herhaalde Aubrac. 'Dat is ook de tactiek die Angèle toepast.'

Graham voelde zich alsof hij geprikt werd met een scherpe stok. 'Verklaar je nader.'

'Toen wij trouwden deed ik nog mijn best mijn voorkeur te onderdrukken. Wij hadden een normaal seksleven, bevredigend voor haar, minder bevredigend voor mij. Al na enkele maanden werd Angèle zwanger. Ik was ook blij, maar... het werd een miskraam. En nadien volgden er nog twee. Kinderen, dat zat er voor ons niet in. Dat feit veranderde iets in ons huwelijk. Het leek eerst iets onbestemds, niet iets essentieels, maar het nam concrete vormen aan...'

Graham kon die 'concrete vormen' zelf invullen. Aubrac gaf aan zijn verlangen naar mannen toe, en Angèle aan het hare, al waren dat natuurlijk niet dezelfde mannen.

'We besloten naar het buitenland te gaan', vervolgde Aubrac. 'Ik werd door het ministerie waar ik werkte ingehuurd en uitgezonden, en Angèle volgde. Eerst naar Madagaskar, daarna naar Guinee, ten slotte naar Laos. De geheime dienst had inmiddels haar talenten ontdekt, via een van haar minnaars. De inlichtingendienst verschafte haar bestaan een nieuwe dimensie, een nieuwe zin...' Hij aarzelde maar ging niet verder.

'En jullie huwelijk ook?' informeerde Graham.

'Ons huwelijk ook', gaf Aubrac toe. 'Het verschafte haar de ideale dekmantel.'

'Dus het was geen toeval dat ze mij die middag opzocht in de rijstvelden?'

'Het was inderdaad geen toeval', herhaalde Aubrac.

'In ieder geval wist ik veel te weinig over de droppings om haar daarbij van nut te zijn. Trouwens, het kwam niet in me op haar bijzonderheden over mijn inlichtingenwerk toe te vertrouwen. Op mij had ze dus geen vat.'

Na die laatste woorden voelde Graham dat er een superieure glimlach om zijn lippen kwam, maar tot zijn ergernis glimlachte de Fransman terug.

'Speelde ze het onnozele vrouwtje dat enkel belangstelling had voor de pleziertjes in het leven?'

'Ik hoef jou niet aan je neus te hangen wat of hoe ze speelde, Aubrac.'

'Maar zo pakte ze het elke keer aan. Een maandenlange aanlooptijd, niet om het vertrouwen te winnen maar om het wantrouwen in slaap te sussen. En daarna, als de minnaar van dienst meende dat zijn zorgen en ambities nergens zo veilig waren als bij haar, juist omdat zij er geen interesse in had, kon ze beginnen aan haar subtiele spel van aanmoedigen en uithoren.'

Graham voelde zijn kaken rood worden, trachtte de stekende blik van Levi te negeren en antwoordde: 'Met dit verschil dat ze mij uiteindelijk heeft bekend agente te zijn.'

Aubrac haalde de schouders op: 'Ze had geen andere keuze. Het spel was uit.'

Hij had zich trots moeten voelen dat hij het spel door had gehad voor ze hem werkelijk kon compromitteren, maar Graham voelde zich desondanks beetgenomen.

'En hoe kwam jij op jouw beurt aan jouw informatie?' vroeg Levi. 'Je kon toch moeilijk zeggen: "Schat, wat heb je deze week voor me om de afperser tevreden te stellen?"'

Graham verbaasde zich over de sardonische toon, maar Aubrac scheen het niet eens te horen. 'Ze maakte rapporten voor haar dienstchef, in code. Ik wist waar ze die rapporten bewaarde en ik kende de code.'

'En wie leverde haar de informatie over de agentendroppings?'

Het was de hamvraag, achteloos gesteld door Levi, maar in feite de enige die werkelijk belangrijk was. Aubrac leek het ook te voelen en hield het antwoord niet achter.

'Ze had maandenlang een verhouding met een Amerikaans officier. Een harde noot om te kraken, kreeg ik de indruk. Trouwens, u moet nu ook niet denken dat ze een soort hoer was. De paar mannen met wie ze de voorbije jaren iets had, spraken haar fysiek en karakterologisch aan. Ze moest er ook ruim de tijd voor kunnen nemen.'

Zijn ogen flitsten van Levi naar Graham toen hij dit zei, maar Graham voelde zich niet gevleid door de opmerking. 'Doe niet of ze de heilige maagd Maria is. Ik ben er zeker van dat ze het al met mij begon aan te leggen terwijl ze het met de ander nog aan het afbouwen was.'

'Die ander kon eenvoudigweg niet meer naar Vientiane komen of naar Bangkok. Hij ging definitief terug naar zijn eenheid, vanwege een ophanden zijnde geheime actie.'

'Was die actie het laatste waarover hij zijn mond voorbijpraatte?' vroeg Levi.

'Nee, over lopende zaken zweeg hij. En met die droppings werd er blijkbaar gestopt. Hij had dus geen nut meer.'

Graham kreeg een vermoeden over de identiteit van de informant. 'Een luchtmachtofficier, nietwaar?'

Aubrac keek verbaasd op. 'Inderdaad. Je kent hem?'

Graham voelde vier paar ogen op zich gericht – en de loop van een pistool. Hij vroeg zich even af of Levi zich bewust was van het feit dat zijn wapen niet langer op de Fransman maar op zijn collega gericht was, zag toen dat hij het zelf merkte en corrigeerde.

'Kapitein Mencken.'

'Inderdaad, kapitein William Mencken.'

Het knikken van Aubrac had iets opgeluchts, alsof ze gedrieën eindelijk de ware schuldige hadden ontdekt. Maar Graham voelde meer teleurstelling. Hij herinnerde zich de mysterieuze opmerkingen van de marconist in het Hmong-dorp over een mogelijk Englandspiel met de agentendroppings. Voorlopig leek het er meer op dat een stel onnozelaars achteloos hun mond had voorbijgepraat. Onnozelaars als Mencken, maar ook als Levi en hijzelf.

***

Ze hadden een paar kilometer richting Vientiane gereden toen Graham de Chevrolet stopte. Hij draaide zich om naar Aubrac en bood hem een sigaret aan. Het was het eerste vriendelijke gebaar sinds ze elkaar een uur geleden waren tegengekomen, besefte hij. Levi maakte geen bezwaar. De Beretta was weggestopt in zijn broekzak.

'We kunnen je wettelijk niets maken in dit neutrale land, Aubrac,' zei hij, 'maar jij ons vanzelfsprekend ook niet. Voor de gewonde in het veld zul je zelf een aannemelijke verklaring moeten vinden.'

Hij pauzeerde even om de betekenis van de woorden te laten doordringen. De contouren van een verklaring doemden al op in zijn geest: Thaise bandieten die de grens waren overgestoken, Russen die zich voordeden als bevriende Amerikanen – alles behalve de voor Aubrac zo gevaarlijke waarheid. Hij zou de overgebleven collega wel zover krijgen, meende Graham.

'Denk niet dat ik een verklaring ga afleggen tegen mijn echtgenote', antwoordde Aubrac. Nu het gevaar geweken leek, kreeg zijn stem weer de arrogante ondertoon die Graham van hem kende.

'Wij denken alleen maar dat we jou nooit meer gaan zien of horen', merkte Levi op. 'En nou eruit. Vergeet je hoed niet tegen de brandende zon en zet daarna de vaart erin richting Paksan.'

De Fransman stapte uit. Het dichtslaan van het portier was het enige geluid dat het gebrom van de motor oversteeg. Ze keken hem zwijgend na, terwijl hij de weg terugliep.

'Dit lijkt je dan toch zo goed als vrij te pleiten, Graham.'

'Zo goed als?'

'Ach,' zei Levi met een lach, 'een echte agent houdt altijd een bepaalde dosis argwaan in stand, en ik wil natuurlijk wel een echte zijn.'

Graham lachte mee. Maar de vrolijkheid was slechts een ontlading van spanning, wist hij. Hij had een man in zijn been geschoten en zelf was hij ternauwernood aan de dood ontkomen. De illusie dat de oorlog in dit land ver weg was, was de afgelopen dagen voorgoed verbroken.

'Terug naar Udorn?'

Graham bewoog het hoofd licht van links naar rechts, alsof hij zijn eigen ontkenning betwijfelde. 'Ik denk dat we eerst nog één ding in de stad te doen hebben.'

'Het weerwoord van madame Aubrac?'

'Als ze er überhaupt nog is.'

Het was een confrontatie waar hij meer tegen opzag dan die met Aubrac zelf.

De Chevrolet trok langzaam op en reed omzichtig manoeuvrerend langs putten in de richting van Vientiane. De zon stond al niet langer hoog aan de hemel en zakte naar het westen, alsof ze de auto voorging naar zijn bestemming.

In de verte, links van hem, zag Graham de Mekong glinsteren. Het water van de rivier leek niet alleen het vuil van miljoenen mensen mee te voeren, van de oorsprong in Tibet tot de delta in Vietnam, maar ook hun zonden. Geen wonder, besefte hij, dat het in dit door oorlog verscheurde subcontinent zo'n enorme watermassa is.

***

De stad leek al slaperig nog voor de vroege tropische schemering was ingevallen. Graham passeerde enkele trucks van het Koninklijke Laotiaanse Leger, een Volkswagen kever met een diplomatieke nummerplaat en een stokoude *Citroën traction avant* die als taxi dienstdeed, maar de rest van het verkeer bestond uit fietsers en stootkarren. Zodra hij de boulevards verliet en de villawijk in reed, verdween ook dit langzame verkeer. In de straat waar het huis van de Aubracs stond, was het even leeg en stil als anders.

'Ik zie geen Citroën', merkte Levi op.

Graham dacht aan de 2CV, die misschien in de garage stond, maar hij wist wat Levi bedoelde: de vogel was gevlogen. Alhoewel, waarom zou ze dat hebben gedaan? Niemand kon haar hier voor iets vervolgen, zelfs niet uitwijzen. Maar haar dekmantel was niet meer intact. Als agente kon ze in dit land niets meer uitrichten.

'Ik ga naar binnen. Blijf jij in de auto en waarschuw me als er iemand aankomt.'

Voor de ander kon protesteren stapte hij uit en stak de straat over. Hij nam niet de moeite aan te bellen maar liep via een tegelpad in de tuin naar de achterkant van de villa. Een pomp ververste automatisch het water in een vijver, maar in het huis leek de elektriciteit uitgeschakeld. Door een raam ving Graham een glimp op van een stilstaande plafondventilator.

Hij liep de veranda op. Een enorme zonwering bood koelte en schaduw. Door het glas van de brede schuifdeuren zag hij de zetel waar Levi in had gezeten toen hij met een vaas op zijn hoofd werd geslagen. De kamer leek verlaten.

Graham bleef meer dan een minuut lang staan, luisterend naar eventuele huiselijke geluiden: een kraan die liep, een dienstmeisje dat neuriede, een wc die doorgetrokken werd. De stilte leek permanent, alsof het huis erin verpakt was.

Hij probeerde een van de deuren opzij te schuiven. Die was vanbinnen vergrendeld. Open ramen had hij nergens gezien. Hij aarzelde slechts even, bukte zich toen en pakte een van de losse stenen die de overgang van het terras naar de tuin markeerden.

Het ruitje dat hij selecteerde bevond zich in de keukendeur. De steen ging er makkelijk doorheen zonder al te veel lawaai te veroorzaken. Hij tikte nog enkele scherven die waren staan uit de sponning en stak toen voorzichtig zijn hand door het gat. Hij slaagde erin de sleutel aan de binnenkant van de deur om te draaien zonder zichzelf te snijden.

De keuken oogde opgeruimd. De koelkastdeur stond op een kier. Binnenin brandde geen lampje. Blijkbaar had Angèle ditmaal de bedienden niet enkel weggestuurd, maar hun ook alle bederfelijke etenswaren meegegeven. Het was aan dit soort uiterlijkheden dat je kon zien dat een huis voor langere tijd verlaten was, wist Graham, of zelfs voorgoed.

Hij liep de verschillende kamers door. Overal dezelfde opgeruimde, maar verlaten indruk. Achteloos trok hij lades open in het secretaire en het dressoir. Briefpapier, bestek – alle huisraad was er nog. Er was iemand op reis gegaan, maar nog niet verhuisd.

Hij rommelde tussen het briefpapier en vond aantekeningen in het handschrift van Angèle. Losse woorden die geen zinnen vormden. Een soort code? Maar als het was wat het voor een getraind oog als dat van hem leek, waarom lag het dan zo achteloos in een lade?

Het gerinkel van de telefoon doorbrak zijn gedachten.

Hij liet het apparaat overgaan, tweemaal, driemaal, viermaal; daarna stopte hij met tellen. Telkens als hij dacht dat de beller wel zou beseffen dat er niemand thuis was, rinkelde het toestel opnieuw. Ten slotte nam Graham op, zonder iets te zeggen.

'Allo...? Angèle?'

Graham herkende de stem en voelde geen verbazing.

'Ze is weg, Gilbert.'

'Marquand? Wat doe je in mijn huis?'

'Hetzelfde als jij: je vrouw zoeken. Maar de bedienden zijn weggestuurd, de koelkast is leeg...'

Aubrac reageerde niet direct, daarna klonk er verwarring door in zijn woorden: 'Ik... ik begrijp het niet. Ze zou op mij wachten. Over enkele dagen zouden we naar Bangkok afreizen en dan...'

'Blijkbaar vond ze het niet de moeite waard nog langer te wachten.'

Graham hoorde zelf hoe zijn achteloos uitgesproken zin klonk als een vonnis. De ander leek deze ook zo te interpreteren.

'Ondanks onze verschillende seksuele... oriëntatie, ondanks het ontbreken van kinderen vormden wij toch een paar, Marquand. We steunden elkaar door dik en dun, *we stuck together*, zoals jullie Amerikanen het zeggen, dus wij...'

'Je spreekt in de verleden tijd', onderbrak Graham hem. 'En nu wat anders: in haar secretaire vind ik een papier met iets in haar handschrift dat in een code lijkt te zijn geschreven.'

'Ja, dat ene vel... dat heb ik eergisteren onder een bureau gevonden, waar het blijkbaar onder gegleden was, en teruggelegd waar het vandaan kwam.'

'Teruggelegd?' vroeg Graham. 'Dus daar vond je wel vaker van dit soort boodschappen.'

'Inderdaad, dat is toch een normale plaats voor persoonlijke papieren?'

'Dat is het', besloot Graham. 'En wat ben je nu van plan te gaan doen, Gilbert?'

Graham kon hem zwaar horen ademhalen. Pas na een lange stilte reageerde hij: 'Ik wacht tot ze terugkeert.'

'Ze keert niet terug, Gilbert. Ze heeft hier niets meer te zoeken.'

'Ze heeft mij', klonk het weinig overtuigend.

'Ze had jou en jij had haar', merkte Graham meedogenloos op. 'Ik zou me in jouw plaats maar gaan instellen op een leven als vrijgezel.'

Aubrac reageerde niet met woorden, enkel met een nog zwaarder wordende ademhaling.

'Hallo...? Gilbert?'

Als antwoord kreeg hij eerst een menselijke snik en daarna een mechanische klik die klonk als een snik.

Graham staarde naar de hoorn in zijn hand en bedacht toen dat hij dit altijd zo'n ongeloofwaardige pose vond in speelfilms. Hij plaatste de hoorn terug op de haak. Die zou niet meer rinkelen, de komende dagen of weken.

Hij wierp een blik op de openstaande lade van de secretaire. Hier vond Aubrac dus geregeld boodschappen in code. Natuurlijk vond hij ze daar, niet omdat het de normale plek was om ze neer te leggen maar omdat Angèle had gewild dat hij ze vond, zodat hij ze kon doorgeven aan zijn contactpersoon.

Zijn contactpersoon. Dat scheelde haar één gevaarlijke schakel. Graham drukte zijn lippen op elkaar. Een schakel die bekend stond als een van de kwetsbaarste en dus het meeste van alle leidde tot ontmaskering.

Ze hadden het goed bekeken, die twee, ze vormden elkaars perfecte dekmantel. Ook als het spionagespel ontdekt werd, zou de tegenpartij menen dat Gilbert Aubrac de communistische agent was en Angèle Aubrac de Franse patriot. Terwijl in werkelijkheid zij de dubbelagente was en hij niets anders dan de sukkel die voor het laatste stukje koerierswerk moest zorgen, de man die méénde dat hij een communistisch agent tegen wil en dank was.

En hijzelf, die dacht er net niet in gestonken te zijn, hij voelde zich nog de grootste sukkel van allemaal.

Had ze Operatie Freeborn verraden? De grenstroepen waren verdacht snel ter plaatse geweest, maar niet snel genoeg om de bevrijdingsactie te verhinderen en niet zwaar bewapend genoeg om het tegen de Phantoms op te nemen. Misschien had ze te lang gewacht met het door te geven, of misschien was het verraden van

Operatie Freeborn zelfs voor haar een stap te ver geweest. Ze wist ten slotte van zijn broer.

Hij zou er wel nooit achter komen of ze de informatie had doorgespeeld. En hij wist nu al dat hij er nooit achter zou willen komen ook.

XX

ALS HIJ ZIJN OGEN SLOOT KON GRAHAM ZICH VOORSTELLEN dat het getik van tegen het verlichte raam te pletter vliegende insecten dat van verwarmingsbuizen was die reageerden op de afwisseling van koude en warmte. Het leek een constant achtergrondgeluid. Terwijl hij op de komst van Curtis Koch wachtte vroeg Graham zich af hoeveel vliegen, muggen en andere zespotigen zich avond aan avond als lemmingen op de vensters stortten. Hoe kon het eigenlijk dat die beestjes niet uitstierven? Hij had eens gelezen dat een vleermuis op een nacht duizenden muggen kon vangen en opeten, en er waren zoveel duizenden van die gevleugelde zoogdiertjes...

Hij werd uit zijn overpeinzingen gerukt door het openen van de deur en de binnenkomst van Koch. Het gegroefde gezicht onder het grijs en dun wordende blonde haar had geen vrolijke uitdrukking. Verontrust vroeg Graham zich af wat hij ditmaal verkeerd had kunnen doen. In gedachten liep hij zijn rapport na: de schietpartij had vermeden kunnen worden, Aubrac had wellicht de grens over kunnen worden gesmokkeld, Angèle hadden ze niet de kans mogen geven het land te verlaten. Goed beschouwd had alles wat hij en Levi gisteren voor elkaar hadden gekregen beter gekund.

'Bedaar, Marquand', hoorde hij Koch zeggen. 'Er is niets misgelopen.'

'Zelfs niet de schietpartij?'

Koch nam plaats op de rand van het bureau en legde een map neer. Het haastig geschreven rapport, zag Graham. Hij spiedde naar opmerkingen in de kantlijn maar zag ze niet. Blijkbaar was het even haastig gelezen.

'Schietpartijen zijn altijd vervelend,' gaf Koch toe, 'maar deze leek me niet van het soort dat een internationaal incident veroorzaakt. Ik heb andere zorgen.'

Ik ga er niet naar raden, dacht Graham.

'Kapitein Mencken wordt vanaf vandaag geschaduwd en afgeluisterd. Het kan natuurlijk dat hij op zijn beurt madame Aubrac misbruikte als communicatiekanaal. We zullen nog zien of en wanneer we hem inrekenen, maar voorlopig wordt hij verre gehouden van alle gevechtsinformatie.'

Graham besefte dat hij er niet aan had gedacht dat Mencken zelf een dubbelagent kon zijn. Waarschijnlijk had Levi dat al wel beredeneerd, maar die beschikte dan ook over een veel grotere dosis paranoia.

'En de Aubracs?'

Koch wuifde iets weg. Graham kon er niet zeker van zijn of het zijn suggestie of de rook van Kochs eigen sigaret was. Hij tuitte zijn lippen en trok zijn neusvleugels op, in een gebaar dat twijfel leek uit te drukken: 'Hij is een kleine vis zonder veel belang. Zij is echter een gehaaide en ervaren agente. Die verhouding van je had niet veel langer moeten duren of ze had je wellicht toch informatie over Operatie Freeborn ontfutseld.'

Je moest eens weten, dacht Graham.

'En als dat gebeurd was, sir?'

Koch gaf hem een blik die doordringender was en langer duurde dan Graham lief was. 'Dat had zeker het einde van je carrière betekend, Marquand. Maar aan het feit van de verhouding op zich wordt niet zo zwaar getild. Als we elke agent die is bezweken voor een tegenstandster morgen moeten ontslaan, kunnen we overmorgen een grootschalige wervingscampagne beginnen.'

Ze glimlachten gelijktijdig. De dreigende sfeer was in één seconde vervangen door een jongensachtige.

'Dan hoop ik dat Levi en ik uw opdracht naar tevredenheid hebben uitgevoerd, sir.'

Kochs glimlach verdween even snel als die verschenen was. 'Niet zo snel, Marquand. Jij denkt misschien dat we met Mencken de man gevonden hebben die de informatie over de agentendroppings naar de vijand heeft gelekt, maar dat is niet zo.'

'Dat begrijp ik niet, sir.'

Koch ging verzitten op het bureau. 'Je moet het zo zien. Een inlichtingendienst probeert informatie te controleren bij een andere bron, om niet te veel manschappen en energie op één bepaalde operatie te concentreren. De Noord-Vietnamezen moeten toch telkens vrij veel soldaten hebben ingezet om gedropte agenten te kunnen pakken.'

Graham knikte. 'Naast Mencken is er nog iemand geweest die zijn mond voorbij heeft gepraat.'

Koch schudde het hoofd: 'Nee, omgekeerd. Er is een lek, en de andere kant heeft die informatie gecheckt met behulp van Mencken. De kapitein was maar een pionnetje, maar wel een pionnetje dat zich op de juiste plek bevond op de juiste tijd.'

Grahams blik versomberde. 'Dus we zijn eigenlijk nog nauwelijks een stap verder?'

'Wel een stap, meer dan één zelfs, maar we zijn onkruid aan de rand van het gazon aan het wieden geweest, terwijl we de brandnetels in het midden nog steeds niet hebben gezien.'

Ze zwegen. De gedachtestromen die parallel hadden gelopen liepen weer uiteen.

'Enige kans dat we dat hoofdlek alsnog vinden, sir?'

'Niet in Laos, Marquand. Jouw taak in dat land zit erop, voorlopig. Ga afscheid nemen van je broer. Hij vertrekt morgen naar Bangkok en vandaar naar huis, via San Ton Nhat.'

'Morgen al? Hij is amper hersteld van alle ontberingen. Kan hij niet...'

'Daar gaan wij niet over, Marquand, maar het leger. En wees blij dat hij niet in Vietnam hoeft te blijven.'

Hij stond op en wilde salueren, bedacht zich toen en gaf Koch een hand. Bij de deur draaide hij zich om en vroeg, op een quasi-terloopse toon: 'Hebben Levi en ik het er goed afgebracht, sir?'

'Ik vermoed dat jullie de halve heenweg hebben zitten bekvechten maar uiteindelijk wel goed konden samenwerken. Dat wilde ik wel eens uittesten, zoals je wel zult hebben aangevoeld.'

Nu salueerde Graham alsnog.

***

Buiten het houten gebouw hoorde hij de muggen niet langer tegen het venster te pletter tikken, maar om hem heen zoemen. Hij sloeg zich enkele malen in het gezicht en betreurde het dat hij zich niet had ingesmeerd. Een van de nadelen van het halve burgerleven was dat nuttige militaire gewoontes verwaarloosd werden, vond hij. Hij had nu meer last van muggen dan indertijd in de Vietnamese Mekongdelta.

Het achtergrondgezoem van de insecten werd overstemd door het geluid van een opstijgende C-123. Graham keek het toestel na en stelde zich de kickers voor die stoïcijns voor zich uit staarden en de piloten die hun handen niet van hun instrumenten konden halen om het zweet van hun voorhoofd te wissen. Boeddhistisch fatalisme en christelijke hoop op redding verenigd in één bemanning. Udorn als vertrek- en eindpunt van een dagelijkse levenslijn naar Noord-Laos.

Toen het geluid van de motoren wegstierf zette hij zich weer in beweging in de richting van het veldhospitaal. De door ventilatoren gekoelde lucht was doortrokken van de geur van ontsmettingsmiddelen.

Hij werd ontvangen door dezelfde dokter als de voorgaande keren. De man knikte hem toe, vriendelijk maar vermoeid, en verdween achter een gordijn dat om een van de bedden was getrokken en waarachter pijnlijk gekreun weerklonk.

Paul lag op zijn bed te lezen. Hij was niet langer gekleed als een patiënt, maar droeg een nieuwe spijkerbroek en een T-shirt met het opschrift 'Columbia University'.

Graham vroeg zich af welke levende of gestorven soldaat het had achtergelaten, maar constateerde ook dat zijn broer er meteen minder ziek door oogde.

‘Ik heb van alles gehad, een bloedtransfusie, ijzerpillen en vitamine-injecties’, verklaarde Paul ongevraagd. ‘De infectie is onder controle.’

‘Je voelt je waarschijnlijk als herboren’, merkte Graham op, terwijl hij een houten stoel bij het bed schoof.

‘Ik bén herboren.’

‘Maar je mag voorlopig nog niet naar buiten. Het is net als toen je klein was. De laatste dag van een week Aziatische griep, weet je nog? Je bent het beu in bed te liggen, zelfs al word je verwend als de pest, maar je mag nog niet naar buiten.’

Paul knikte, alsof de herinnering al eerder die dag bij hem boven was gekomen. ‘Een dag van intense verveling, een van de laatste die ik heb beleefd.’

‘Heb je je dan nooit verveeld tijdens de gevangenschap?’

Paul legde het boek neer dat hij had liggen lezen en dacht na. Een pocketuitgave van *Mother Night* van Kurt Vonnegut, registreerde Graham vlug. ‘Bij verveling hoort veiligheid. In het kamp was je nooit veilig, hooguit minder onveilig dan anders. Ik had bovendien de energie niet om me te vervelen. Eerlijk gezegd kost het ook moeite.’

‘Een welvaartsprobleem dus, die verveling.’

Ze lachten gelijktijdig en even beschaafd en kort, om andere patiënten niet te storen.

‘Hebben ze al gezegd wanneer je naar huis mag?’

‘Morgen!’ antwoordde Paul. ‘Nu de infectie weg is, is er geen reden meer me nog langer hier te houden.’

‘En ben je al volledig gedebriefd?’

‘Ze hebben me het hemd van het lijf gevraagd.’ Paul wees op het T-shirt. ‘Daarom draag ik nu andere kleding.’

‘Hebben ze je ondervraagd over medegevangenen die...’, Graham zocht naar woorden, ‘...coöperatiever waren dan onder de omstandigheden verwacht of geëist kon worden? Je weet wel, in de jungle hebben we het er ook ver gehad.’

Paul knikte. ‘Ook dat. En je hoeft niet te gaan fluisteren. Voor zover ik weet heeft iedereen dezelfde vragen te beantwoorden gekregen.’

'Er waren geen verraders?' vervolgde Graham op dezelfde fluistertoon.

'Nee, maar er waren er wel die het zwaar te verduren hebben gehad door hun weigering bepaalde verklaringen af te leggen.'

Graham besloot de verhulde reprimande te accepteren en het onderwerp te laten voor wat het was. Trouwens, wat zat hij zich hier druk te maken over verraad en trouw? Het leek wel of de achterdocht van Koch van diens kantoor naar het hospitaal was meegelopen. Bewust ging hij op iets anders over: 'Misschien zien we elkaar over enkele weken wel bij pa en ma.'

'Werkelijk? Zit je dienst hier erop?'

'Ik word overgeplaatst naar elders in Zuidoost-Azië. Maar ik heb nog recht op vakantie, dus waarschijnlijk kan ik die aan de Oostkust doorbrengen.'

'Pa en ma zullen blij zijn, meer dan blij. Ze hebben het emotioneel vast zwaar gehad de voorbije jaren.'

'Ja, en een brief of telefoontje op zijn tijd is niet voldoende om de onrust te bezweren.' De gedachte aan thuis volstond om een stroom jeugdherinneringen op te halen. Graham merkte hoe ze er beiden bijna gelijktijdig door werden overweldigd. De beelden en geluiden van een gelukkige jeugd in een welvarend en vredig land. Het leek het beste middel om het gevoel van de alomtegenwoordige oorlog te verdrijven, ook al was het maar voor de duur van de vertelroes.

***

De eerste A-26 was alweer aan het dalen toen Graham het veldhospitaal verliet. Hij besefte dat hij lang binnen moest zijn geweest, want sommige vliegtuigen die waren opgestegen toen hij aankwam keerden alweer terug van hun missie boven Laos. Het urenlange gesprek had hem deugd gedaan, en Paul ook. Hij petste een mug dood tegen zijn wang. Het was goed dat ze hier beiden weggingen. Ze hadden genoeg gevaar gelopen, voorlopig toch.

Graham dacht aan Angèle en Gilbert Aubrac, die nu wellicht halsoverkop Laos aan het verlaten waren, aan Donhu en Santos, die zich waarschijnlijk alweer op de volgende missie aan het voorbereiden waren, en aan Levi, die waarschijnlijk brommend in een of andere bar of kantine zat, er diep in zijn hart toch van overtuigd dat zijn collega Marquand een dubbelagent was.

Hij dacht aan Ernesto en zag diens lijk weer in de ondiepe stroom liggen; aan de Thaise commando die was doodgeschoten nog vóór de bevrijdingsactie was begonnen; aan de Vietnamese officier die hij had doodgeschoten toen die naar zijn wapen greep... Hoe wonderlijk was het elke keer weer als je heelhuids uit een gevecht tevoorschijn kwam, overwoog hij, hoe groot was telkens de kans dat de kogel niet rakelings langs je hoofd floot, dat de helikopterschroef alsnog blokkeerde, het geweer in je handen oververhit raakte? Achteloos sloeg hij een mug dood die zo onvoorzichtig was geweest op zijn wang te landen.

XI

Terug naar 'de wereld' noemden soldaten het. Paul had het altijd een wat vreemde uitdrukking gevonden, maar nu betrapte hij zich erop dat hij die zelf gebruikte. Weg uit de jungle, de angst, de ondervoeding en de viezigheid, terug naar de wereld van rust, comfort en beschaving.

De drukte op de luchthaven Tan Son Nhat kwam hem al erg beschaafd over. Hij stond aan een tafeltje en dronk een slecht gekoelde cola die hij in een van de cafetaria's had gekocht. Terwijl hij de half lauwe drank door een blauw rietje zoog, keek hij naar de passagiers om hem heen. Paul zag Amerikaanse militairen met een rugzak vol souvenirs en cadeautjes voor thuis. Stuk voor stuk hadden ze een brede grijns op hun bruingebrande gezicht. Het zat erop. Een heel jaar Vietnam. Als het goed was zouden ze nooit van hun leven nog in een oorlog hoeven vechten.

Hij zag ook andere Amerikanen, mannen die ouder en dikker waren en die minder de neiging tot lachen of grijnzen hadden. Ingenieurs die de bunkers, startbanen en hangars hielpen aanleggen, zakenlieden die op de naleving van een leverancierscontract kwamen toezien, dokters en agrarische consulenten die de Vietnamese bevolking gingen bijstaan. In de slipstream van de honderdduizenden militairen waren ook nog eens tienduizenden burgers naar Vietnam gekomen. Paul slurpte en vroeg zich af wanneer de eersten weer naar huis gingen. Hij had gelezen dat Nixon de troepensterkte geleidelijk wilde verminderen. Hij liet een boer. In ieder geval behoorde hij tot de eerste lichting thuiskomers.

Hij wierp weer een blik op het bord dat vertrek- en aankomsttijden meldde en zag dat het boarden voor zijn vlucht naar Tokio over een half uur begon. Tijd voor nog een cola, of voor een hamburger? Hij had nog steeds een enorme eetlust, alsof zijn lichaam de tekorten van bijna twee jaar in een week tijd wilde compenseren.

Twee in het oranje geklede boeddhistische monniken deelden bloemen uit aan vertrekkende soldaten. Sommigen stopten en namen er een aan, een enkeling maakte een praatje, maar anderen keurden de twee geen blik waardig of bekeken ze zelfs wantrouwig, alsof het vermomde Vietcong-strijders waren. Sinds het Tet-offensief van vorig jaar was het zelfvertrouwen waarmee veel militairen zich voordien over straat hadden begeven verdwenen, had Paul gehoord. Merkwaardig, vond hij, want het offensief was een grandioze mislukking geworden voor de Vietcong, waarbij de rangen waren gedecimeerd en geen enkele operatie was geslaagd. Psychologisch lag het dan blijkbaar toch anders.

Een blanke man in burgerkledij nam een bloem van de monniken aan en liep vervolgens in de richting van Pauls tafeltje. Hij komt toch niet hier staan? dacht Paul. Deze laatste minuten in Vietnam wilde hij ongestoord doorbrengen, oeverloos geklets zou hij waarschijnlijk in het vliegtuig al genoeg moeten aanhoren.

De man liep door. Achter zijn rug hoorde Paul hem twee cola bestellen en afrekenen. Een paar seconden later werd een van de flesjes voor zijn neus gezet.

'Alstublieft, soldaat Marquand.'

Paul rechtte zijn rug en voelde hoe zijn gezicht zich in een frons plooide. 'Kennen wij elkaar, meneer?'

'Nog niet,' gaf de ander toe, 'maar daar gaan we onmiddellijk iets aan doen. Clifford Willis, aangenaam.'

Onwillig schudde Paul de uitgestoken hand. Willis was kleiner, smaller en ouder dan hijzelf. Een hoornen bril omkaderde twee groengrijze ogen die hem zonder veel nieuwsgierigheid opnamen, alsof ze alles al wisten wat er over hem te weten viel. Sproeten en kleine levervlekken gaven de huid van zijn handen en die van zijn kalende hoofd een unieke tekening die vingerafdrukken overbodig leek te maken.

'U bent alweer enkele kilo's bijgekomen, zie ik, gelukkig maar.'

Een begeleider namens het leger, concludeerde Paul geërgerd, om te voorkomen dat ik mijn mond voorbijpraat in het vliegtuig. Hij besloot het spelletje mee te spelen, sloeg zichzelf tevreden op zijn nog altijd platte buik en zei: 'Het klinkt en voelt nog hol genoeg.'

'Dan zal wat extra suiker u niet kunnen schaden', zei Willis glimlachend en hij wees op het colaflesje. Het leek identiek aan het exemplaar dat hij vasthield, alleen stak daar een roodkleurig rietje in.

'U vliegt mee naar Tokio, neem ik aan, en vandaar misschien ook naar Hawaï?'

Willis maakte een afwerend gebaar, waarbij het uiteinde van zijn rietje beschuldigend in Pauls richting wees. 'O nee, u reist alleen. Ik kwam u enkel uitwuiven.'

'Wel,' antwoordde Paul, enigszins in verwarring gebracht, 'op uw gezondheid dan. U zult het kunnen gebruiken in dit land.'

Ze zogen gelijktijdig de zoete drank op en plaatsten ook gelijktijdig het flesje op het tafeltje. De twee bijna volle namen het bijna lege tussen zich in, als een arrestant.

Er leek niets meer te zeggen, maar Willis tastte in de binnenzak van zijn lichtblauwe colbertjasje en haalde er een enveloppe uit, die hij aan Paul overhandigde.

'Wat is dat? Een smeekbede om snel weer terug te komen?'

De ander glimlachte. 'In zekere zin wel. Maak maar open.'

Onwillig scheurde Paul de enveloppe open en haalde er een opgevouwen typoscript uit. Aanvankelijk herkende hij de woorden en zinnen niet, daarna drong het met een schok tot hem door dat hij zijn eigen verklaring zat te lezen – niet degene die hij had afgelegd tegenover de CIA, maar de bekentenis die hij had opgesteld en ondertekend voor Günther. Hij herlas die in de hoop tot de ontdekking te komen dat het een gelijkluidende was van een andere krijgsgevangene. Vergeefs zocht hij naar afwijkende woorden en zinsconstructies, maar het herlezen deed de herinnering enkel scherper naar boven komen. Bovendien stond daar zijn naam en zijn handtekening. Dat die wat bibberig was gezet, deed niets af aan het feit dat het ontegenzeglijk de zijne was.

'Ik dacht dat dit vernietigd was, tijdens de aanval.'

Willis haalde in een gebaar dat als verontschuldigend kon worden geïnterpreteerd de schouders op. 'Blijkbaar niet. En hetzelfde geldt helaas voor uw verklaring op band.'

Paul voelde zich verstijven. Hij opende zijn spontaan kurkdroog geworden mond en voelde een excuus ontsnappen nog voor hij dat goed en wel had kunnen overdenken: 'Ik had er helemaal niet meer aan gedacht.'

'O, u hebt net dit element vergeten te vermelden in uw debriefing?'

Paul hoorde de cynische ondertoon. 'Het klinkt misschien ongeloofwaardig, maar het is wel zo.' Daarna voegde hij eraan toe: 'Ik wilde er niet meer aan denken.'

'Ongeloofwaardig is het zeker', antwoordde Willis. 'En vanzelfsprekend wilde u er niet meer aan denken. U was immers overgelopen.'

'Overgelopen?' Het woord klonk even definitief als 'gedeserteerd'.

'U had de kans het op te biechten en op begrip te hopen', ging Willis onverbiddelijk verder. 'Die ene kans hebt u verspeeld, niet toevallig, maar doelbewust, omdat u nu eenmaal op papier en in uw geest bent overgelopen.'

Paul had het gevoel dat de cola in zijn maag in opstand kwam en begon op te spelen als lava in een vulkaan. 'Ik ben helemaal niet overgelopen! Günther heeft me gedwongen dit te schrijven en te tekenen!'

'Anderen hebben het niet gedaan', vervolgde Willis. 'Sommigen hebben er met hun leven voor betaald. Die smoes gaat niet op. U bent overgelopen, in woord en gedachte.'

Ze keken elkaar aan als twee mannen die ontdekten dat ze een afschuwelijke waarheid deelden. Paul was ervan overtuigd dat de cola in de flesjes moest afkoelen tot het vriespunt, zoveel kou leek zijn lichaam plotseling uit te stralen.

'En nu? Word ik alsnog van hoogverraad beschuldigd?'

'U wordt nergens van beschuldigd. U gaat gewoon lekker naar huis en vervolgt uw militaire carrière.'

Het was zo'n onverwacht antwoord dat Paul de ander vroeg het te herhalen.

'Ik snap het niet', zei hij na een korte stilte. 'Als ik nergens van beschuldigd word, waarom komt u me dit dan vertellen?'

Willis glimlachte weer: 'Omdat ik wil dat u beseft dat wij deze documenten in ons bezit hebben, en dat u dus geen andere keuze hebt dan in het leger te blijven. U mag dus bijvoorbeeld niet autoverkoper worden, of dokter, of advocaat. U wordt beroepsofficier, en met uw achtergrond als krijgsgevangene zijn uw vooruitzichten op een snelle carrière schitterend.'

Paul pakte een van de flesjes en stelde verbaasd vast dat het niet kouder maar warmer was geworden. 'Vreemde manier van rekruteren', mompelde hij.

'Integendeel, een uiterst effectieve, voor ons dan. Toevallig ook voor het leger.'

'U bent niet van het leger?' vroeg Paul.

'Ik ben niet van het leger.'

'Dan bent u van de CIA?' probeerde hij weer.

'Ik ben ook niet van de CIA.'

Paul wilde net een andere overheidsdienst noemen toen zijn blik op het rode rietje viel.

Hij keek de ander recht in de ogen en wees op het stukje plastic.

'Dan heet u vast ook niet Willis.'

'Voor u heet ik Willis. En als u me zou vragen het te bewijzen, zou ik een hele reeks documenten en verhalen tevoorschijn kunnen toveren. Maar mijn persoon is niet zo belangrijk, Paul Marquand. Vergeet mij gerust. De komende jaren zult u waarschijnlijk niets van ons horen, maar weet dat we u van nabij volgen. Als u doet wat wij van u verlangen, zal iedereen er profijt van hebben. Als u gewetensbezwaren krijgt,' hij wees op het papier in Pauls hand, 'gaat dat een eigen leven leiden, met zéér vervelende gevolgen voor u en uw familie.'

Willis draaide zich om, stak zijn hand op en zei, op overdreven luide toon: 'Prettige reis terug, mister Marquand. En wie weet tot ziens!'

Daarop stapte hij weg. Paul staarde hem na en zag hem al snel achter de brede ruggen van een drietal Amerikaanse soldaten verdwijnen.

Even nam hij zich voor zichzelf wijs te maken dat Willis niet bestond en een hallucinatie was, een kronkel van zijn geest als gevolg van ondervoeding in de jungle, maar terwijl hij dat probeerde voelde hij het papier in zijn hand. Het zweet uit zijn palm maakte het vochtig en dreigde enkele letters al te laten verlopen. Het bracht hem op een idee. Hij verkreukelde het document tot een bol, stopte het in zijn mond en begon erop te kauwen.

Het papier is weg, het bewijs is verdwenen, dacht hij opgelucht.

De kramp in zijn maag vertelde hem iets anders.

Hij zuchtte, pakte zijn tas van de grond en liep in de richting van de gate waar zijn toestel stond te wachten. Nog vele tientallen meters voelde hij het rode rietje beschuldigend tussen zijn schouderbladen prikken.

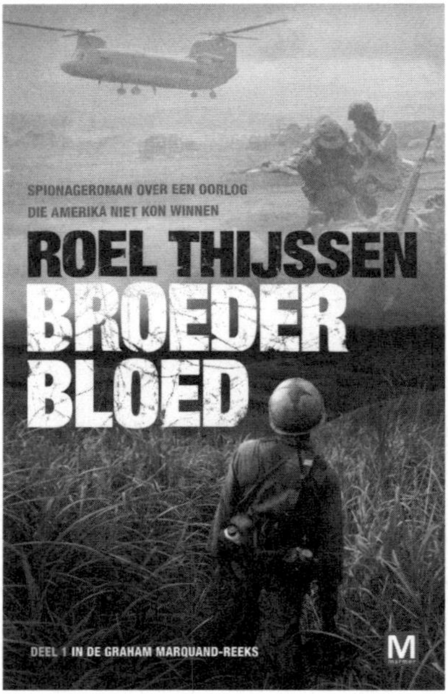

'Broederbloed is geen actieverhaal dat in hoog tempo voorbij raast. Het is bovenal een spionageroman gesitueerd in oorlogstijd. Thijssen schetst een helder en zeer geloofwaardig beeld van de situatie aan en achter het front. Dit veelbelovende eerste deel van de Graham Marquand-reeks nodigt uit om het nog te verschijnen tweede deel van de serie te lezen. Het boek eindigt met een sterke cliffhanger die vraagt om meer!'
– **CRIMEZONE.NL** (4 *)

'Een Amerikaan vertrekt als militair naar Vietnam, waar hij verstrikt raakt in criminele en spionageactiviteiten. Om zijn eigen leven en dat van zijn jongere broer te redden, moet hij moeilijke keuzes maken. Een spannende oorlogsroman met een vleugje spionage, het eerste deel in de Graham Marquand serie waarin de relatie tussen beide broers tegen de achtergrond en beklemmende sfeer van de Vietnamoorlog (1957-1975) goed geschetst wordt. Geloofwaardige karakters, sterk plot en subplots.'
– **NBD BIBLION**

'Knap geschreven, een interessante plot en blinkt uit door de manier waarop de auteur de beklemmende sfeer weet neer te zetten.'
– **DE VOLKSKRANT**

Broederbloed is de eerste roman van de Graham Marquand-reeks, een serie vol spannende intriges waarin de spionageroman en de oorlogsroman samenvloeien met die van de psychologische thriller.

Graham Marquand heeft het best goed voor elkaar in Vietnam. Van de hete oorlog in de jungle, de rijstvelden en de hooglanden krijgt hij niet zo veel mee. Zijn koude oorlog speelt zich af in de straten van Saigon. Hij leeft zijn relaxte leventje in de schaduw van de vuile oorlog en dankzij illegale handeltjes groeit de stapel bankbiljetten in zijn safe van de Bank of America. Maar dan arriveert zijn jongere broer Paul onverwacht in Vietnam. En Graham komt voor een aantal grote dilemma's te staan.

In *Broederbloed* schetst Roel Thijssen de relatie tussen de broers Graham en Paul Marquand tegen het decor van de Vietnam-oorlog, een smerige oorlog die een hele generatie heeft getekend en waartegen door velen werd geprotesteerd. Honderdduizenden militairen werden naar het front gestuurd om de communistische invloed in te dammen. Onder druk van corruptie en machtsmisbruik wordt Graham Marquand voor keuzes gesteld, als militair en vooral als mens. En in zijn geval kan hij maar beter de juiste keuze maken, want het wordt zijn enige kans de oorlog in Vietnam en die in hemzelf te overleven…

Paperback 256 pagina's
Prijs €4,95
ISBN 978 94 6068 039 7

Deze spannende spionagethriller is het derde deel in de Graham Marquand serie na *Broederbloed* en *Operatie Freeborn*. De auteur belicht de politieke en militaire situatie in de VS in de jaren tachtig van de 20e eeuw goed. Meeslepend, intelligent en overtuigend geschreven met een vernuftig plot en een geraffineerde ontknoping.
– **NBD BIBLION**

De Kandidaat is de derde actiethriller in de Graham Marquand-reeks van auteur Roel Thijssen. Het is een spannende roman rond een maar al te reële en tot op de dag van vandaag onopgeloste kwestie, die door Amerikaanse journalisten afwisselend 'het laatste geheim van' en 'het grootste schandaal rond' de Vietnamoorlog genoemd wordt.
– **VRIJ NEDERLAND**

De sfeer van de Koude Oorlog, een tijd vol spionage en contraspionage, wordt goed getroffen in het boek.
– **CRIMEZONE**

In 1980 is de Vietnamoorlog alweer vijf jaar voorbij. CIA-agent Graham Marquand is nog steeds actief in Cambodja en organiseert de vlucht van twee Amerikaanse krijgsgevangenen. Hun plotselinge verschijnen roept vragen op. Zijn het wel verloren zonen? Of zijn het vijandelijke agenten?

Majoor Paul Marquand, lid van het campagneteam van de Republikeinse senator en presidentskandidaat Jim Walsh, wordt getipt dat onbekenden verregaande middelen zullen inzetten om Walsh onderuit te halen. De onbekende helper lijkt niet alleen alles te weten van de senator, maar helaas ook van Paul zelf en zijn verleden in Vietnam.

Graham keert terug naar de Verenigde Staten en bij zijn zoektocht naar de identiteit van de twee mannen kruist hij onvermijdelijk het pad van zijn broer Paul. In het winterse Iowa, waar Walsh het verhitte debat aangaat met onder andere George Bush en Ronald Reagan, ontdekt Graham dat alle betrokkenen er een dubbele agenda op na houden. Er ontspint zich een intrige van dubbelspel en verraad, waarbij niet alleen de CIA is betrokken, maar ook zijn eigen broer. Doodgewaande Amerikaanse krijgsgevangenen blijken niet de enige spoken uit het verleden, en zeker niet de gevaarlijkste...

De Kandidaat is de derde actiethriller in de Graham Marquand-reeks. Een spannende serie thrillers rond een maar al te reële en tot op de dag van vandaag onopgeloste kwestie, die door Amerikaanse journalisten afwisselend 'het laatste geheim van' en 'het grootste schandaal rond' de Vietnamoorlog wordt genoemd.

Paperback, 320 pagina's
Prijs € 15,-
ISBN 978 94 6068 038 0

Colofon

Eerste druk, juni 2011
Tweede druk, maart 2014

Omslagontwerp: Riesenkind
Foto omslag: beeld boven © CORBIS / beeld onder © Shutterstock
Zetwerk: V3-Services
Druk: Hooiberg|Haasbeek

ISBN 978 94 6068 074 8
E-ISBN 978 94 6068 971 0
NUR 330 / 336 / 338

Uitgeverij Marmer BV
De Botter 1
3742 GA BAARN
T: +31 649881429
I: www.uitgeverijmarmer.nl
E: info@uitgeverijmarmer.nl